U0046039

GOBOOKS
& SITAK
GROUP©

仐三　著

高寶書版集團

Ⅲ 卷十・神仙傳說・最終卷(1)

目錄

第一章　如果這就是結局？

竹林小築，在我這些年漂泊的歲月中夢回了千百次的地方，在心裡念叨了千百次的名字，所以就算是我完全無意識的情況下，也還能知道這是哪裡。

幽幽的竹香和沙沙的風吹竹葉之聲，這應該是一個晴好的下午，溫暖的淡淡陽光從竹窗斜斜照進來，打在我的臉上，一切如此安靜和美好。

我的思緒還沒有完全恢復，整個人的意識都還很淡，只是嘴裡不停傳來的甜味兒提醒著我，剛才有人在餵我吃東西，這是葡萄的味道……而葡萄的味道在我的記憶裡是那麼美好。

時光一再倒流，我就像回到了小時候的老房子，二姐坐在床邊，一顆一顆的仔細把葡萄皮剝了餵我吃……二姐！我的思維在瞬間就恢復了大半，我剛才明明是聽到我二姐的聲音的！

二姐怎麼會在這兒，這裡是竹林小築？我怎麼又回到竹林小築了？

我的內心說不上來是什麼感覺，就像置身一個幸福的夢中，而太過幸福就麻木了，只是下意識的就想坐起來，想看看剛才跑出去的腳步聲到底是不是我二姐，結果才剛剛一坐起來，胸口就傳來一陣劇烈的疼痛。

當時就讓我倒吸了一口涼氣……忍不住呻吟了一聲，倒在了床上。

接著，我就聽見「哐噹」一聲，是瓷碗摔落在地上的聲音，然後就看見一個人雙眼含淚，嘴唇顫抖的看著我。我不知道為什麼竟然有些怯生生的，就像做錯了事兒的孩子不敢面對，只能從還在乾渴刺痛的喉嚨裡咕嚕出一個「媽」字……

是的，站在門口的就是我媽媽。這些年，我光顧著去找師傅，總覺得父母雙親有姐姐們照顧，加上自己命格的原因，也總不敢離父母太近，和他們太親密……想想這些年和他們相處的記憶，幾乎就是一片空白，甚至連電話都很少打去。

如今，我再一次出現在他們面前，竟然是這副快死了的重傷模樣，從頭部傳來的昏沉感，就知道我昏迷的時間不算短。

這樣一直讓父母牽掛著的我，其實是多麼的不孝？所以，我才不敢面對……

在喊出這一聲媽之後，思緒複雜想了那麼多，重要的就是心酸的感覺，可是我媽卻已經三步併兩步的衝了過來，不管不顧的一把把我抱在了懷裡。

我也是三十好幾的人了，這樣陡然被媽媽抱在懷裡，多少有些不好意思，可是從媽媽身上傳來的熟悉味道，卻莫名的讓我安心。我很幸福的是，這個世界上有好幾個無私愛我的人，而爸媽自然是其中兩個。

其實我媽媽有些激動，沒有注意到這樣的動作牽扯到了傷口讓我有些痛，可是為了不讓她擔心，我強忍住了。

就這樣，媽媽安靜抱了我幾秒鐘，從她臉上滾落的淚水，滴落在了我的頸窩，一片溫熱……我的內心酸楚，不過卻強忍著想擠出一個笑容來安慰她，應該一個笑容對於她來說，就是最大的安慰了吧？

但我媽又一下子推開了我，雙手放在我的肩上，開始上上下下仔細的打量著我。

在我的眼中，她的頭髮已經一片花白，臉上的皺紋也更加深了……這些日子，或者因為擔心而神色憔悴，眼睛也熬得通紅……我看得心疼，忍不住就想伸出手放在她的臉上。

卻不想如此簡單的一個抬手的動作，卻扯動到了傷口，那種劇烈的疼痛，讓我再一次忍不住「嗤」了一聲，人也一下子坐不住，軟軟的倒在了床頭。

「秀雲，妳在幹啥，妳弄到三娃兒了？」隨著紛亂的腳步聲，一個帶著激動，壓抑不住大聲的聲音從門口傳來了，我抬頭一看，密密麻麻好像來了一大群人，首當其衝的不就是我爸嗎？

我靜靜的看著他，和我媽比起來，他老得更加厲害，整個頭髮幾乎全白了，原本黝黑的臉上，皺紋深得就跟刀刻的似的……他眼下有著深深的眼袋，眼睛也是一片通紅。

想必我昏迷的日子，他的擔心不比我媽媽少。而和女人不同的是，男人的心事更深重，不像女人多少還能夠用哭這樣的方式來緩解壓抑的情緒，所以我爸也就顯得更加蒼老。

我看著爸爸，剛才強忍下去的淚水終於忍不住模糊了眼眶，又咬牙硬生生的忍住，我始終堅信在這種時候，一個笑容才能緩解他們的擔憂……在強忍淚水的一片模糊中，我爸身後站著誰，我都已經看不清楚了。

我很想和我爸解釋一句，但是現在的我多少有些虛弱，說話的反應也慢。

在這個當口，我媽已經忍不住著急的在我身上摸來摸去，怕碰到我傷口，手又落得分外小心，一疊聲的問道：「三娃兒啊，是不是媽媽碰到你哪裡了？你哪裡疼，跟媽說說。你不知道這半個月，媽過的都是啥日子啊？你說你要是有個三長兩短，你叫我和你爸怎麼活啊……？」

說著，我媽已經忍不住開始捂臉，輕聲哭了起來，而我爸爸好像很毛躁似的，一臉堅強的樣子，背著手走了過來，口中卻是在罵：「妳說妳，咋越老越不中用，肯定弄到三娃兒傷口了，他才叫的啊！妳說妳哭啥，哭啥？三娃兒才醒，在他面前說這些幹啥，哭啥？」

我媽和我爸幾乎一輩子都是這種說話的模式，而我媽的性格也一向剛強，我爸罵她，她從來也是不服氣要還嘴的，這次卻罕有的不還嘴，還趕緊的一把抹乾了眼淚。

我爸卻是不依不饒的念叨著，眼睛卻始終落在我身上，流露出濃濃的擔心和關心，我感覺他似乎想哭卻又不好意思，不停的看我一會兒，又把臉轉向窗外深呼吸幾次。

我看著爸媽的樣子，內心說不出來的心酸，忍著疼痛一把握住了媽媽的手，然後吸了一口涼氣，對我爸爸說道：「爸，我自己扯到傷口的。」

說完，我就開始大口喘息了幾下，因為當所有的思緒和感覺恢復以後，實在是太疼了，我忍不住這種疼痛……應該是致命傷嗎？我也不知道。

「看看你，罵什麼罵？你這不是純粹讓三娃兒擔心嗎？」我媽這時終於忍不住了，用力回握我的手，罵了我爸一句，然後手放在我的臉上，對我說道：「你別急，我和你爸就是這樣的，你跟他這個一根筋解釋個什麼？」

「好了，爸媽，你們先讓三娃兒休息吧，也別鬥氣了。」一個風風火火的聲音插了進來，先是一把扶著我爸坐下了，然後又走到了我面前。

是大姐……

接著，另一個溫柔的聲音也插了進來，說道：「就是，大姐說得對。爸媽，你們別這麼激動了。」這時，我看見二姐也走到了我的旁邊。

在我的記憶中大姐和二姐的樣子，永遠都還停留著在那個她們紮著辮子的年代，不管歲月如何變遷，她們是變得如何成熟與優雅，那個時候的記憶也是不可磨滅的。

我不能多說什麼，只是看見兩個姐姐同樣也是熬得通紅的雙眼和憔悴的臉，就忽然覺得我分給親人的時間太少了……我有千言萬語，可是不知道從何說起，而這樣的我也沒有力氣去說那千言萬語。

「算了，我們先散了吧。承一需要休息，讓他們一家人也聚聚。」從門口傳來了又一個熟悉的聲音，是沁淮，他也來了？

「就是，就是。我們先出去，等三娃兒和他家人聚一下。他狗日的，常常一走就是一年半載的，媽老漢（爸媽）都是丟給我來照顧了，喊他好好給叔叔阿姨認個錯。」呵，酥肉！

我滿心的激動與親切，可惜現在也不能對他們說什麼。大姐、二姐、媽媽圍坐在我的床邊，爸爸坐在不遠處的地方，擋住了我的視線，也讓我看不見他們現在的樣子，和門口到底站了一些什麼人。

那麼師傅呢？思緒恢復以後，我最後的記憶就是那飛在天空中的船……我忽然開始不安起來，我怎麼沒有聽見師傅的聲音，師傅去哪兒了？

或者是以前的不辭而別給了我太多的心理傷害，我是真的很沒有安全感，怕師傅再一次走了。

我的眉頭微皺，可是還不敢問，怕圍坐在這裡的家人擔心……媽媽的手還在我的臉上，大概是以為我還在疼痛，所以做出了這副表情，她還在低聲說：「剛才給你熬的流食也灑了，三娃兒，餓不餓？媽媽還熬有魚湯，對補傷口可好了。畢竟姜師傅給你喝的都是藥湯，你嘴裡一定苦著呢。」

姜師傅給我喝藥湯？那麼師傅他沒有離開……肯定是！我的心一下子就放了下來。

再一次的，我握緊了媽媽的手，曾經我就夢想過這樣的日子，我的師傅、我的愛人、我的親人、我的朋友，我們在一處山清水秀的地方，簡單卻知足而幸福的活著……而如今，這一切就像夢一樣，就全都快要實現了。

我的心有些疼，因為想起了如雪。

可是我的心又不敢不虔誠的滿足，如果這就是人生的結局，我應該是會笑著閉上雙眼的。

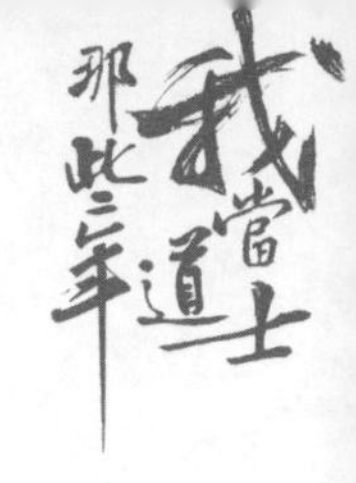

第二章　小築之夜

和家人相處了大概四十分鐘，我就沉沉睡了過去，因為重傷初癒，我的體力也支撐不了多久。

在這其中，一直是我的媽媽還有兩個姐姐在說話，我爸爸都是帶著一點兒傻笑坐在旁邊，想插話又插不上的樣子，幾次他有些激動的摸出了香菸想要抽，但忍了幾次，到底放了回去。

那小心翼翼的樣子分明就是怕我再受到一點點對傷情不利的傷害。

在這四十分鐘內我簡直得到了最好的照顧，三個女人都搶著來餵我喝湯吃藥的……這應該就是親情的味道，在最平凡的事情中最溫暖的流淌。

可惜我每說一句話都費勁兒，也沒有跟他們交談太多，但我想眼神和表情已經把我所有的情緒都表達了，有些事情不一定需要言語來表達的。

這一覺我睡得分外安心，在所有重要的人包圍之下，在最熟悉的竹林小築的房間，我怎麼可能不安心？

特別是我媽和我閒話家常的時候，就已經提及我的師兄妹們還有重要的夥伴們也是在這裡的……原來，他們已經安全了啊，這簡直解決了我最大的心事，我感覺這幸福簡直來得太不真實。

我不知道自己是什麼時候醒的，在最熟悉的味道下醒來的。

當時夜涼如水，竹窗外一輪彎月懸掛……在窗下的凳子上，一個佝僂著背的身影，被月光和黑色的光芒映射出一個清晰的剪影。

在剪影之前，一點兒火光一明一滅，這就是最熟悉的味道來源──師傅的旱菸味兒，我昏迷的這些日子，他應該就去弄到了那種熟悉的旱菸葉子。

在那一刻，我有一個強烈的念頭，那就是一定要問師傅這種旱菸葉子是哪裡弄到的，我沒有什麼安全感，怕他再離開，而這種熟悉的味道可以承載我的思念。

這樣的一幕太熟悉，而失而復得，回到最初的地方這種心情又無法言喻，所以我不敢出聲，想多在這樣的時光裡沉迷一會兒，讓我能感覺到這一切都是真實的，不是夢境。

無奈我可能睡得太久，醒來就發現了這個姿勢不是很舒服，忍不住輕輕挪動了一下身體，發出了輕微的動靜，扯動的傷口也讓我輕哼了一聲。

「別亂動，對傷口不好。醒了，就和我說一聲唄。」月光下，師傅並沒有回頭，而他的話在這只有竹葉的沙沙聲還有蟲鳴的安靜夜晚，顯得分外清晰。

而就是這種清晰，才能讓我觸摸真實。

「我，還沒習慣。」千絲萬縷的情緒不知道如何表達，到了口中卻變成了一句這樣讓人誤解的話，我其實只是不習慣這樣的幸福，以至於有些小心翼翼罷了。

「是啊，我離開你太久了，是不是久到你已經不習慣我了？」師傅滅了旱菸，有些落寞的聲音傳入了我的耳中。

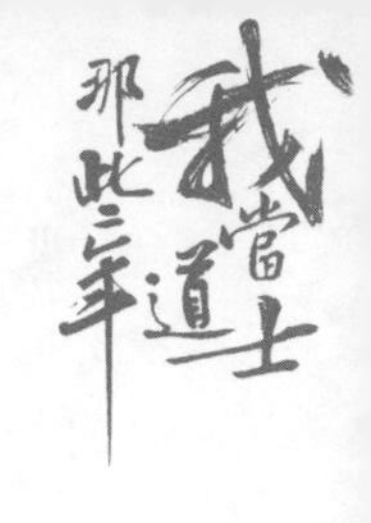

在我心裡，他一直都是一個玩世不恭卻無比硬氣的男人，很少這樣表達落寞悲傷啊之類的情緒，好像這些情緒一旦表達出來，就會讓他軟弱，今晚這樣的直接異常少見。

「沒，我是不習慣這樣的……幸福。」我說話依舊有些費力，可是比起剛醒來的時候已經要好很多，畢竟承心哥曾經說過我有野豬一般的恢復能力，外加這一次有陳師叔和承心哥兩個人幫我調理身體。

師傅沉默了，只是默默走來身邊然後把我扶了起來，用枕頭墊著我的背。

在這過程中我能感覺到他的小心翼翼，也恍惚感慨生命真的是一個輪迴，從小的時候他照顧我，到我找回他，依舊是要讓他這樣照顧著啊。

而枕頭墊著我的背，讓我感覺舒服多了，說話也覺得胸口的氣息順暢了一些。

師傅是個極端的人，至少在說話這件事情上，要不就是話極多，要不就是極其沉默……就像在這個時候，他把我扶起來坐著，他拿根凳子坐在我旁邊，我們兩個也是相顧無言。

但我卻真的是有好多話想對他說，一時間竟然也找不到話題，只能跟著沉默了一會兒，然後才開口說道：「師傅，是幾點了？」

「不習慣戴錶，但估摸著也是夜裡兩點多了吧？」師傅不確定的隨意回答了一句，想著又起身拿了一件兒衣服準備給我披著。

我的身體被師傅小心翼翼的挪動著，他的力度很適合，我並沒有感覺到太大的疼痛，我也隨口問道：「兩點你還不睡，怎麼想著到這兒來了，我現在應該不需要人守夜了吧？」

「我睡不著，來你房間坐坐。」師傅並沒有過多說明什麼，但是這一句簡單的話卻透露了太多。

畢竟我已經醒來了一會兒，眼睛適應了黑暗，他離我這麼近在給我披衣服，我分明看見他的眼睛紅得嚇人，就和我的家人一樣。

這說明我的家人度過了多少個不眠之夜，他就度過了多少個不眠之夜……甚至，到了今夜他依舊不放心。

我醒來的時候，他沒有第一時間趕過來，就是想留點兒時間給我的家人吧，可是師傅也是我的家人啊！

師傅總是這樣，不習慣用任何直接的方式去表達感情，想想卻又有些好笑，他怎麼就收了我這麼一個黏黏糊糊的徒弟啊。

想著我就覺得好笑，這也算是另外一種極端嗎？師傅則抬頭問我：「你笑什麼？」

「沒！」我看了一眼窗外，月光清幽，睡得太久覺得身體都快生銹了，我忽然對師傅說道：「師傅，我躺好久了，能不能出去走走？」

「你個臭小子，你不好好養傷，就想著要活蹦亂跳了？」師傅自然是不肯答應的。

我只能換了一個辦法，很直接的問道：「師傅，那我是昏迷了多久？」

「大半個月了。」這一次師傅回答得很直接，眼中有淡淡的難過，我一看就知道他在自責他沒照顧好我，讓我受了那麼重的傷。

從小他就把我保護得太好，這一次依舊如此，我在他眼前受了這樣重的傷，他的內心該是怎麼樣的煎熬？那在我昏迷的日子裡，有多少個安靜的夜晚，他是這樣在我房間裡默默坐著，一整夜一整夜的沉默呢？

想到這裡我也有些傷感，可是不想師傅的情緒沉浸在這種自責裡，很乾脆的轉移了話

題，對師傅說道：「那師傅，換誰躺了大半個月能受得了啊，讓我出去走走吧？」

「唔……」師傅有些猶豫了。

「師傅，會憋瘋的。」我懇求道，就像小時候每一次和師傅耍賴一樣，而到現在我也沒覺得有什麼不自然。

師傅沒有說話，而是很乾脆的站了起來，把我扶到了床邊坐著，給我小心的穿上了一層又一層的衣服，這才說道：「那就出去走動一下吧，夜裡涼，你別又弄出啥毛病來。」

「嗯。」我飛快點頭，又忍不住笑了，哪知道頭點得太用力，扯動了傷口，讓我忍不住哼哼了一聲。

「樂極生悲，這麼簡單的道理還不懂。」師傅一邊數落著我，一邊卻扶住了我，讓我把手靠在了他的肩膀，這樣等於是我的整個人都是師傅在支撐著。

我笑但是卻不答話，不覺得這是樂極生悲，我覺得……這是一種讓師傅表達情緒的方式，來自長輩的關懷，我缺失了太久，一點點疼痛能讓他表露，就是再疼一些又怎麼樣呢？

「你傷到的位置是心臟，小心一點兒……你這小命啊，如果當時那爪子再深那麼一些，神仙都救不回來你了。」我走動得很慢，師傅一邊扶著我，一邊念叨著，然後又不放心的加了一句：「你現在點點都不能讓心臟受累，累了就要直接說。」

我點點頭，和師傅已經走到了竹林小築的走廊，這個地方是我們曾經經常會坐著的地方，喝茶也好，下棋閒聊也罷，承載了太多的回憶。

如今，月色如水般滑落在這裡，一切都還是那麼熟悉的沒變……竹林小築彷彿就永遠是那個竹林小築，只不過在它旁邊，搭建了幾個臨時的屋子，想必那麼多人，竹林小築是擠不下的。

「小聲點兒，這段日子大家都沒睡好，別吵醒了他們。」師傅一步一步的扶著我下樓梯，一邊叮囑著。

我也盡量把動靜放小，心中流動的是感動，大家沒有睡好的原因，應該是因為我的傷勢吧？

可是我卻又莫名沉默了，忍不住有些難過。

「怎麼了？」師傅察覺到了我的情緒。

而在師傅面前，我也無須掩飾什麼，只是低沉的說了一句：「師傅，我想如雪了。」

「那丫頭……」師傅一下子沉默了，好像有著話想說，卻又不知道該怎麼說的樣子，接著只是扶著我朝著水潭邊走去。

我的心跳卻止不住的加快了，我知道師傅一定是知道一些什麼吧?關於如雪的……

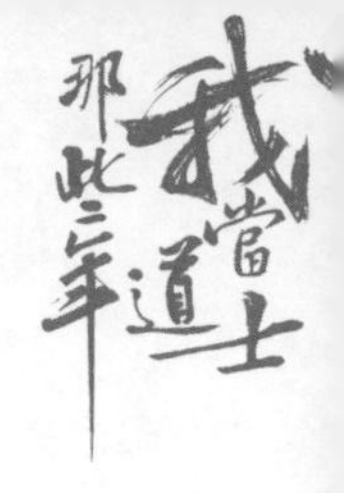

第三章　幾度輪迴戀戀不滅

我和師傅的腳步聲安靜，可是我的心跳卻像最強烈的鼓點，劇烈的跳動讓我整個胸口都在疼痛。

這種疼痛並不是身體上的傷害帶給我的疼痛，而是我心底有一個聲音在吶喊：「我的幸福只差一點點有完美了，我的幸福……真的只差一點點就完美了！」

是的，我承認我的「貪婪」，人總是這樣，什麼都沒有的時候，渴望有一天能不再為食物而奔波，就能痛快的吃個飽；當有一天真的可以痛快的吃飽，想要的可能就是第二天也可以繼續這樣隨意的吃飽。在淒風冷雨的時候，就想有一個厚實的遮擋物，當有一天真的有了厚實的遮擋物、不奔波的時候，想要的可能就是身下有一個能睡得舒適的床，能讓自己安心的睡。

可是老天，如果你能聽到那就聽我說，我真的只要再有一個人，我的生命就完美了，我情願吃著粗糙的食物，過最簡單的生活，只要……再有一個人就好，我絕對不再貪婪。

我多麼渴望這份生命中的「完美」，哪怕只是有一天。

「在想什麼？」師傅此時已經扶我走到了水潭邊，看我愣愣的發呆，表情卻是有些痛苦的眉頭微皺，忍不住問了一句。

他是擔心我。

「在想一份完美。」我的臉色有些蒼白，或許是因為疼痛所致，卻因為太過虔誠，說起完美兩個字的時候，嘴角卻忍不住擠出了一絲笑容，彷彿那份完美就在我的眼前。

「老天並不是容不下完美，而是一份完美需要多少世的善良才能享到一時啊？所以，人要知足，要懂得欣賞不完美，世世隨緣的累積一份善心，也許你想要的完美就不期而至了吧？」師傅把我扶到一塊大岩石坐下，想了想，又拉我起來，脫掉自己的外套，鋪在了這塊已經有絲絲綠痕的岩石上，才又讓我坐下，他只是小聲的說了一句：「別涼著了。」

外套還帶著師傅的體溫，卻讓我恍惚……其實當年在竹林小築裡，我們師徒倆的日子過得挺粗糙的，大老爺們能有多細緻？師傅那放縱不羈的性格更別說什麼細緻了，可是在我身上他總是這樣，那一夜一夜紅泥爐子上熬煮的藥膳，那一夜一夜他親手做的大木桶中升騰的香湯蒸氣……直到現在我身下這一件帶著他體溫的外套，也許，他一生中總是有細緻的，但是全部給了我。

師傅在我身邊坐下了，再一次安靜點上了他的旱菸，那抽旱菸的身影依舊是有些佝僂，什麼時候變這樣的？以前他的背影總是那麼挺拔……可是朝成青絲暮成雪的事情又能有多少？

就像如今的我，額前的瀏海中也有了絲絲的細碎白髮，我和師傅終究是錯過了太多的歲月，所以有些問題也就不必問了。

眼前的深潭，流水潺潺……叮叮咚咚的響徹在耳邊，這塊大石和這個深潭，幾乎是童年少年的畫卷中一幅不褪色的畫面，可是畫面不褪色，身下這塊因為那時長期坐著而顯光滑的大石，卻加重了顏色，到底長出了綠苔，訴說的也是一份守候等待的寂寞嗎？

「師傅。」我開口了，當那旱菸菸葉的氣味再次包圍我時。

「嗯？」師傅微微揚眉，吐出了一口旱菸，白色的煙霧在黑色的夜色中成團，卻又很快散盡……聚聚散散可能也就是人生。

「老天能不能容下完美我不想去考慮，多少世的善良或許我也沒辦法看到那麼遠……我只是在想，老天之下，能不能容下一份我想要的幸福？那個，很奢侈嗎？」我的話語聲響徹在這安靜的夜裡，伴隨著水聲蟲鳴，卻是那麼的寂寞。

可是師傅卻並不直接回答我的問題，而是歎息了一聲，輕聲的念道：「風無定，人無常，人生如浮萍，聚散兩茫茫。我謂萍飄路轉，愛恨亦匆匆，萍蹤浪無影，風剪玉芙蓉。承一，此話你聽來，可曾有一絲苦澀？」

我沉默了。

「我等雖是道家人，其實我剛才所說之詞也終究可以總結為一句佛禪『風無定相，雲無常態』，你執著的去追尋一份你想要的幸福，只是說明這紅塵把你錘煉得不夠。癡兒，你是要任由執念在你心裡成癡嗎？」師傅的話語中有一絲無奈。

他只是想告訴我，人生最終的境界只是一份自然，遇路則走，遇水則渡……心中有定，其岸自現。

而這個定只是堅定走下去的定，不是那一份我一定要走到哪裡的執念，執念成癡，人亦成狂……而人一旦成狂，哪裡還看得見什麼清明的方向？

「師傅……」我說不出話來，這些道理我自然都懂，但我那一年說著我不放，這一年，未必我就是一個能放下的人。

「罷了，你本童子命，情路顛簸不順……亦或者這紅塵萬種生成的執念於你心，也是一份錘煉。就如那個林富瑞一樣，到底是他的福緣或者是他的劫難，都只是一念，但這個煉的過程卻必不可少。更何況你是我的徒弟，刀山火海，紅塵深淵，我這個師傅也只能閉著眼睛陪你走下去了。」師傅說話間眉頭緊皺，又是大口吸了一口旱菸。

而我忍不住抓住了師傅的手，感受著其中粗糙的老繭，一時間竟然再一次的說不出話來。

「這些日子，你昏迷中，有幾夜我在你身邊莫名睡去。但卻又似夢非醒的樣子，我好像看見如雪那丫頭，坐在你的床前垂淚……可是我不敢肯定。」師傅終於還是說出來，伴隨著一聲歎息。

我的手一抖，抓著師傅的手情不自禁的用力，我想起了在印度的那一夜、那個夢、那個監控器中匆匆而過的身影，如雪她……

想到這裡，我的嘴唇也忍不住的顫抖，可是我什麼也說不出來……在這個時候，萬般心情在我心中纏繞，我能說出什麼來？若是要徹底斷掉，又何必一個人悄悄牽掛？或者，如雪已經執著的認為，這份愛情只是她一個人的事情？

因為那一年在茫茫的白雪林深中，她與我之間的承諾竟然是一份別離。呵，別人相守，我們卻承諾別離……

「承一，如雪在哪兒？之前凌青就一直在問，可是沒有人願意回答，包括如月那丫頭也只是哭。」在之前師傅絕口不提我們分開以後各自的經歷，可是看著我那麼不正常的臉色，他終於還是忍不住問了。

或者，如雪這種狀態太過奇怪，連師傅也不能解釋……他必須問我要一個答案。

我望著眼前的深潭，連喉頭都忍不住顫抖，半天才吐出兩個字：「龍墓。」

「龍墓……！是了，我早該想到的，師傅說的話又怎麼會有錯，那拂塵你是取到了？」師傅的眉頭一揚，眼中流露出的是深深的震撼和疑惑。

「嗯。」我心亂如麻，也不知道怎麼和師傅詳細說起這份經歷。

「那和如雪那丫頭又有什麼關係？」師傅的疑惑就是這個，對啊，龍墓一事，本是我師祖早期遊歷所留下的一處印記，怎麼會扯上如雪？

「因為……有一種蟲子，很可怕。幾乎是不死不滅，只有帶到龍墓，才能徹底的讓牠們消失。如雪……她是守墓人。」那一段的往事在我腦中反覆的上映，最後一次又一次的定格在那漆黑的大門中，那個堅定不移走過去的身影，我痛苦的嘶吼，被承心哥強行的拖走。

事過了那麼幾年，那傷痛依舊是那麼的清晰，清晰到我一想到彷彿又沉溺進了當年的痛苦。

「守墓，是守在哪兒？」師傅一時之間有些反應不過來，他無法想像如雪怎麼就成了守墓人。

「那具真龍骸骨的葬身之處。」對於師傅我沒有什麼好隱瞞的，我痛苦的回答了一句，把頭埋在了雙膝之間，彷彿只有這樣，我才能緩解來自胸膛的劇烈痛苦。

「啊，你說什麼？」師傅一下子從岩石上站起，眉頭之間都是憂慮，接著他失聲說道：「曾經，那一條真龍在那裡，準備真正的破開虛空，重返昆侖！失敗以後，那裡的空間極度不穩定……那裡，人怎麼可以待在那裡？」

可是，師傅啊，如雪就是待在那裡啊！那一個我再也去不到的地方。

不過，我還來不及說什麼，我的內心忽然開始抽痛起來……劇烈的抽痛，這種疼痛我無法形容，就像是有兩個靈魂同時在痛。

我靈魂中的那層薄膜開始劇烈的變形，像是有什麼東西要衝出來……但是一時間根本掙脫不了那層薄膜。

我痛苦得忍不住呻吟了一聲，在這劇烈變化的短短幾秒，我腦中反覆響徹的竟然是這樣一句話：「真要若此嗎？再度輪迴，也要若此嗎？到底……是要幾度輪迴，才能滅了這它，斬斷它？呵，幾度輪迴連連不滅？」

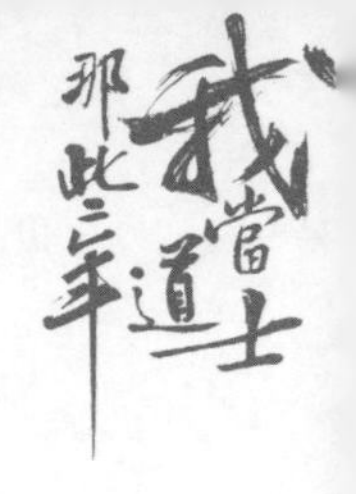

第四章 一幕

這是誰的聲音，什麼幾度輪迴戀戀不滅？難道是那個道童子……可是我已經不能思考更多了，我從來不知道這種抽象的心痛，會比真實心口受傷的疼痛來得更加讓人難受。

我還坐在這塊大石之上，可是整個人在這一瞬間已經痛到呆滯的狀態，意識都開始模糊。

模糊到眼前的深潭、月色、遠處的竹林黑色剪影……我都已經看不分明。

可是，我卻聽見耳中有模糊的飄渺經韻之聲，雲霧中，山巒之上……一道模糊的身影若隱若現，望著我，望著我……而那眼中的眼神卻是我讀不懂，那種帶著傷心的不相信，最是戳痛人心。

可惜的是，我看不清楚他（她）的樣子和身形，所以我連他（她）是男是女都不知道，我只是被這眼神深深的擊中了內心。

然後我感受到心中的怒火浮動，彷彿是為這種莫名的情緒而焦躁，我的腳步那麼沉重，卻是堅定的踏了出去，我聽見自己用一種最是坦蕩的語氣，朗聲地說道：「我要與你鬥法！」

鬥法？我為什麼要與這個人鬥法？不要鬥法……他（她）好像都那麼難過了。

但是，我這樣的視角太過奇怪，我好像身在其中，卻又只是像置身事外的觀看，我明明能感受到我不願，但是偏偏自己又非要與他（她）鬥法不可……陷入了一種彷若水火的情緒。

「若是我，定然不鬥！」不知道為什麼，我腦中浮現出這個念頭，堅定無比，堅定到壓下去了所有紛繁的思緒和所有強韌的意志，如同一把鋒利的劍一下子刺破了所有，獨立於雲霄之上一般。

這是我的意志，屬於陳承一的意志第一次那麼堅定。

不過，這代表著什麼？我並不知道……只是眼前的畫面忽然破碎，變為了點點的散發著微光的寸芒，在一片黑暗中飄遠。

我的眼前景色恢復了，又是那月色下的深潭，可是心痛卻並沒有因此而停止，卻是變得更加疼痛，我忍不住捂著胸口，「哇」的一聲莫名吐出了一口鮮血。

「承一！」這一切好像是很久，那一眼哀傷的眼神彷彿就像凝聚了萬年一般，實際上這一切發生不過短短的幾秒之中，師傅還在沉浸於如雪是守墓人的震撼之中，忽然見我吐血，師傅忍不住有些失措的喊了我一聲，然後一把扶住了我。

可我卻笑了，沒想到一口鬱結在心頭的鮮血吐出來以後，心中那種抽象的疼痛竟然消失了，我大口的呼吸，就像是劫後餘生，忍不住望著天上的明月，喊了一句：「痛快！」

我的這句痛快讓師傅莫名其妙，但越是不正常的表現越是讓師傅擔憂，終於原本並不想打擾他人的師傅失聲喊了一句：「立仁，立仁！」

那聲音帶著一絲驚惶劃破了夜空，不過剛才的疼痛彷彿就是來自靈魂，經歷了這種疼痛，就像抽乾了全身的氣力一般，我就這樣很是木然的躺在了大石之上，連一根手指頭也不想動了，我想睡覺，很想。

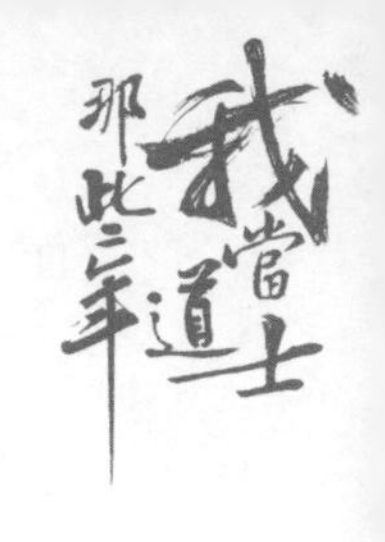

但我知道師傅擔心我，迷迷糊糊中說了一句：「師傅，我沒事兒。」

我是真的沒有事情，那夜以後我只是沉沉睡了一天一夜，傷勢在陳師叔的診斷之下，恢復得並沒有任何大礙。

我無法和師傅提起那一夜到底發生了什麼，因為我根本就不知道那雲霧之中的山巔，那一雙帶著強烈不相信的哀傷雙眼，是否只是我在疼痛之下臆想出來的一個幻覺。

時光匆匆，一轉眼又是半個月過去了。

這是我幸福延續的半個月，感覺自己幾乎漂泊半生，在這半個月內才體會到幸福給人的最大感覺，原來不過是一份安心。

我恢復得很快，而早春已經過去，轉眼就是暖春的季節。

四川的山水總是纏綿的，因為一年四季山色總是青翠，而暖春時節更是惹人愛，只因為那新抽芽的黃綠變成了嫩綠，充滿了生命之始的一種希望。

竹林小築的竹子也不會忘記春天的「盛筵」，竹葉綠得喜人，竹筍冒頭……腳踩在地上的枯萎竹葉上，發出一種讓人舒服的清脆之聲，聞著竹林裡特有的氣息，我滿足的歎了一聲。

轉頭看向遠處，慧根兒提著兩塊臨時做成的巨大石鎖正被慧大爺追得滿地跑，他不敢放下石鎖，嘴裡卻是叼著半個雞蛋，慧大爺在他身後罵罵咧咧：「搶額雞蛋，你四（是）包（不要）被額追上，否則，看額不打死你。這個臭小子，跟誰削（學）咧，越來越不孝。」

「哈哈哈……」慧根兒狼吞虎嚥的咽下口中的半個雞蛋，很是開懷的笑了起來，連同那一顆光頭都跟著閃耀起來，不過樂極生悲，卻被雞蛋噎到，一下子只能扔下石鎖，劇烈咳嗽起來。

慧大爺「冷笑」著撲向了慧根兒……

而在那邊陽光正好，陳師叔正在處理師傅從神那裡搜刮來的一些藥草，搗藥的聲音「哐啷，哐啷」節奏行雲流水很是好聽，而承心哥帶著他的招牌春風暖笑，在旁邊認真的看著，時不時扶一下眼鏡，低頭恭謹的和陳師叔說兩句，而又時不時的師徒倆同時沉思，又同時相視點頭，微笑。

「真是斯文的一對師徒，對吧？」我靠著一叢翠竹，肖承乾就在我的身邊，嘴上叼著他最珍貴的雪茄，卻並不點燃。

之前，我們在聖村告別，他把這盒雪茄交給了我；後來，大家相聚，我的傷勢無礙以後，他竟然厚著臉皮又給我要了回去。他說他不是肖大少了，這雪茄不好搞到了，還是珍惜一點兒吧。

所以他叼著過癮，然後和我一起抽香菸。

面對肖承乾的問題，我只是笑笑，承心哥真的是溫潤如玉的斯文男嗎？怕是長期和他鬥嘴的肖大少比我更知道承心哥的本質是什麼。

我輕輕伸了一個懶腰，動作卻是不敢太大，剛剛恢復還是怕扯動到傷口……陽光太溫暖，以至於我嘴上的笑容都變得懶洋洋的，而目光隨意遊移著，卻是看見最是喜歡擺出一副愁眉苦臉樣兒的王師叔，跟著承真師妹的身後，苦哈哈的大聲說道：「我的徒弟，我的寶貝兒，師傅這錯了還不行嗎？」

承真氣鼓鼓的卻是不買帳，大聲嚷嚷著：「哪有你這樣的師傅，一點兒耐心都沒有，一點兒不對就罵人？」

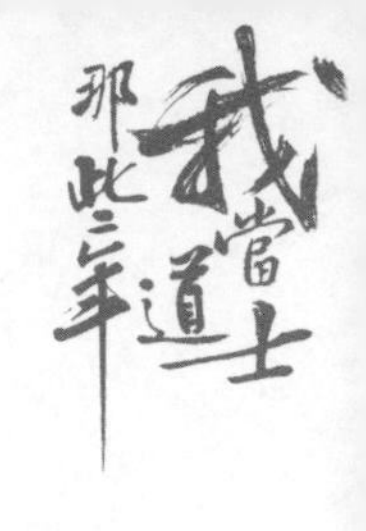

「好好好，不罵！師傅再給妳講解一下這個風水陣，在這一處地方不能像妳這樣佈置的……」王師叔的聲音漸漸變得小了，神情也從苦哈哈變成了認真。

承真在他旁邊一起蹲在地上擺弄著什麼，寫寫畫畫，只不過一分鐘不到，就聽見王師叔大怒吼道：「豬啊妳……妳師傅我一生看人面相，閱人無數，就怎麼沒見過妳這樣人臉豬相的。」

「完了。」我和肖承乾同時說道，然後忍不住一起笑出了聲兒。

卻聽見在另外一邊，我師傅溫柔的聲音指導著承願：「小願兒，妳這個基礎知識不扎實，都是我離開得太早，這手訣妳怕是得還要多練習幾遍，要知道失之毫釐差之千里啊……不過，妳不錯，不錯……比承一那臭小子聰明多了，嗯，強一百倍。」

而守在師傅和承願身邊的是凌青奶奶，她微笑看著師傅很是認真的給承願講解著一些什麼，而如月就坐在凌青奶奶的身旁，頭靠著凌青奶奶的肩膀，手上是已經莫名長出了一對透明翅膀的胖蠶，她時不時的舉起手，指著胖蠶給凌青奶奶說著什麼，而凌青奶奶這個時候才會收回目光，給如月低頭慈祥耐心的說幾句。

兩個人微笑很美，而凌青奶奶會在這樣和如月對視的微笑中，輕輕伸手撫摸著如月的一頭秀髮。

在如月身後的不遠處，酥肉和沁淮在弄著什麼蒙古烤肉，酥肉一直以來就是一個堅定不移的吃貨，盯著那烤肉眼神炙熱的都要冒出火來了，和小時候一樣，他不怕被爸媽揍，就怕沒飯吃……而沁淮心不在焉的，眼神時不時的就落在了如月身上，溫柔的眼神散發的光芒，就連和溫暖的陽光相比都要明亮幾分。

「狗日的沁淮，你能認真一些？你幫忙弄火勢，就好點兒弄，老子的肉沒烤好，老子和你拚命！」酥肉不依了。

「啊，你說啥？哥兒我聽不懂四川話的，酥肉，你說啥？」沁淮轉過頭，一臉「天真」的傻樣兒。

酥肉火大，衝了過去就和沁淮鬧成一團，嘴上吼道：「狗日的，老子要和你單挑。」

「哎呀，酥肉啊，你學啥不好，你非得學姜爺和慧大爺啊？」

「哈哈……」我和肖承乾看到這裡，忍不住放聲大笑。

而在溫暖的陽光下，竹林小築也顯得是那麼的寫意，肖承乾的一眾長輩，就坐在我和師傅曾經最愛坐的位置品茶下棋，我爸爸也參與其中。他們的神態是那麼的平靜安寧，我不禁想，曾經在那個肖承乾所在的幫派，他們呼風喚雨，卻可有過這樣的時光？

那邊，慧根兒和慧大爺終於鬧完，才想起了說好和慧根兒一起力量練習的陶柏，他一臉無辜，低著頭羞澀追在慧根兒和慧大爺身後，想說話卻又不敢說話。

而路山只是笑著搖搖頭，看著這一切無奈得很，可是當目光落在陶柏身上時，卻是滿面的平靜溫和。

炊煙裊裊，為這一幕風景增加了幾分人間的色彩，是我媽媽還有兩個姐姐在廚房裡忙碌，熟悉的味道和熟悉的香氣……浸潤在這份溫暖之中，讓我已經恍然如夢中。

最是不捨是人間，不放的理由，還原到最初，不過就是這些溫暖嗎？

「要找我談什麼？」我這時才想起了肖承乾是在約我單獨談話。

「沒事兒，看著，再幸福一會兒吧。」肖承乾的目光也沉迷，臉上寫滿的也是沉淪在了這種幸福。

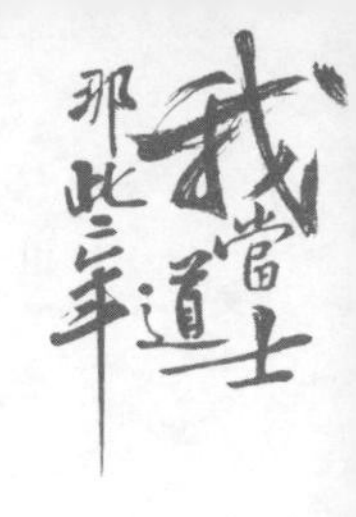

第五章　在那波瀾壯闊之前（上）

風悠悠的從竹林吹過，我和肖承乾的頭髮也隨著風微微的飛揚，吹面不寒楊柳風，說的就是這種來自暖春的風，好像能化開陽光中的淡淡燥熱，讓暖陽能夠均勻溫暖身體的每一個地方。

我和肖承乾就在這暖陽微風中看著這幅畫面，沉默了將近一分鐘，他才開口對我說道：「走吧，我們在這竹林裡散散步吧？」

「在這裡散步，你不怕迷路？」我想起了小時候的經歷，第一次見到陣法的神奇，就是這片竹林帶給我的。

「這種入門級的陣法能讓你迷路，還是讓我迷路？別扯淡，行嗎？」肖承乾珍惜的把他的雪茄重新放進了盒子裡，然後摸出一根香菸點上了，原本是想給我一根，想了想又收回去了。

我卻執意搶過來點上了，說道：「我只是受傷而已，不需要這麼小心翼翼的。」

肖承乾微微一笑，也沒多說什麼，低著頭越發沉默。

而我卻說道：「快點說吧，等一下我去陪陪承清哥。」

「嗯，他又去到李師叔的墳前自言自語了？」肖承乾吐了一口煙，聲音迴盪在整個竹林，伴隨著他話語聲的是我們腳踩竹葉「沙沙」的聲音。

不知道從什麼時候開始，我們老李一脈和老吳一脈的這些後輩已經徹底融合在了一起，彼此的長輩也開始師叔師伯的叫了。

只是彼此之間，還暫時不能習慣師兄師妹的叫，可是心底其實是已經認可了。

「是啊，不只是他，師傅他們也常常這樣。那天晚上，我看見師傅提了一罈酒，在李師叔的墳前說話，又哭又笑的說了一晚上，硬生生的把自己給灌醉了。我聽他說小師妹什麼的……結果第二天早上我想去扶他進來睡覺，卻發現陳師叔和王師叔也醉倒在了李師叔的墳前。」我隨意的說著，可是心底卻是壓抑不住的傷感。

在我的褲兜裡裝著一枚銅錢，那是李師叔送我的禮物，一枚珍貴的天成元寶，我其實常常把玩，銅錢已經變得光滑無比，有一種特殊的明亮……有時候思念的表達，就是這種微小的細節或者是微小的動作吧。

習慣的背後有時候代表的是某一種情感，就好像一個人走到哪裡，最想念的也是媽媽做的飯菜味道，那就是一種深入骨髓的習慣。

「有的感情太深，反而是言語不能表達出來的了。你知道嗎？那一次的見面，在聖村……」我和肖承乾在一處空地停了下來，在這裡有一塊極大又平整的岩石，我和他不約而同的就選擇這裡坐下了。

溫暖的陽光被竹葉分隔成了細碎的光點，映照在了我和他的臉上，肖承乾叼著菸，微微側頭，瞇著眼睛是又想起了那一天的重聚。

那一幕場景已經我已經聽了好幾次了，可是每一次聽見，都忍不住有一種想流淚的衝

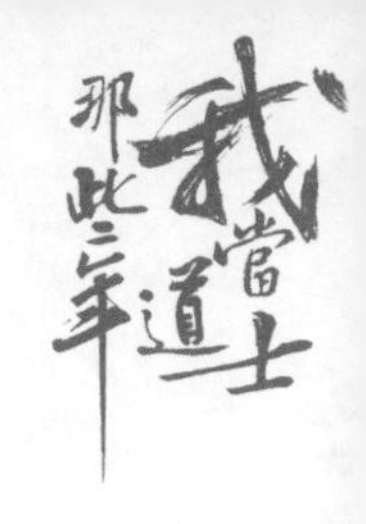

動。

陳承一這輩子肯定有或大或小的遺憾，有的重要，有的不甚重要，不過這一次因為昏迷錯過了那重逢的畫面，卻是我很重要的遺憾。

我靜靜聽著肖承乾又不自禁的說起了那一次的重逢，像這樣自己錯過的遺憾，聽太多次都是不夠的。

「那一次的見面，在聖村……我是真的不知道，長輩們就這樣出現了，就好像從天而降。我在聖村撐得好累，畢竟在那裡，只有我能夠保護這些重要的人，但有時我懷疑吳天的耐心幾乎快被我磨到底線了，很多次我都一整夜一整夜的睡不著，或者睡著了也被驚醒，因為覺得我連自己都保護不了，怎麼保護別人？有時吧，想著乾脆大家一起壯烈算了，但那也只是逃避的想法，日子總是要繼續的，就算是活在煉獄當中。」說起那一段日子，肖承乾的聲音變得低沉。

那應該是他最難的日子，我能夠感同身受，就像師傅他們失蹤以後，做為山字脈的大師兄，我把責任扛起來的時候。

我們經歷了很多的歲月，足跡踏遍了很多的地方……很多艱難的時候，人就會特別的脆弱，但第二天的太陽依舊會升起，而責任則會鞭笞著你不能回頭的往前走，就算是生活在煉獄。

我自問從來沒有想過要逃避，儘管內心很多時候會軟弱，但那不是矯情，因為我很自豪我們經歷了狂風暴雨，經歷了生死，終於走到了這一步。

而感情的表達更加不會吝嗇，因為失去過，才知道有些情分就盡量的去表達，人生的歲月有限。

樹欲靜而風不止，子欲養而親不待……我怕有的情分來不及說和表達，人生就已經過去了。

人不經歷，又怎麼會體會到那份黏稠厚重的感情？這和本身行為的堅強並不矛盾，就像小北曾經告訴我的那句話，內心若不柔軟，連哭都不會的男兒，怎麼能夠成為英雄？因為他沒有那樣悲天憫人的心，又怎麼會有那擔負大義的行？

至少，我理解的成熟和瀟灑，是能哭能笑，甚至能對也能錯，但絕不逃避，還知道背負的是什麼的男人。

我想……那種去年抹乾眼淚，今年就變得冷酷鐵血，繼而戰而不勝，創造神話的男兒或者和我是另外一個世界的人，那種天神一般的存在，我只能仰視……不管是我，還是肖承乾，都只是一個普普通通，甚至會是因為生活逼迫不停前行的人罷了，我們有的只不過是心中那份底線，求的是一個安心和非做不可的責任。

「是啊，說起來他們這樣出現，我們應該感謝的是玄沌子，如果不是他利用出神入化的控水之術，把我們送出聖村，拖住了楊晟和吳天那一幫子人，我想師傅他們進出聖村也不會那麼的順利，救出你們也……」這其中真的是僥倖，玄沌子送走了我們，因為要爭奪天紋之石，楊晟一行人也顧不上我們逃出了鬼打灣，才爭取了這一份時間。

畢竟吳天就是聖村最強的存在，而他又把最強的十個「跟班」帶在了身邊，聖村的力量被抽空了一大半。

「其實說起來也不是全無徵兆，你知道嗎？聖村有些很臭的存在，但是非常厲害，平日

裡都躲在內村……就是那些本該命絕卻借了別人壽的修者！之說以說他們臭，是因為他們早就該死了，身上都帶著屍體腐臭味兒卻還強行的活著。這些人在那段日子裡出現的異常少，到後來，吳天帶人走了以後的幾天裡，他們偶爾會出現那麼一兩次維護聖村的秩序。奇怪的是，每次出現的都是相對年輕的那麼一兩個人。」肖承乾手中的菸已經燃燒到了盡頭，他的眉頭微皺，臉上的神情也微微疑惑，好像在表達當日裡他就是這樣的疑惑。

看著肖承乾這樣的表情我就笑了，說道：「難道你就沒懷疑過什麼嗎？當時吳天帶著得力幹將出行，聖村那些維護秩序的老怪物又像消失了一般，你難道就不敢拚一把？」

我所說的拚一把，肖承乾應該明白，就是趁著這空擋之際帶著大家出逃。

果然肖承乾一聽我的問題就笑了，說道：「承一，換做是你，敢這樣去賭嗎？每天能夠讓大家繼續活下去，已經是不容易的事兒，在那樣的壓力之下，誰還能有冒險精神？這就是所謂撐死膽兒大的，餓死膽兒小的？」

「重要的是，你怕我從鬼打灣出來會回聖村，而你們都不在，我一個人……」我緊跟著補充了一句。是啊，不僅是他，大家也應該是如此吧。

畢竟所有人在一起還可以拚一把，如果我一個人那就和案板上的魚沒有什麼差別了。

「你明白就好，又何必說出來？」肖承乾苦笑了一聲，然後接著說道：「就是那麼苦，那麼難的日子，長輩突然出現在了聖村，你說我是什麼感覺？我記得那一日，他們出現的時候是下午，那一天慧根兒受了點兒傷，剛剛被抬回聖村所謂的禁閉室……」

我再一次沉默，其實我走後他們的日子我是知道的。

除了肖承乾，所有人都被吳天給囚禁了起來，想過之前那種平凡的外村生活也不可能了，他們瞬間就成為了最底層的犯人，在聖村任何人都可以折磨一下他們。

如果不是因為肖承乾的存在，他們連命都保不住，也是因為肖承乾的存在，這種折磨還在底線之上，否則……我不敢想像。

可是，肖承乾在聖村的地位也僅僅是如此了，就算折磨在底線之上，不也是折磨嗎？

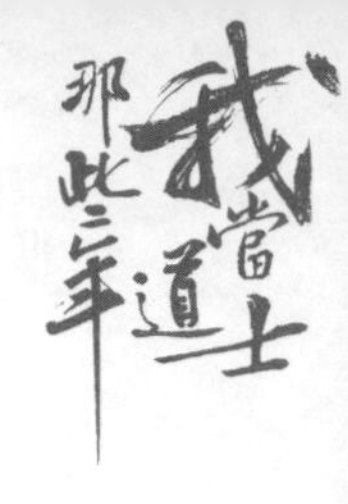

第六章 在那波瀾壯闊之前（中）

鬼打灣畢竟是另外一個空間，在那裡的時間和我們所在的世界大致一樣，不過也有一點差別。

我在鬼打灣裡待了幾個月，具體是多久，我已經沒有概念了……畢竟在那個地方很多時候白天黑夜都不分，我也就漸漸忘記了時間。

但待到我們出來時，在外面已經是深冬的天氣了。

之前肖承乾就告訴過我，在聖村大家都是過著被折磨的日子。而在其中，慧根兒的日子尤其難過，比起其他人來，慧根兒的脾氣更加剛直火爆，承受的折磨也就尤其多。

「幾乎每隔兩三天，慧根兒就會被那些老怪物弄去毒打一次，要不是他身體底子好，我想就是那幾個月都能給他留下永久的傷害了。」肖承乾是如是說的。

我師傅他們出現的那一天，也就是我們逃出鬼打灣的那一天，是一個飄雪的下午……陰冷的天氣讓黃河河段的很多地方都結了冰，但由於回水灣的水流湍急，倒還能正常流動。

而在那一天，慧根兒又一次被毒打了一次，這一次不知道是不是因為精神上緊繃到了極限，承受的壓力也到了極限，所以第一次慧根兒從那個可怕的刑罰室出來的時候，不是站著出來的，而是半昏迷的狀態被抬著出來的。

肖承乾是在下午的時候聽到這個消息的，在擔心之下，決定再次觸犯聖村那些老怪物的底線去探望慧根兒，順便為慧根兒送一些傷藥。

「反正我保護他們，這在聖村也已經不是祕密了……而是一件幾乎被挑明的事情。聖村很多人都覺得應該連我一起被囚禁起來，只是被吳天一語否定了。我還在內村過著看似逍遙的日子，實際上也是一種軟禁。我其實沒多大能力的，每一次的行動都像是在挑釁聖村那些老怪物的底線，可有時候我又不得不做。」肖承乾是如此描述當時他的處境的。

事實上，我也不理解肖承乾這種處境，到今天我們有機會私下談話，我才忍不住問了一句：「那這麼說來，那個吳天看起來對你不錯啊，為什麼……？」

這個為什麼中包含的內容也就太多了，以至於我都不能詳細的問起了，但我想肖承乾懂。

「呵，他對我不錯？你知道原因嗎，其實在他這麼多的後輩中，只有我和他的命格最是相合，他是想和神合力，借助一種逆天的術法，佔據我的肉身得到青春，相當於是奪舍，就是藉我重活一次……你懂了嗎？說起來，在鬼打灣神被滅，天紋之石失去效用之後，那個祕術也就無法完成。如果順利回來的不是你們，而是被吳天他們搶先回來，我也就失去利用價值了啊。」

原來如此……原來吳天會對肖承乾那麼好，而對其他後輩如此冷漠的原因竟然是這樣。

而失去利用價值的後果是什麼？不用肖承乾細說我也能想像到。

只是作為一個先祖會對後輩如此狠心，還是令人難以相信……看到我的神情，肖承乾不禁冷笑了一聲，補充說明了一句：「承一，你知道嗎？我們這一輩對吳天的崇拜，還有那種誓

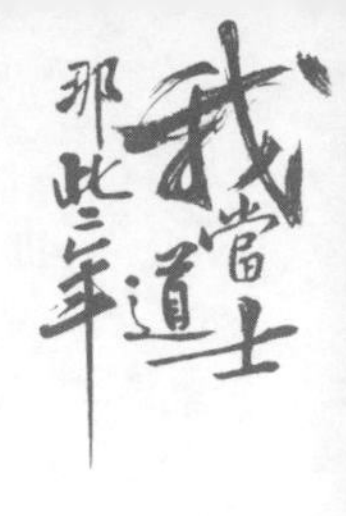

死的追隨之心並不比你們這一脈對李師祖的心要冷。當初見而他對我說明身份時，你不知道我有多激動……你以為我沒有猶豫過，掙扎過嗎？可事實是什麼，我想你也知道了，事實就是他毫不掩飾的告訴我，我的長輩們是被他送進鬼打灣獻祭的，他說沒用的東西也只能如此，他只容得下最優秀的後輩，而我外公他們這些後輩的成就太令他失望……還有他看好我之類的。從那時開始我對他的心就冷了。」

事實上的原因真的如此嗎？或許是有，但還有原因就是吳立宇他們與我師傅他們「攪合」在了一起，恐怕長年累月的生活下來，互相影響，吳天的「道」可能已經難以讓他們接受了吧？

那麼在吳天看來，與其留著這些沒用的後輩，那倒不如獻祭給合作夥伴「神」，想必神如果能成功的吞噬了我師傅一行人，恐怕會功力大增。

只不過中間出了岔子，神並未能成功，而我師傅他們卻莫名的陷入了「入定」的狀態，凌青奶奶她……這中間的謎題太多了，而師傅並沒有和我說起過，因為我也沒有問，看來是時候要好好問問了。

至於「看好肖承乾」這個謊言不是被肖承乾戳穿了嗎？原本吳天還想隱瞞，接著肖承乾就告訴了我，到後來因為吳天太過在意他，讓他摸不清頭緒，也就越發留意吳天的一舉一動，從很多細碎的線索拼湊出來，吳天可能要利用他。

「其實之前我都還抱著一絲希望的，可是到後來你被帶上了祭台，他要搶奪你的靈覺給我，你還記得嗎？他就為了這具屬於他的身體能更完美一些。」肖承乾說話間又點上了一枝菸。

我沉默了，被先祖這樣對待一定是很痛苦的吧？而我覺得巧合的是，神要拿走我的身體，而吳天則想要肖承乾的身體，看來在「自我」之道上走到極致的人，所犯之「惡」也是一樣，那就是把自私這個人本身的劣根性發揮到了極致。

我拍拍肖承乾的肩膀不知道說什麼，而在我從祭臺上出逃到鬼打灣之後……吳天對肖承乾就根本沒有絲毫隱瞞了，他覺得肖承乾就是該犧牲奉獻於他，遲遲沒有行動的原因是，那個時候我已經進入了鬼打灣，神一直在籌謀得到我的童子命命格，所以把吳天的事情先放到了一邊。

沒有神的配合，吳天無法完成這個逆天祕術……所以因果機緣都是環環相扣一般的連環，肖承乾捨身救我，從某一種角度來說，則是莫名的救了自己。

「總之，我在聖村的事情就是這樣。接著說下去，就是那一天下午，我帶著傷藥去到了禁閉室，由於那些老怪物出了問題，反而是出奇的順利。大家都被關在一間禁閉室，說是為了方便看管，待我去的時候，慧根兒依舊是昏迷不醒，那時甚至發起了高燒。你知道的，以慧根兒的體質，發燒這種事情對於他來說簡直就像神話，那個時候我很怕，覺得這普通的發燒簡直就像一個徵兆一般，代表慧根兒是真的撐不住了……」說到這裡，肖承乾皺緊了眉頭，有些心煩意亂的大口抽了幾口菸，情緒才平靜了下來。

接著說道：「而我，根本沒有辦法阻止那些變態的老妖怪對他們的折磨，特別是慧根兒這脾氣……我怕這樣下去，慧根兒就沒了，我該怎麼對你交代？慧根兒是你弟弟啊……」

從肖承乾的敘述中，我也感覺到心驚肉跳般的難過，如果我是肖承乾，恐怕當時的情緒比他更激動，更崩潰……畢竟慧根兒從小就幾乎是「黏」著我長大的，特別是在失去慧大爺以

後，他受到一星半點的傷害，我是真的都會受不了，何況發生這種情況？

我的手心中都是冷汗，忍不住從肖承乾那裡拿了一枝菸點上了。

而肖承乾則繼續說著：「這樣下去自然是不行的，禁閉室裡陰冷潮濕，那一天的雪又下得分外大，慧根兒一直說著胡話，念叨著師傅、姜爺、喊著哥……當時大家都被折磨得不行，看見慧根兒的情況情緒都很不穩定，幾個女人在哭，你要知道她們其實都是很堅強的，很少哭。而承心抱著慧根兒，神情都有些呆滯了，其他男人的情況也好不到哪裡去。我知道你可能不想聽，但我可以給你形容一下，每個人身上都戴著沉重的枷鎖，而陶柏是直接被鎖住的……鎖在牆上！在那種時候，我覺得我就是大家唯一的希望，慧根兒也不能再拖下去了，我也不知道哪兒來力氣，一把背起了慧根兒，我要帶他出去，在那一刻我就打定了主意，不管拿什麼做為交換，先救慧根兒，並且讓那些人承諾不再折磨大家。我知道那些人的承諾不可靠，但至少可以拖上那麼一些時間，拖到你回來，你是在那厚重的絕望中，唯一的希望。」

說到這裡，肖承乾的手不受控制的有些顫抖。

從我離開以後，不就一直是深沉的黑暗嗎？而在那一刻，就像黎明快要到來時，黑暗越發濃重，讓人看不到夜色的盡頭，也就只有冰冷的絕望。

「呼……」肖承乾長長吐了一口氣，然後抱歉地說道：「我激動了，可是那個時候真的是覺得已經走到了絕路。不過，慧根兒這小子，也不知道是燒糊塗還是怎麼了，在我背起他的那一刻，他忽然語氣變得清醒了一下，他在我耳邊說『來了，我覺得我哥回來了，我覺得師傅他們也跟著回來了』」

第七章 在那波瀾壯闊之前（下）

說到這裡肖承乾看了我一眼，帶著笑意問我：「這話你聽過不只一次了吧，是不是每聽一次都覺得很神奇？」

「是每聽一次都會覺得很難過。」我叼著菸，看著此時的暖陽、微微晃動的竹葉、點點細碎的陽光，很乾脆的躺倒在了這塊平整的大石上，此時的一切是如此安寧美好，可是不經過狂風暴雨，又怎麼能體會到它的珍貴？

「難過？」肖承乾微微揚眉，好像不太懂我這樣的情緒。

「是啊，難過。」我躺在平整的大石之上，陽光照進眼睛，讓我忍不住微微閉上了眼，然後說道：「你我皆是道家人，難道沒有聽過一個說法嗎？只有當肉身特別虛弱的時候，就如大病之中……或者，屬於個人的意志特別軟弱的時候，靈魂的感覺才分外敏銳嗎？慧根兒這小子不屬於靈覺強大的人，你說他忽如其來的這份感覺，說明了什麼？呵……只能說明在當時那個處境已經到了他的極限，太剛易折，說的就是慧根兒這小子吧。」

我此刻的語氣平淡，可是難過的心情卻並不平淡……慧根兒小時候可愛到了極點，可是這種可愛只是表象，骨子裡這孩子就是那種寧為玉碎不為瓦全的典型，在魯凡明的地下室他拔出戒刀的那一刻，就已經是把這種剛性展現得淋漓盡致。

肖承乾沉默了，也不知道過了多久才開口說道：「當時，慧根兒說這話的時候，是那麼的肯定，語氣也是瞬間清醒了過來，不像嘟嘟囔囔的胡話，可是沒人相信。可能是絕望得有些久了，希望對於我們來說，只是一種本能的等待，當它真的來了的時候，反而一時間覺得只是安慰和虛妄。不僅我如此，大家也是如此……大家都覺得慧根兒已經燒到糊塗了，更加難過，我記得在那個時候，如月倚在牆邊，強忍著不想哭出聲，把下嘴唇都咬破了。」

「我背著慧根兒出了禁閉室……當然是有人阻止，在那一刻，大家都像發了瘋。你能想像嗎？一群戴著沉重枷鎖的修者，就像街頭混混那樣的打架，我無法形容當時的混亂，那幾個看守禁閉室的傢伙差點被打死。幸運的，也必然的是，在那時並沒有所謂的老妖怪出來阻止……除了陶柏，我們一群人就這樣出了禁閉室。外面的風雪很大，吹迷了人的眼睛，大家把我護在中間，因為我背著慧根兒，那些聖村的人圍住了我們，不過就是那些普通的人吧，修者都不知道到哪裡去了？但是不敢衝上前來，我想當時我們那瘋子一樣的神情嚇住了他們？」肖承乾說起這段往事的時候，語氣已經稍微恢復了平靜，但在風雪之中，那一種悲壯悲涼的場景彷彿就在我眼前。

下定了決心要救慧根兒，事實上不也就是下定了決心，這一次就算赴死也要完成的一種意志嗎？後果是什麼每個人都清楚，包括肖承乾一開始所說的交換，也是一種後果。

他沒有過多說明，但背後意味著什麼我是清楚的。

「我們就這樣一步一步走在聖村之中，當時沒有過多的想法，就是想找一個溫暖的屋子，讓慧根兒在那裡休息，然後去找藥和一些營養的東西讓慧根兒吃。你知道的，在禁閉室的日子，那些老怪物刻意讓他們吃的就是『豬食』，可怕的是就是豬食也吃不飽啊！圍著我們的人越來越多，在要走進村子的時候，也不知道是誰開始鼓動說那些人要對我們動手了，而村子裡所謂的村官也已經飛快跑向內村，估計是去告狀了吧。我以為在那個時候，剩下的只是拚命了……我其實已經做好了等不到你的準備。可是……」肖承乾的臉上忽然浮現出了一個笑容。

我也笑了，這一段我聽過了很多次，忍不住接口說道：「可是，我師傅他們出現了，是吧？」

「是啊……他們出現了！最先就是聽見慧大爺的聲音，好大的一聲『那群人圍在那裡做什麼？我的徒弟呢？』，在最初聽見的時候，我還有些迷茫，畢竟在之前，我和慧大爺接觸得不多，對他的聲音也不熟悉，他又是用官話吼出來的，沒用他那陝西腔調，所以……可是，我卻記得，一直昏昏沉沉趴在我背上的慧根兒忽然就扭動了幾下身體，像是要掙脫跳到地上一般，可是他沒什麼力氣了，我開始聽見他喃喃喊著『師傅，師傅不就是來了嗎？』，然後一股一股的淚水落在我的頸窩，很燙，被風一吹，又很涼。」很難受的情緒，卻是讓人聽見忍不住想笑著哭。

就像黑暗了太久，第一縷陽光終於照射在為了追尋它而跋涉萬里的人們臉上，除了笑著哭，還能有什麼多餘的表情？

「我迷茫，可是在場有很多比我清醒的人……我就看見走在我前面的承心哥忽然就跪在了地上，一拳搥在雪中，喊了一句天吶，忽然就泣不成聲；看見站在我身旁的承清忽然望著天空，很想保持平靜，臉上的淚水卻一直在流；看見承願捂住了嘴，背後承真抱著她，想安慰兩個人……」肖承乾的聲音忽然有些哽咽，有些說不下去了。

「總之，我很亂，在飛揚的大雪中，我看不清楚每個人，可是卻忽然有了一絲明悟，恐

怕等待了許久，找尋了許久……在這一刻，天終於是亮了吧？我也忍不住了，幾乎是背不住慧根兒，只是覺得全身發抖，甚至是全身發軟。我聽見人群中傳來了慘叫的聲音，看見在圍繞的人群邊緣處，有人影不斷的倒下，或者是被誇張的拋起落下……接著人們就讓開了一條路，是畏懼的讓開了一條路，我看見一個上半身赤裸的男人站在最前面。」肖承乾說到這裡，忽然情不自禁的，裝作不經意的抹了一下臉。

那是淚水吧？不能忘懷的深刻回憶與不能複製的深刻情緒所刺激出來的淚水吧。

我只是當做沒看見，在這種時候男人總需要留一點兒面子，我是，肖承乾也是。

平靜了一會兒，肖承乾才繼續說道：「那個男人是我八叔……你知道的，肖老八！因為我們這一脈特殊，吳姓與肖姓長期通婚，外加還有另外幾個家族，只是沒有我們兩族在這一脈中地位那麼高……所以叫法也亂，你別在意。」

家族式的傳承就是這樣特別的凌亂，和世俗的家族不同，修者的家族還要講究天分，所以是不是一定正統的姓吳，倒也不重要，只要是一個血脈的就成。

我搖搖頭表示並不在意，而肖承乾繼續說道：「在那個時候，你知道嗎？我見到八叔的那個時候就差點瘋了，慧根兒原本在我背上，被我一不小心就落在了地上，我下意識的又手忙腳亂的想要抱起慧根兒，卻半跪在地上看著我的八叔，叫了一聲就再也動不了了，在那一刻，除了那一片一片的雪花，什麼也看不清楚，我不是哭了，我就是……就是……看不清楚吧？」

肖承乾說到這裡笑了笑，是不是哭了其實不是很重要，誰又還會追問？

可能是他自己也覺得這樣的掩飾太過牽強，忍不住笑著說道：「可是，我八叔還來不及說什麼，就被一下子推開到了一旁，接著我看見了慧大爺，他死死的盯著慧根兒，忽然朝著人群怒吼了一句『誰把我的徒弟搞成了這個樣子？』。承一，你是沒有親眼看見，那個時候的慧大爺極度可怕，那綿延的怒火跟燒到了天邊似的，在場的硬是沒有一個人敢說話。」

其實，不用看見我也知道慧大爺在那一刻會是怎麼樣的憤怒，也知道這種憤怒會給人造成多麼震撼的後果！

我繼續笑著聽，這種不能親歷的遺憾讓我這件事情聽上一百次，也不會膩的！

「但是接著，慧大爺的話剛說完，我就感覺到一陣風像撲到了眼前一般，還沒有反應過來，就被人緊緊一把抱在了懷中，我……我那個時候並沒有抬頭，是的，我其實是哭了，因為不用抬頭，我也知道那是我外公。我小時候就是家族中最有天賦的那一個，因此外公特別疼愛我，我最幼小的歲月幾乎就是在他的懷中度過的，因為他特別喜歡把我抱在懷裡。你說，這樣懷抱的感覺，我怎麼可能忘記？怎麼可能……我當時應該很不平靜嗎？其實，我卻是很平靜的在想，唔，外公回來了。可是，就是忍不住哭，也不知道怎麼了？我以為重逢會有千言萬語，可是，我只是聽見外公說了一句話：承乾，你瘦了一些，可是從家族出來，日子過得不好了？」肖承乾說這些的時候，眼眶已經變得通紅。

其實哪裡又需要什麼千言萬語？就像我和師傅再見之時，他對我表達思念的方式，就是在屁股上狠狠的踢了我幾腳，然後呵斥了我幾句。

我的心裡也哪有什麼過多的激動想法，反覆迴盪在腦中的，也不過兩個字——師傅！

接下來的根本不用肖承乾訴說，我也知道那其中的幾句對話，因為已經聽了很多次。

慧根兒是被慧大爺抱了起來，在迷糊中慧根兒叫了一句：「師傅，你來了，可是額好像病了。」

而慧大爺則是這樣說道：「額回來了，你肯定是雞蛋吃得少，這身子骨咋不行咧？」

至於承心哥則是被陳師叔扶了起來，平時如此毒舌而顯得伶牙俐齒的他，在那個時候竟然對著陳師叔說了一句：「師傅，我眼鏡掉地上了。」

陳師叔則是說：「師傅在這裡，你待會兒再撿眼鏡吧，讓師傅好好看看你。」

「可是，沒有眼鏡我看不清楚你。」說完這句話，承心哥就很沒有形象的開始大哭，要知道，他可是一直優雅的春風男啊。

至於承真和承願則是被王師叔一手一個拉開的，他說道：「妳們這是在為我哭喪呢，我不是還沒死？」

可憐兩個小丫頭面對如此沒譜的王師叔根本就說不出一句話來。

如月是撲在凌青奶奶懷裡的，她有更多的千言萬語，畢竟如雪在那時已經一個人留在龍墓了，可是到頭來，她也只是說出了一句話：「奶奶，我好苦。」

「沒事兒，奶奶回來了。」凌青奶奶摸著如月的長髮，只是非常簡答的說了這麼一句，然後就緊緊把如月擁在了懷中。

那一刻的重逢即是永恆吧……

而在這樣重逢的場面中，最後一句話則是我師傅站出來說的：「咱們走吧，你們這些人，能離開這裡就離開，若是執迷不悟，想要阻止我們，也不要怪我手下不留情……我那徒弟，性命還在旦夕，我實在沒有心情和你們再多說一句的道理！」

是啊，那時的我還在性命危急之間，師傅就這樣站了出來！

接下來的事情根本不用細述，隨著神的覆滅，聖村裡的老怪物根本就沒有戰鬥力了，而這些普通人或者普通的修者又哪裡是我師傅他們一行人的對手？

所以，在救出了陶柏以後，一切都還算順利的逃出了聖村……日夜匆忙的趕路回到了竹林小築。

在對往事又一遍的回憶之後，肖承乾忽然對我說道：「現在聽到這一切，是不是覺得幸福來之不易，相聚更顯難得？」

「如若不是這樣，為什麼每個人，不管是長輩也好，還是我們小一輩的也好，怎麼可能絕口不提發生的過往？因為幸福是寧靜的，當它來的時候，我情願純粹的幸福，這不是逃避，我只是，不，大家也只是想純粹的幸福一些時間罷了。」我平靜說道，嘴角也帶起了笑意。

可是肖承乾卻一聲歎息，說道：「是啊，是這樣的。可是，平靜的幸福恐怕要結束了。」

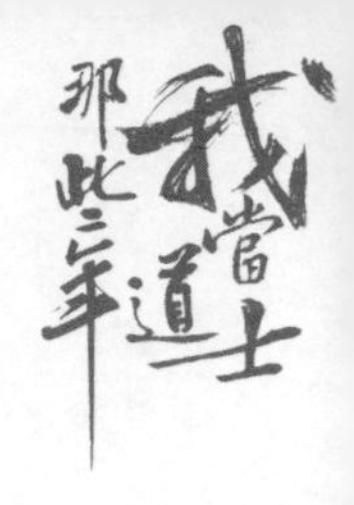

第八章 前因

其實關於未來，我一直有一種覺悟，那就是在某個時間段以前，我想要的平靜幸福可能一直都會是鏡花水月，存在，但並不長久，甚至有些虛幻。

而在某個時間段以後呢？是不是只是平靜了，而要的所謂幸福卻也只是充滿了遺憾？

我不敢想得太仔細，只能模糊的預想一下，算是為自己做好一個最壞的打算，可是當肖承乾忽然那麼說起的時候，我拿菸的手還是忍不住顫抖了一下，手指間夾著的菸一下子滑落，然後從我的臉上滾落，燙得我忍不住低呼了一聲，一下子從那塊平整的大石上坐了起來，又因為動作太激烈扯到了胸口，在坐起來的瞬間，忍不住撫了兩下胸口，抽了兩口涼氣。

肖承乾看得好笑，語氣有些輕佻地說道：「你至於那麼大的反應？」

我沒有理會肖承乾，而是等到胸口的陣痛平息下來以後才說道：「菸燙到而已，其實我早有心理準備。萬事纏身，這樣的幸福，和偷得浮生半日閒沒什麼差別，有過就已經很滿足了。不過，你說話不要只說一半，說直接一點吧。」

「直接一點，就是我們要離開這裡亡命天涯了，你怎麼看？」肖承乾說完這句話的時候，從那塊大石上跳了下來，拍了拍雙手，盯著我。

他的神情是想努力的輕鬆，可是眼神卻無比認真，甚至稍微有那麼一絲沉重。

亡命天涯，是這麼嚴重嗎？其實我早該想到的吧……我沒有直接回答肖承乾的問題，而是看著他說道：「你外公也回來了，如果說亡命天涯是我們這一脈的事情，你跟著參合做什麼？你不是一直想回去，拿回屬於你的地位和東西嗎？」

聽我這樣說，肖承乾的臉上隱約浮現出一絲怒火，然後大踏步的走過來，一把就用手肘勒住了我的脖子，大聲說道：「你是事兒精，我招惹上了你。姜爺也不見得好到哪兒去，我外公招惹上了他，你覺得我們還可以置身事外嗎？那種大少的生活和從你相遇的那一刻開始，就註定老子過不了了……甚至老子一直以來認定的道，都因為你們改變了。你就和我說這個？」

肖承乾越說越激動，我被他勒得喘不過氣來，脹紅著臉，只能使勁一下子掰開了他的手，咳嗽了兩聲，忍著胸口被咳嗽撕扯的疼痛，然後才說道：「你是要殺人，還是想搶劫？老子要叫人了啊！」

「那你叫啊！」肖承乾因為生氣臉都鼓了起來，看得我有幾分好笑，也從大石上跳了下來，然後拍著肖承乾的肩膀低聲說了一句：「其實，我知道。」

肖承乾長歎了一聲，終究還是沒有和我生氣了，沉默了好一會兒才說道：「我外公說，那地方不回去也罷了。」

「其實回去不是更安全嗎？」我認真地說道，畢竟那是一個組織，可以借助的人力物力很多，甚至財力上也可以提供一些幫助，至少比和我們一起亡命天涯來得安全。

聽完我這話，肖承乾忍不住轉身了，他雙手插袋，很認真的看著我說：「承一，話不是這樣說的。組織也不是原來那個組織了，從我外公這次回來通過祕密管道收到的一些消息來看，真正屬於我們勢力的人已經被徹底的架空了。你從小身處的環境單純，說起來師門裡加起

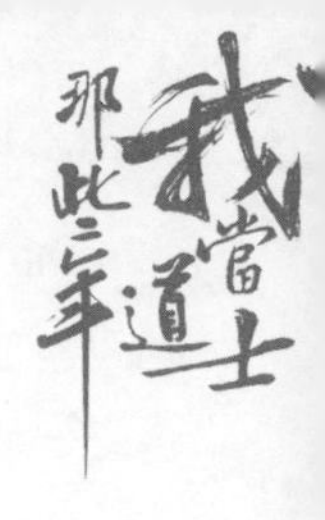

來也不過十個人不到……你不懂得鬥爭的殘酷，就好比爭皇位，一旦坐上了那個頂峰的位置，還有人願意讓開嗎？加上外公已經離開太久，我們根本就回不去了，回去也是自投羅網。」

這些事情可能我是真的不理解，因為我覺得這個組織既然是老吳一脈的後人一力創造的，那麼就應該是屬於他們的，怎麼會變成這種情況？可是我也不想要理解這些紛紛擾擾，就如同有的人的生活，追求的是一種權力與物質的頂峰，而有的人卻覺得一茶一飯，就已足也。

不能說是誰對誰錯，只能說追求不同時，也不必要面前去理解對方的世界，反而為自己的「純粹」增添一絲迷茫。

生活這種事情本來就是隨心而動的，心境是什麼態度，生活自然就是什麼模樣。

我沉默了一會兒，問肖承乾：「你想回去嗎？」我其實更想問，我們為什麼就要亡命天涯了，可是，做為兄弟，我更應該關心關心肖承乾的想法，至少我不想他活得勉強。

肖承乾歎息了一聲，站到了我的身側，抬頭看著陽光下搖曳的竹林，有些落寞地說道：「我當然想回去，我有很多雄心壯志，就比如組織裡的那麼多人，我很想再一次的去清洗他們的思想，不怕坦然的承認，我們之前所追求認定的道是錯的，我想帶領著組織走向一個新的方向……我甚至想把它變為一個從此匡扶正義，有著分明底線的組織！再不濟，從此隱世，成為雪山一脈那樣淡薄的存在也不是不可以。承一，你能理解我壯士未酬的心嗎？」

「能！」我輕輕點頭。

「可惜，我無能為力……我只能聽外公說著組織裡的一切，然後痛心！完全已經和其他三個邪派並行了，說直接一點兒，就是都瘋狂追隨著楊晟，我就不知道他媽的這個楊晟是怎麼做到這一點的。」肖承乾有些說不下去了。

「你不應該懷疑楊晟的智商，從第一眼看到這個人起，我就覺得他是那種，想要做什麼事，一定就能做到極端極限那種。因為他真的夠聰明，不然不會被說成是少年天才。第二你能理解他的執著嗎？那種執著，為了科學研究，連生活都不會自理，或許他只是不屑去理會這些不重要的細節。」我之前的認識其實也沒有那麼深刻，而我自己說出來的時候，發現這樣又聰明又執著到偏激的人，真的可怕。

天才都是偏執狂，那楊晟是不是很好的詮釋了這句話？

肖承乾不會懷疑我的話，只是聽見我這樣說，臉色變得更加蒼白了一些，最後才無力的低吼了一聲，有些暴躁的一腳踢在了地上，鋪在地上的竹葉紛紛揚揚的飛起……在竹葉紛紛下落時，他才說道：「可能我是年少輕狂，面對自己苦心經營的組織，走上了這樣的道路，外公卻比我淡定得多，他告訴我緣法還有悟道什麼時候都不晚，他只是感謝姜爺讓他看到了不一樣的世界、不一樣的情分、不一樣的義、不一樣的堅持……我也感謝你讓我體會到了不一樣的東西，可是我總覺得不盡人事，怎麼又能就安天命了呢？但是，外公卻告訴我，盡人事，就是已經在做，而不應該用一顆焦慮的心去看待，死守結果，不用去看結果，就盡力而已，我還不能理解。」

說完這句話，肖承乾再次有些煩躁的又要點上一枝菸，而我卻一把抓住了他的手，拿過菸揉了一把扔掉了。

我說道：「你不明白你外公的話，我明白啊。他其實已經是選擇在做了，就算和我們亡命天涯也是一種對抗和阻止，你難道看不明白？」

「是這樣嗎？」肖承乾忽然有些無助，卻又帶著希望的看著我。

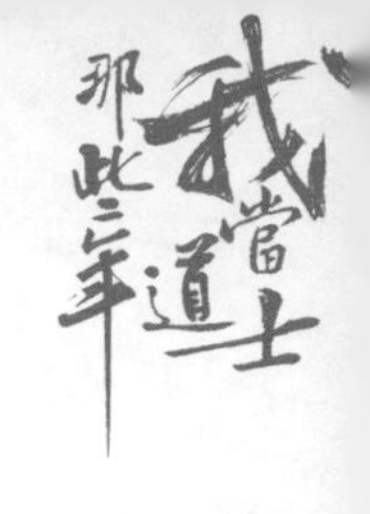

「當然是這樣，你自己去想吧。你外公不過想和我們一起掐到那惡的源頭，再選擇回去吧。」我認真地說道。

「我想我有點兒明白了。」肖承乾看著我忽然笑了。

我也笑了，一把攬過肖承乾，然後裝作不經意的問：「為什麼那麼快就要離開竹林小築？為什麼又要亡命天涯？」

「是姜爺讓我特意找你談談的，就這事兒，鬼打灣一戰，楊晟已經徹底和我們撕破了臉……你知道現在擁護楊晟的勢力有多大嗎？」肖承乾說到這個的時候，眉頭微微皺起，這種事情好像一提起就讓他很為難。

「四大勢力？」我不肯定的問道。

「那只是明面上的最大一股勢力，暗地裡，我聽姜爺和我外公談話，偶然提及了一句，那是不可估算的。」肖承乾說這話的時候，腳無意識的踢著地面，彷彿只有這樣才可以轉移壓力。

「既然是這樣，那倒是非殺了我們不可。當然，如果我們願意歸順的話……那為什麼不第一時間就找到我們？我的意思是從鬼打灣出來以後。」我聲音也變得低沉。

「你以為他不想？兩個原因，第一是因為他那邊好像有什麼事情，還沒來得及顧上我們。至於第二，那就是我們這邊還是有人稍許插手了一下，拖延了幾口喘氣的時間給我們。」肖承乾認真地說道。

「是誰在幫我們？」我能想到的可能只有珍妮大姐頭，在這種壓力下真的只有她了。

「這個你恐怕就要具體問姜爺了。」肖承乾歎息了一聲。

「什麼時候走？」其實，走又能走到哪兒去呢？這個問題我不敢想也不敢問，如果真如肖承乾所說，那鋪天蓋地的勢力啊。

「我不知道。」肖承乾只是低聲這麼對我說了一句。

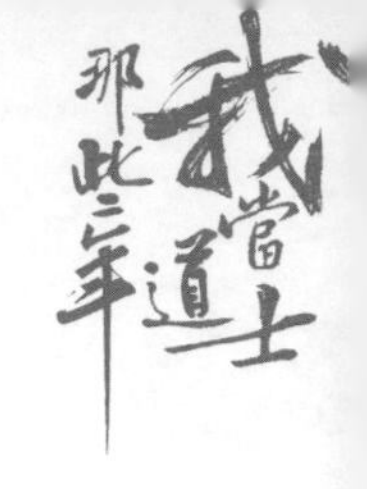

第九章　最是相思

肖承乾這樣說，就弄得我有些莫名其妙了，忍不住拍了一下他腦袋，吼了一句：「你不知道，那和我說個屁啊？」

肖承乾被拍了一下腦袋，一下子就火大了，趕緊伸手去弄了一下他的刺蝟頭，反拍了我一下，吼道：「就算老子不知道，你也不能拍我的頭啊！」

「你的頭咋了？」我莫名其妙，以前這小子沒這忌諱啊。

「我×，你對得起老子嗎？老子這髮型都換了多久了，敢情你一眼都沒看？」肖承乾怒火沖天的，看樣子是很認真的揪住了我的衣領。

在我的視線中，肖承乾的頭髮根根直立，就跟個刺蝟似的，我是不在意什麼髮型的人，不然也不可能萬年自然瀏海了，不過我還是真心覺得肖承乾以前那稍長一些的頭髮適合他。

「我有看，我有看！」看這個小子認真了，我沒辦法只能趕緊求饒，因為這個話題實在太無聊。

「這還差不多，這個髮型挺有男人味兒的，省得承真這丫頭說老子就長得跟個女人似的。」說話間，肖承乾忍不住又用雙手摸了一下他的頭髮，喃喃自語地說道：「這縣城裡的定型水不好用咋的，怎麼剛才風一吹，我感覺頭髮跟著擺呢？」

我實在覺得這個話題有損我的智商，非常乾脆的轉身就走。我很想說，你這快有十釐米的頭髮這樣立著，你倒再多定型水，風吹也得動啊！但到底覺得還是不要和肖承乾討論這麼「低級」的問題了。

「喂，陳承一，你跑啥？這個髮型蘇承心說不錯的哦……你還沒給意見呢？」肖承乾不甘心的在我身後吼道。

我的臉都快抽搐了，估計肖承乾這小子快被承心哥坑死了都還不知道，我沒有回頭，只是說：「我師傅讓你找我談，又不說什麼時候走，這不扯淡嗎？」

「應該快了吧，我相信姜爺會安排的。」說起這個，這小子倒是沒有提他髮型的事兒了，而是認真的回答了我一句。

我擺擺手，沒有再多說了，那意思已經表達得很明確，就是這次談話的目的已經達成了，我收到了這件事，也接受了。

李師叔的墓地就在竹林小築的一處背陰地兒，這其中是有講究的，埋葬的地勢是承真親自給李師叔選的，她說竹林小築的風水也還不錯。

我不懂陰宅的講究，不過承真跟著王師叔那麼多年，應該是不會錯的。

在竹林小築這是一片陽光燦爛，微風悠悠的晴好天氣……但是走到李師叔的墓前，陽光就稍許黯淡了一些，風也稍許大了一些，我穿著一件單薄的外套，也不知道是不是因為大病初癒的原因，竟然有一些涼。

遠遠的，我就看見了承清哥的背影，穿著平日裡常穿的那件洗得有些發白的灰色唐裝，站在李師叔的墓前。

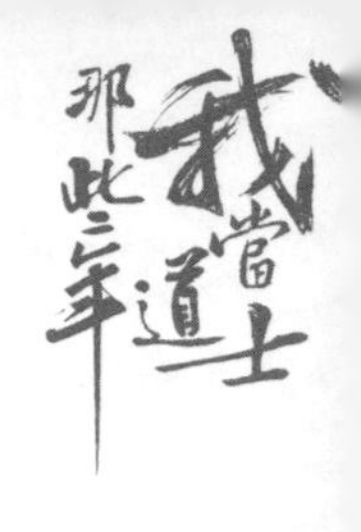

風吹動著承清哥的衣服下襬，也吹起他那快齊肩的頭髮……長髮中絲絲的白髮是那麼的刺眼，也顯得那麼落寞和寂寥。

在印象中，我從未看過如此蕭瑟的背影，承清哥這樣的背影給了如此強烈的震撼，第一次如此清晰的體會到了蕭瑟這個詞的意境。

我輕輕走過去，傳來的是鞋子與青草摩擦的聲音，承清哥甚至沒有回頭，就輕聲的問了一句：「承一？」

我不想氣氛那麼凝重，故意笑著說：「承清哥，你沒回頭咋就能知道，你算出來的？」

「這件小事需要算嗎？每個人走路的腳步聲都不同，我有個小毛病，就是愛聽人的腳步聲，記下這種節奏。像我師傅就是每一次抬腳之前稍有停頓，像要考慮好每一步不能走錯，而跨步時卻分外有力，因為從落地的聲音就可以聽清楚。」承清哥的聲音淡淡的。

而在這個時候，我已經走到了承心哥的身邊，他的身上有淡淡的酒氣，而他的手上就拿著一個酒杯，地上還擺著一個竹筒，裡面就裝著酒，而在那竹筒的旁邊，還歪倒著一個竹筒。

我特意的彎腰，撿起來晃了晃，裡面還有一點點殘存的酒液，我歎息了一聲，放下了手中的竹筒。

師傅就常常用這種竹筒打酒，一節大概就是一斤的樣子，難道承清哥一個人在這裡就喝了那麼多，一斤酒下去都不停？會喝出事兒的！

這樣想著，我就一把搶過了承清哥的酒杯，仰頭喝下……因為受傷，我太久沒有碰酒了，這辛辣的酒液流過喉嚨，竟然嗆得我連聲咳嗽。

承清哥不緊不慢的搶過了我手中的酒杯，然後很淡然地說道：「你受傷了，不該喝酒。」

「那你就應該喝那麼多？」我隱約有了怒氣，我理解承清哥，可是覺得他不該這樣傷懷。是的，李師叔不在了，他還有我們啊！即便從感情上我們不能代替李師叔，也不可能代替，可是，他這樣的孤獨又算什麼？顯得……

這種話我說不出口，說不出承清哥為什麼要在這種時候顯得那麼孤獨，就好像熱鬧是我們的，溫暖是我們的，而他只是一個人。

面對我的質問，承清哥幽幽的歎息了一聲，然後對我說道：「我其實沒有喝那麼多，你看地上。」

說完，他手指了一個地方，我一看，地上果然是濕漉漉的，而且傳來了濃烈的酒氣，那應該是酒灑在了地上傳來的味道。

我看著承清哥不知道說什麼？而他從竹筒中倒出一杯酒，然後開始朗聲念誦道：「往事只堪哀，對景難排。秋風庭院蘚侵階。一任珠簾閒不卷，終日誰來……」

我不解承清哥的行為，只能靜靜的聽著，我知道這應該是一首宋詞，不過具體是誰的，我不知道，我不明白承清哥這個時候背誦這個做什麼？

承清哥也不打算給我解釋，只是聲音有些寂寞的念誦著這首宋詞，念完以後，他把杯中的酒灑到了剛才那個地方，接著又倒了一杯，自己一口喝下，這才嘴角帶著一絲微笑地說道：「酒菜不相離，可是誰知道，有時候好的文字，不管是唐詩宋詞還是元曲，甚至一篇散文，都是最好的下酒之物呢？我師傅愛宋詞，受他的影響，我也愛宋詞，剛才我背誦的是南唐後主李煜的一首〈浪淘沙〉，師傅最愛他後期的詞，那種人生大起大落，從深刻的悲哀中想要悟到真

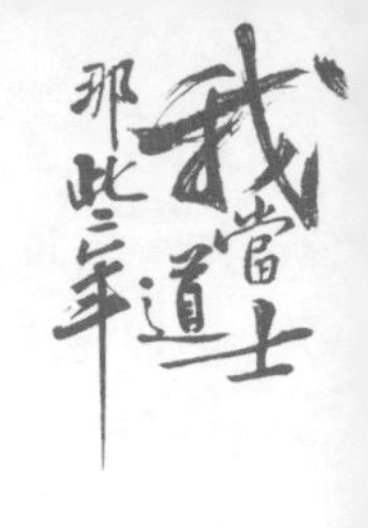

諦，想要求得內心安寧，卻又掙扎不出的彷徨，他覺得就像世間人的寫照，但世間人難得的是一顆想悟的心。」

我靜靜聽著承清哥說著，也看著他臉上其實有了酒意上湧的潮紅，他如此淡然的一個人，這樣的情緒倒是非常少見的，有時候任情緒發洩也未嘗不是一件壞事兒，我所需要做的，也真的只是靜靜的聽著。

而承清哥也只是打算訴說，他那落寞的聲音繼續響徹在我耳畔：「承一，你可知道？師傅說他一生不見得道遠，因為只是束縛在某一個職位，可是卻任重。難得清閒之時，總是喜歡與我這樣對酒當歌，以詞為餚，喝個痛快……我們習慣了，一首詞，一杯酒，就如喝下了萬般滋味。如今，我只是想再陪陪他。」

「承一，你一定會怪我，你們對我的心重，我卻如此孤獨落寞，是不是傷了你們的心？其實不是，不是這樣的！師傅在那一年，就算準了自己撐不過去，你知道他對我說什麼嗎？」承清哥的眼中蒙上了一層霧氣。

「說什麼？」剛才的那杯酒，從胃裡傳來了熱辣辣的氣息，我卻不知道為什麼，還是再想喝一杯，忍不住從地上拿起了竹筒，給自己猛灌了一口，其實我也想李師叔了，那個和承清哥一樣感情從不愛外露，卻分外重情義的嚴肅男人。

否則，我在北京讀書時，在學校做了什麼破事兒，他怎麼會打聽得一清二楚。

果然人最怕相思，不能回憶過往的細節，會陷進去的！

「他說，他剩下的日子不多了，曾經會很擔心我一個人孤苦，可是自從那一次北京的聚會以後，他就再也不擔心了。他說，他們幾個師兄弟同為師祖弟子，看似不同，實則一心，我是跟著他，可是他絕對相信師叔們對我的心同他沒有差別。而我自己的師兄妹們，也有一顆赤子之心，老李一脈不收不懂情之一字之人，就算一生為情所困！這情自然也包括師門之情……他說，一生幸運，入老李之門，讓我切不可在他走後，對他相思過重，到時候會負了你們的心。」

說完這句話，承清哥沒有再往自己的酒杯倒酒，而是和我一樣，抓著竹筒灌了一大口，然後吐著酒氣接著說道：「其實，我一路跟隨著你們找師叔，何嘗又不是在尋對師傅的一種思念，按照師傅所說，這種思念就落在了三位師叔身上，找回了他們，我就找回了師傅！」

說完這句話，承清哥的身子幾乎站立不穩，而我一把扶住了他。

第十章　之前

承清哥的身子軟軟歪倒在我身上，而我的鼻子已經開始發酸。

其實不管思念落到了誰身上，也終究不是那個人了，不是嗎？

「可是不對，師傅騙我……所有的回憶不是和師叔們一起經歷的啊，我要怎麼去找？我很羨慕你們，很羨慕……因為這樣的重逢我也多想要啊，可惜師傅先走一步，我要和他重逢，只能等下一世！」承清哥已經醉了。

我不知道該怎麼安慰承清哥，烈酒在我胸膛燒得火辣辣，可是我只想再喝。

有時候，怪不得男人之間的感情有一種特別的表達方式，就是沉默的相對著喝酒，在某種時候，言語已經無用，一種陪你醉的意思，也就表達了，風雨同路，我體會你的痛苦，我和你一樣難過，與你一同走下去的意思。

酒液順著我的嘴角滴落在衣領，火辣辣的一片從喉間一直滾落到胸口，到胃，到小腹，再沖上大腦……承清哥並沒有阻止我去喝酒，可能在這種寂寞又失落的時候，有個人陪著一起喝酒，也是一種安慰吧。

「承一，你說，我也能和師傅重逢的，就是和你們比起來，時間晚一些，對不對？」我扶著承清哥往著屋子的方向走去。

裊裊上升的炊煙已經停止了，飯菜的香味兒傳來，看樣子已經是快開飯了，我腦中只有一個念頭，帶承清哥回去吃飯，讓所有人溫暖他，面對他問我的問題，我非常堅定的回答道：「對！」只要他好過，怎麼都是對的。

「承一，姜師叔說咱們要亡命天涯了，我就是想趁著現在多陪陪師傅，是該多陪陪，對不對？」

「對！」

「承一，亡命天涯以後，可能也就回不來了，你別避諱這個，誰能保證？那你說，我說的對不對？多陪陪，醉了又何妨，對不對？」

「對！」

「承一……是不是死了也好，至少重逢可以早一點兒來？」承清哥的聲音忽然變得低沉。

「不是，承清哥，一切皆是緣。咱們風雨同路，你怎麼寂寞了？你可以羡慕，但是你不能寂寞。」我一把擦乾了嘴上的酒液，這一次我沒有再說對，借著酒意把心中所想說了出來。

「也是，我是大師兄，你們真麻煩，特別是陳承一，你這個事兒精，你最麻煩！我得照看著……」承清哥的口齒開始不清。

「我才是大師兄！」我一下子跳腳開始反駁。

承清哥卻嬉笑著一把扯過我，攬住我的脖子說道：「說了我是大師兄，我是！我是！」

「我是！」

「我是……」

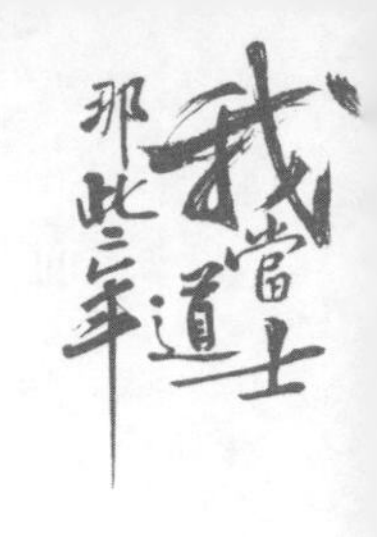

「哈哈……」

承清哥終究是沒有吃這頓午飯，就睡倒在了床上，這個冷冷淡淡的傢伙，我是第一次看他喝得這麼醉，不過也好，壓抑著心事不得發洩，人會內傷的。

在這中途，師傅和師叔們都來回去看了承清哥幾次。有一次，我甚至看見陳師叔在給承清哥擦臉，也不知道是不是我的錯覺，我看見陳師叔在掉眼淚，而我師傅站在一旁，望著窗外李師叔的墳墓之處不知道在想什麼。

只是在走出來的時候，師傅莫名說了一句：「醉了也好，比不知道醉好很多，不知道醉才可怕。」

是嗎？那個時候師傅走了，我大醉一場是不是也比不知道醉要好？或許是這樣吧，否則我會瘋掉的吧。

竹林小築的清靜日子不知道還有幾天，總之當晚上承清哥醒來的時候，師傅都一直沒有提過要離開的事情，而大家也都坦然的各自做著自己的事情，各自聊天……這就像一個不能說破的祕密，明明大家都知道，就是當它不存在。

轉眼就是深夜，我在陪著爸媽姐姐說了一會兒話就準備入睡的時候，師傅來找我了。

「跟我來。」師傅只是這麼簡單的說了一句。

而我不知道師傅究竟是要做什麼，但還是默默的站了起來，跟隨在師傅的身後一起走了。

夜色安靜，師傅的背影在前，而我在後，路是熟悉的，那不就是竹林小築之後，我那個小時候常常去泡澡的棚子嗎？

事實上，我們也是望著那裡去的，走進去了以後，一股子熟悉的香味就竄入了我的鼻子，看著蒸騰的熱氣，一直以來都告訴自己不要輕易再哭的我，一下子就紅了眼眶。

這是我多少次夢回的事情啊，小時候，那一夜又一夜安靜的泡澡時間，如今是真的可以……？

「還愣著做什麼？脫衣服，進去泡著吧。陳師弟說你的傷口恢復得很好，泡香湯已經不礙事了。」師傅端過來一張凳子，放在了那個熟悉的大木桶旁邊。

我當然不再楞著了，趕緊把衣服什麼的都脫了，只剩下了一條短褲，一下子就跳進了木桶之中……熟悉的香味兒，熟悉的溫暖一下子就包圍了我，而那熟悉的提神醒腦，卻有讓人全身放鬆，昏昏欲睡的感覺也在同時包圍了我，我舒服的長歎了一聲。

師傅在這個時候，也點燃了他的旱菸，終於……終於齊整了，香湯的香味兒混雜著旱菸葉子的味道，這就是我小時候最安靜最溫馨的夜晚味道，這種滿足讓我的眼眶再次泛紅，我忍不住捧起一捧水，使勁朝著臉上澆了兩把，努力忍下去那股奔騰而上的淚意。

「傻樣！」師傅罵了一句，然後叼著旱菸杆子，拿過一張毛巾，沾了水，開始為我擦拭身體，他的聲音從我的身後傳來：「這個大木桶我以為廢了，卻沒想到還很乾淨，用熱水燙一燙就能用。就像初回竹林小築的時候，我以為一定是荒蕪的，雜草叢生的……其實還很整潔！這幾年，應該是你爸爸媽媽在打掃吧？」

我閉著眼睛，心中滿是暖意流動，卻是懶洋洋地說道：「師傅，這個我還真不知道，或許是吧？」

「唔，那就應該是了。」師傅的聲音很平靜。

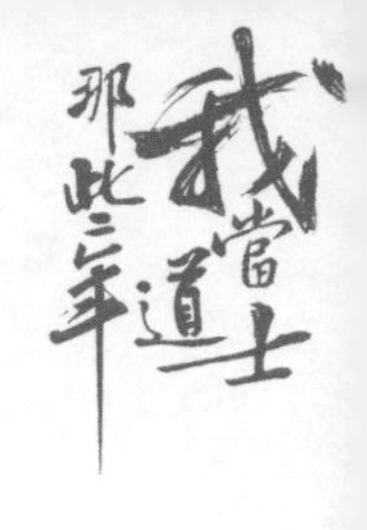

我們沉默了一會兒，他忽然說道：「承一，我一生漂泊，當年搭建這個竹林小築，真不知道會對它有如此深的感情。莫名的，這裡倒成了一個家一樣的地方，曾經我以為有師傅的地方就是家。」

「師傅？」我不懂師傅為什麼忽然說這個，忍不住低聲的詢問了一句。

「人老了，戀家！我是打個比喻，如果有一天我老了，老到人事不知了，我想要在這裡養老，你可是要陪在身邊。」師傅忽然這樣說了一句，竟然流露出了無比的軟弱……師傅從來不會這樣的啊！

我一下子就像心中最柔軟的地方被刺了一下，忍不住大聲說道：「師傅，你問的什麼問題啊，當然要為你養老！你年輕的時候，有師祖的地方就是家；你年老的時候，當然有我的地方就是家了！你要喜歡，咱們就在竹林小築待著，你怎麼可能老到人事不知，道家人不會這樣老去的。」

師傅為我擦身子的動作忽然就停下了，他有些愣愣的，這倒讓我著急了，剛想問為什麼，卻感覺到腦袋上一陣疼痛，原來是師傅拍了我一下。

「你這麼激動做什麼？我只是想考驗一下你的孝心，你這個臭小子，出生我就操心，小時候相當於把你帶大！老子還是要看看你是不是有孝心了，難道不行？」師傅不滿的說了我一句。

我揉著有些疼痛的腦袋，不滿的嘟囔了一句：「你至於嗎？沒孝心會滿世界的找你啊。」

「算了，以後的事情以後再說吧，這一次你也知道我們就要亡命天涯了，也不知道能不能回來。」師傅一把把濕熱的毛巾搭在了我臉上。

我拿下毛巾擰了一把水，然後搭在了額頭上，靠著木桶舒舒服服地說道：「管它呢，亡命天涯未嘗也不是壞事兒，比起四處尋找你們無依的日子，我情願亡命天涯。」

「想得那麼簡單。」師傅又坐在了那根凳子上，忍不住用旱菸敲了我一下。

我嘿嘿一笑，說道：「師傅，這個消息你是怎麼知道的？」

「吳立宇那個傢伙唄，你當他經營多年，當真是沒有一點兒人脈在這組織之中嗎？差不多是時候了。」師傅抽了一口旱菸，濃濃的煙霧隨著熱氣一起蒸騰到了棚子的屋頂，形成了一顆顆的水珠，滴落在地上。

「那咱們什麼時候走，幫咱們拖延這些日子的又是誰？」我一直很好奇這個問題。

而師傅卻沉默了，忽然就再次拍了我一下，吼道：「好好泡你的澡吧，幫咱們這人，現在還不好說，至少明面兒上幫咱們這個人，我是有想法的！」

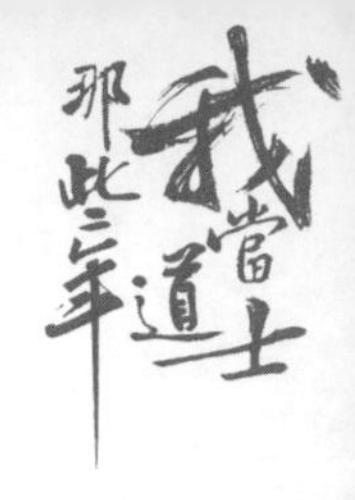

第十一章　你們快走

明面兒上這個人？師傅指的是誰？

可是師傅卻咬著旱菸杆子沉默了，眉頭微皺，顯得額頭上的皺紋更深了一些。

見我跟著發愣，他一巴掌拍在了我的背上，說道：「你跟著發什麼呆，泡澡吧。」

在師傅不願意說的情況下，再多的追問也是沒用的，這種對話明顯的就是拒絕我了，但我也樂得這樣，任由自己沉溺在這種溫暖中，我知道有些事情在生命中，是很少有機會再複製了，它不像每天都會重複的吃飯和睡覺一樣。

我很留戀這種溫暖，而接下來的時光裡，我和師傅都很沉默，彷彿回到了小時候那一夜又一夜溫暖的時光。

這種無形的溫暖卻像是有形的力量包圍著我，一直到木桶裡的水變涼，我竟然都毫無知覺。

夜的黑，夜的沉，會讓絕望的人更加絕望，卻也能給人一個最安寧的逃避和安睡的溫暖……這一夜，我是迷迷糊糊被師傅從木桶中扶起，和小時候不一樣的是，他再也不能像小時候我在泡香湯睡著時背起我了。

他扶著我，我在迷迷糊糊之中，任由他幫忙擦乾身體，披上衣服，被他送回了床上。

一夜安眠，一夜無夢。

醒來的時候，莫名的已經是第二天中午，赤裸著上身從床上爬起來，習慣性的看看胸前的傷口，已經結成了紅色的肉疤……終究這麼重的傷也好了，有時候會感慨生命真的是個奇蹟。

「承一，起來了嗎？快出來吃飯吧，大家都坐上桌子了，就等你了。」我還在打量著自己，媽媽不知道什麼時候已經進了我的房間。

「哦，媽，馬上就來。」我回頭，微笑著答應了一聲，總是覺得看著媽媽很心酸，這麼大，我到底在她身邊守護了多長的時間？恐怕這個是不能細算的，有這樣一個兒子，有時候是不是比沒有也好不了多少？

可是這樣的話說出來，一定會被媽媽罵的吧？

我還在這樣想著，媽媽已經走過來，麻利的抓起了一件衣服，就開始為我穿起衣服來，我有些不好意思，媽媽卻很自然的給我整理著衣領，很自然的拉著家常：「你不知道你才被送回來的時候就快死了。姜師傅半夜出現在我們家門口，當真是嚇死我了，看著他吧，我又高興吧，可還來不及高興呢，就被他說你傷重的事兒給嚇著了。」

我笑：「媽，妳嚇什麼呢？受傷了總可以治好的嘛，又不是要死了。」

「可不許瞎說，你是我身上掉下來的一塊兒肉，我就不怕你有個三長兩短的啊？」媽媽幫我整理好了衣領，又在幫我扣釦子，然後說道：「你還說得輕鬆，你知道嗎？在那天，姜師傅讓你承清哥在外面都擺上了四十九盞長明燈，隨時要為你強行借命……那天，姜師傅一直在念叨，他這輩子就沒幹過強行逆天的事情，為了你，反了天都行。」

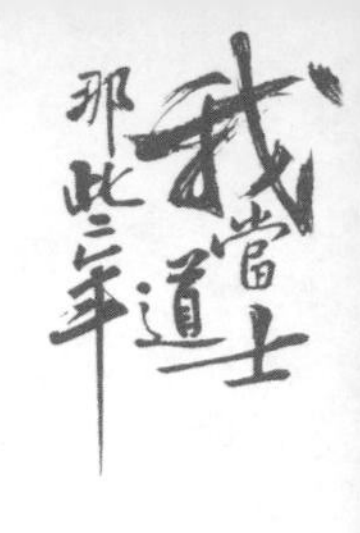

我楞著，任由媽媽幫我扣上鈕子。點四十九盞長明燈借命？那真的是逆天之事啊，我沒有想到師傅竟然也有想要強留我，想要逆天的時候……這是師傅要做的事情嗎？簡直不可以想像！

「那，那我傷好，是因為……」我下意識的就想問。

卻被我媽媽嗔怒的拍了一下肩膀，然後說我：「怎麼可能？我反正也不懂，總之有一天，姜師傅就說你到了生死攸關的關頭了，就讓你承清哥去準備四十九盞長明燈，說是和老天爺搶，也要把你搶回來……但後來不知道怎麼的吧，姜師傅又說你熬過來了，不用了。反正那之後，沒過兩天你就醒了。」

是這樣的，我不知道為什麼，忽然想起了我昏迷之中的夢境，在那個門前想要跨進去，卻被強行拉回的一幕，我忽然有了一種明悟，如果我那天跨進去，是不是就……

在這個時候，媽媽已經幫我整理好了衣服還有頭髮，然後拍了拍我的背說道：「還愣著做什麼啊？去洗漱一下，吃飯吧，都等你啊。」

「哦。」我愣愣答應了一聲，機械的跑去洗漱了，莫名驚出一身冷汗，忽然無比清晰的想起那個道童子的意志提醒我的話，如果跨過了那道門，我就要和今生的紅塵萬種做一個告別了。

我沒有跨過去，那為什麼道童子的意志又要阻止我？那意志其實是冰冷的，我不覺得我做為這一個今生，有什麼能讓他好在意的！

直到出去吃飯的時候，我整個人都還有些愣愣的，可是在今天卻是沒有人在意我，反而整個吃飯的氣氛有一些壓抑。

每個人都很沉默，包括默默在我身邊喝著酒的師傅，皺著眉也不知道在想著什麼心事。

飯菜的味道其實很好，可是每個人都像沒有什麼食欲，僅僅是半個小時不到，很多人都放下了碗筷，看樣子是已經吃飽了，只有一直在喝酒的師傅渾然不覺，只是低頭喝著悶酒。

「姜爺，額想出去在深潭裡游泳。」慧根兒坐不住，在這樣沉悶的氣氛下尤其如此，忍不住提了一句。

要是在平日裡師傅肯定手一揮就答應了，畢竟在這裡，師傅無形中已經成了一個決策人了，可是今天師傅卻是有些愣愣的反應不過來的樣子。

這讓慧根兒忍不住抓了一下腦袋，又急急的叫了我師傅一聲。師傅這才反應過來，有些木然的放下酒杯，然後才說道：「今天先別去了，我有事情要說。」

「嘛事兒要說？」慧根兒的性格一直以來有些二愣子，卻被慧大爺在旁邊瞪了一眼，說道：「給額閉嘴，好好坐著，什麼德性！」

被慧大爺這一呵斥，慧根兒不敢說話了，而在座的每一個人都忍不住嚴肅了起來，其實師傅要說什麼事情，只要是明眼人恐怕一下子就能知道了吧？

「老陳……」師傅沒有直接說什麼，而是首先叫了我爸。

我爸也是在喝著酒，被我師傅那麼一叫，忍不住酒杯就抖了一下，杯子裡的酒也隨著這一下手抖灑出來了，在他面前倒在了桌子上，又順著流到了我爸的褲子上，我媽一看，忍不住手忙腳亂的幫我爸擦起褲子來。

可是我爸卻不理會我媽，卻只是自顧自的一口將杯中的酒乾了，然後把杯子往桌子上重重的一放，然後才說道：「姜師傅，你啥也別說了！吃完飯，我就帶著老太婆和承一的兩個姐

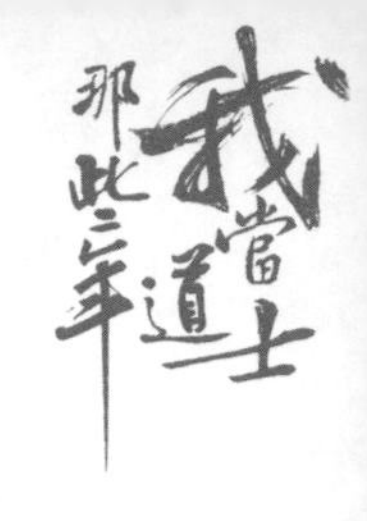

姐下山。承一從小是交給你照顧了，這大了也要勞煩你照顧著，咱就什麼都別說了。」

「爸，就要走？可是承一他……」我大姐忍不住疑惑的問了兩句。

我爸瞪了我大姐一眼，說道：「都一個多月了，妳工作不管了？妳家不管了，妳孩子不管了？是該下山了。」

大姐被我爸說得一愣，眼眶忍不住一紅，說道：「可是從弟弟離開家以後，我根本沒有和他相處多久啊，這難得……」

我二姐也同樣有些憂心的看著我爸，我爸一向大家長作風慣了，也不愛解釋，眼看著就要發脾氣，倒是我媽把我兩個姐姐給扯了出去，估計應該是給她們講具體的原因去了。

只是過了一會兒，我兩個姐姐就回來了，眼眶紅著，倒是真的沒有再反對，只是擔心的看著我，可能亡命天涯的事兒，她們也應該知道了。

我師傅原本就是一個不喜歡過多廢話的人，然後在這時收起了酒杯，為自己盛了一碗飯，然後大口大口的吃飯，裝作不經意地說道：「今天晚上就出發，也不知道這竹林小築什麼時候才能再回來了。」

師傅就這樣一句話，每個人都沒有再說什麼，只是都明白應該做什麼了。

在午飯以後，我的家人就下山了，而剩下的每一個人都在收拾著行李，從今往後，亡命天涯，落腳點在哪兒不知道，這樣的日子什麼時候是個頭不知道……心情莫名有些沉重。

下午在大家的行李都收拾得差不多，就準備晚上出發的時候，竹林裡忽然傳來了我爸大聲的呼喊：「姜師傅，姜師傅……你們快走！」

第十二章　射殺

從竹林小築通往外界，據我所知唯一的路就只有一條，那就是經過面前的竹林。

在那之後就是綿延的群山，那裡是沒有路的……就算從亂石嶙峋，雜木叢生的山壁上爬了上去，進山也非常容易迷路。

從這一點上來說，竹林小築的位置是得天獨厚的。

不過這些問題都是我在事後才想到，在當時我已經熱血沖進了腦子，因為那個在竹林之外喊的人是我爸，而在血脈至親的人之間都有一種特殊感應的。

從我爸喊第一聲姜師傅時，原本正在整理隨身黃布包的我（在聖村的法器已經被拿回），就已經開始忍不住全身顫抖了，因為聽到那一聲，就覺得我爸是在努力鎮定，他其實很害怕。

這種強烈的感覺讓我在第一時間就放下了手中的法器，想也不想的就衝出了屋子，在我身邊的師傅先是猶豫了一下，在我放下的法器的瞬間，還小聲嘀咕了一句：「這老陳怎麼又回來了？」

可是在我衝出屋子以後，我爸喊著姜師傅，你們快走的時候，師傅也跟著我跑出了屋子。

我沒有想過要怎麼辦，那一刻的本能是衝向我爸，我對於親人一直都很安然，因為知道修者圈子裡有條不成文的規矩，那就是不能動世俗裡的親人，沒有想到有一天親人會受到連累……所以也不知道怎麼辦，只能憑藉自己的本能，覺得必須要靠近我爸。

「承一！」我奔跑的速度很快，師傅沒有追上我，可是卻是在外面的吳立宇一把拉住了我。

他和我沒有這麼熟絡，所以這一聲承一叫得有些生澀，可是抓著我的手卻很緊，表明了某一種態度。

我發誓我真的不是衝動，可是我的親人只是普通人，在這種很明顯是被脅迫了的情況下，換誰都沒辦法冷靜，也顧不得吳立宇是長輩了，壓抑著火氣，很生硬的說了一句：「放開。」

「承一，你聽……」吳立宇顯然也是明白外面的情況的，而他也是明顯的想勸說我，可是我哪裡聽得進去，我的手已經拉住了吳立宇的手，臉色發冷，開始用盡全力，一根一根的掰開吳立宇的手指。

在這種分外著急的情況下，我的力量就像是爆發了一般，吳立宇被我強硬的掰開，他還想伸出另外一隻手抓住我，臉色是那麼的不安，可能我那時候已經壓抑不住想要發瘋的情況。

我沒有去猜測如果那一刻吳立宇真的抓住我會發生什麼後果，因為在當時我師傅已經追了上來，他說了一句：「老吳，放開他，我陪他一起去。」

「老姜，這恐怕不合適吧。借他們十個膽子，他們也不敢犯這條忌諱吧？他們只是利用這個威脅承一罷了。」見我師傅來了，吳立宇顯然安心了很多，而我則一把被師傅拉到了身後，他給了我一個安心的眼神。

這個眼神的含義是刀山火海他都會陪我去，現在要我冷靜。

我控制不住身體傳來的微微顫抖，但開始盡量的深呼吸，在這個時候竹林外傳來了陌生的叫喊聲：「陳承一，縮頭烏龜嗎？你媽媽和姐姐還在村子裡留著吃晚飯，是要我們帶著你爸爸進來嗎？」

師傅抓著我的手臂有些用力，這是強迫我冷靜。

那個竹林的普通迷陣是肯定困不住修者的，竹林之外的人就是這樣故意的，見不到反而是更有心理壓力的，他們故意不進來，就是為了刺激我更加著急。

他們根本不需要在意我們全部的人，我們老李一脈只要任何一個人被控制住，就等於控制住了全部，因為讓我們放棄誰都不可能，這也許就是在這些楊晟派來追殺我們的修者中特別有效和可以利用的一點。

楊晟既然已經正式開始了追殺我們的行動，哪有不讓屬下「做功課」的道理？

「老吳，看來你的消息有誤啊。」師傅沒有過多的給吳立宇解釋什麼，只是搖頭歎息了一聲，然後抓著我邁步朝著竹林走去。

而吳立宇在我師傅的身後喊道：「老姜，你這樣做是不是衝動了一點？你真的不考慮我的話。」

「楊晟恐怕已經是個瘋子，而他現在也自我膨脹到極限……再說偏執的人想做什麼，你覺得他會在乎規矩嗎？」師傅沒有回頭，此時已經拉著我走進了竹林，這也算是給吳立宇一句解釋，可是卻讓我更加擔心。

「放心。」可是對我，師傅沒有過多的解釋，唯一有的只是放心二字。

可就是那麼兩個字，卻讓我覺得分外安心。

這時，在我們的身後響起了紛遝而至的腳步聲，是大家都聽到動靜出來了，而師傅卻說道：「都回去，我和承一兩個人去就夠了。立樸，竹林小築有一條暗道，你修相字脈應該懂，帶著大家走。」

「可是師叔，我們在哪裡會合？」在這個時候，大家都知道不是衝動熱血的時候，大家的腳步明顯猶豫了一下，然後停下了，但是肖承乾不放心的追問了一句。

「一切聽老吳安排。」師傅這樣說了一句，就再也沒有多餘的交代，而大家的腳步開始朝著竹林小築快速的退去，這個時候需要的是儘快離開。

儘管我現在很急，但我不傻，師傅沒有多說什麼，只說了一句吳立宇的消息有錯，我就能判斷出來，楊晟的人早就開始行動了，而不是留給了我們從容的離開時間……否則，我的親人不會一出竹林小築就被控制住。

看來，幫我們拖延的人也不能做到什麼了，原本我相信師傅應該是為了從容離開而有所準備了，卻沒想到一張網陡然的收緊。

而師傅不知道是不是和我想到了同一點，忽然歎息了一句，說了一聲：「到底是有問題的。」

但什麼有問題？師傅卻是沒有詳細說明了，我也來不及追問什麼，因為在這個時候，我們就已經快要走出竹林了，已經能夠清楚看見圍在竹林外面的人影大概有十幾個的樣子。

「姜師傅，承一，你們回去啊，他們……」我聽到我爸的聲音是那麼著急，卻看不見他人在哪兒，但那聲音明顯是掙脫了什麼，強行吼出來的，但還不容他說完，感覺又被人控制住了。

這時，我不是衝動得全身血液發燙的感覺，而是全身血液冰冷得就要結冰了。

我爸媽都屬於那種特別善良，幾乎是與世無爭的普通人，為什麼要這麼對他們？楊晟怎麼下得了手，竟然做出這樣的決定！在這一刻，我才深刻的體會到恨一個人是什麼感覺。

這種恨沖得我腦子發昏，腳下的步子也忍不住快了一些，卻被師傅拉住，他反而刻意的放緩腳步，對我說：「一切聽我的安排。」

我是從靈魂裡信任師傅的，儘管他此時的步子慢得讓我著急得牙齒都在癢癢，可是我沒辦法去忤逆他，明明可以直線走的步子，他非要左右不定，左一步右一步的去走，我也不知道是為什麼。

其實在那個時候的我已經急昏了頭，越是想著親人我就越不放心，哪裡會注意到師傅有一些刻意的細節？

不管師傅是怎麼樣的故意拖延，但剩下的一段路到底還是走完了，我們剛走出這鬱鬱蔥蔥的竹林，站在再也沒有任何遮擋物的地方，我還來不及看一眼我爸在哪兒，就猛地被師傅一下子拉倒，撲在了地上。

「砰」「砰」「砰」，在撲倒的瞬間，我聽見了一連串的槍聲……還來不及反應，最近的一顆子彈已經炸得身旁的土地泥土飛揚……我們所處的地方雖然沒有遮擋物，但到底是一塊凹地，而那些人可能也想不到我們會那麼快撲倒，槍幾乎是平射的，所以我們僥倖在那麼近的距離下，躲過了一劫。

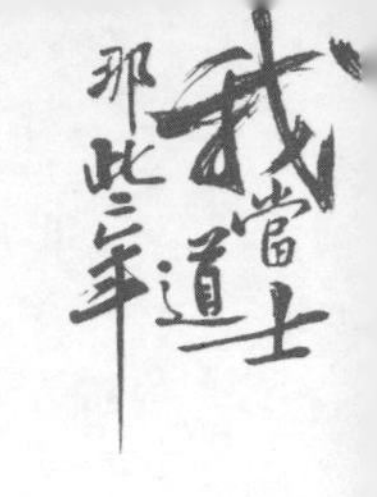

如果，剛才再反應慢點兒，我毫不懷疑聽見的這十幾聲連綿槍聲，會把我和師傅都打成「篩子」。

我的額頭佈滿了密密麻麻的細汗，但還來不及說什麼，就感覺到一股強烈的冰冷感從四面八方撲來，帶起了狂風，狂風所過之處，我覺得骨頭快要結冰了。

只是瞬間我就聽見亂七八糟的喊叫聲開始響徹在耳邊，接著聽見了我爸的哭喊聲：「承一，姜師傅，你們有沒有事？天吶……」

而這一切變故來得太快，不過就是幾秒鐘的時間，我是徹底的懵在了那裡，卻被師傅一把扯了起來。

他說道：「暫時安全了！」

第十三章　意想不到

暫時安全了？當我站起來的時候，發現應該是的。

我在竹林小築生活了那麼多年，這片竹林我也來來回回進出了那麼多次，我從來不知道在這片竹林裡隱藏著那麼厲害的「鬼頭」。

是的，要我來評價那就是非常厲害的鬼頭，比起我曾經在老林子裡遇見的那些邪修刻意飼養的鬼頭都要厲害。我不敢保證是比全部的厲害，但至少是絕大部分。

我自問如果是我，在毫無防備的情況下被這樣的鬼頭纏上了，也是會費好一番手腳的，甚至就完全被控制了。

情況就是這樣，我站起來的時候，看見的就是這十幾個人全部被莫名出現的鬼頭纏上了，處於神志不清的情況，哪裡還顧得上射殺我們？師傅沒有控制鬼頭讓他們產生幻覺和互相殘殺就已經算是非常仁慈的情況了。

而在這個時候我也看見爸爸，此刻的他正跪在地上哭泣，我連忙幾步跑過去一把就抱住了他。

我知道剛才的那一幕，我爸還能支撐到這個情況，已經算是非常堅強了。

我爸不善於表達感情，可在我抱住他的這一刻，他抬頭看了一眼是我，忽然就一下把

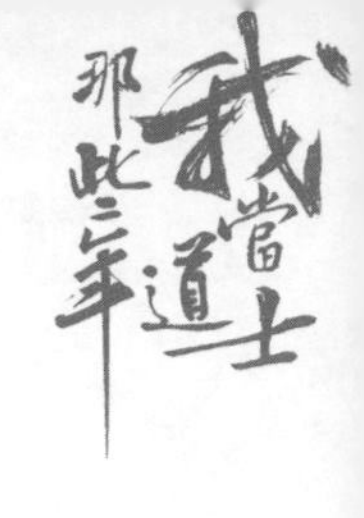

我抱得很緊，用幾乎是泣不成聲的聲音說道：「太好了，太好了……如果你……如果你就這樣……死在我面前……我活不……活不了了。」

我不知道要怎麼安慰他，就像我爸忽然這樣強烈的情感表達，我不知道怎麼應對一般，只能用手輕拍著他的背，讓他緩和了一會兒，才低聲說道：「爸，我沒事兒，有師傅在呢。」

提起師傅，我爸的情緒算是真的冷靜了下來，在他的印象中，師傅的每一次出現都能救我於危難之中，我相信就算天塌下來，我師傅對我爸說一句，他要保住我，我爸也會毫不猶豫的相信。

師傅就是那麼可靠的，剛才要不是他……這樣想著的時候，一陣涼風吹過，我的背上才出了一背的冷汗，忍不住打了一個冷顫。

「師傅，你是怎麼會有這樣的防備的？」我扶起了我爸，想來覺得很神奇，師傅的每一步簡直比掐算還要準確，一般的修者哪裡會料到對方會用槍這種東西來射殺自己？

師傅卻是不緊不慢的開始用那些被鬼頭迷住心神的人的褲帶把他們綁了起來，一邊綁一邊說道：「第一，楊晟下定決心要殺我們，你覺得最直接最有效，甚至對普通人來說最了無痕跡的辦法是什麼？鬥法的話，動靜不大嗎？第二，什麼事情值得老陳這樣著急的提醒？只要細想，就會想到這樣的方式！只要有百分之一的可能，就得用上百分之百的防備。我一出來，就拉你趴下，又不損失什麼。畢竟出了竹林就沒有遮擋物，不是殺我們的最好時機嗎？」

是啊，因為竹林的遮擋，我們連這些人帶著槍一時間都沒有看清，更何況他們要射殺我們，在竹林裡是很好躲過的，但出了竹林就不好說了。

「那那些鬼頭？」我問出來以後，忽然覺得自己問這個問題真的很蠢。

「以前是沒有的，沒必要！而人無遠慮必有近憂……這些鬼頭自然是我收集的上等貨色，就用一定的方式壓制在這裡了，我剛才出竹林的時候，刻意放緩腳步，難道你沒有看出來，我是在踏某種陣紋之步嗎？（這種步子在特殊的陣法時，可做解開陣法之用）然後就放出了鬼頭，其餘的不用我詳細說了吧。」師傅回答得很淡然，但是這看似簡單的答案，在這其中要費多大的心思啊。忽然發現我以為自己成長了，其實距離師傅還差得很遠。

怪不得他會從容的出來和我應對，怪不得他能給我那麼大的安心感，原來是無限的事實建立起來的堅不可摧啊。

「姜師傅，秀雲她們……」我爸這話說得很猶豫，說的時候剛才臉上的淚痕也來不及擦掉……因為我爸就是一個不愛求人和欠人人情的人，除了為了我小時候，和我二姐的事情求過師傅，他幾乎就沒有開過口，為任何事求過任何人了。

在我們都這麼艱難的情況下，他更是不想麻煩我師傅……可是那是我的親人，也是他的親人，他不得不開這個口啊。

我也很擔心，如果師傅這個時候要走，我肯定不會怪師傅，但是因為涉及到我的親人，師傅這個時候要帶我走，我是肯定不會走的，因為我爸會被這樣挾持，我的媽媽和姐姐們待遇也好不到哪裡去。

況且，關於楊晟的偏激，我比師傅的認識更加深刻。

「爸，有我呢。」在師傅沒開口之前，我就搶先這樣說了一句。

我忽然就覺得，關於師祖的志向和重任，關於這些勢力紛紛擾擾的糾纏鬥爭，關於我們被追殺的困局……這等等紛雜的事情沒有我可以，但是不能沒有師傅，我堅信只有師傅才能帶

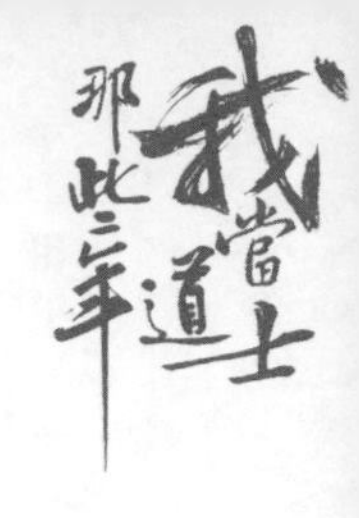

著大家撥開雲霧見青天。

所以，我不能把他拖進去，楊晟這一次的決心有多大我見識到了，半句廢話沒有的就開槍，這一定也是楊晟的吩咐。

那就是所有的情誼都撕破，剩下的只有你死我活，不死不休了。

「那你也回去吧。」我爸的神情忽然變得堅定了起來，而我根本不想和我爸辯解什麼，只是拉起他就走，只是說了一句話：「我是你兒子，你覺得我可能回去嗎？師傅回去就好了。」

我爸還想堅持。

我輕聲說：「爸，他們要的只是我，你該為我媽、我姐、你的兩個外孫著想了，不是嗎？」

我爸的表情有些楞，他恐怕知道我這句話的深意，不要為了我，就對別的親人自私了，這個困局只能這麼解開了，一想通這一點，我爸忍不住老淚縱橫，恐怕人生中最艱難的決定就被他攤上了。

手心手背哪一塊兒不是肉？而我卻覺得總是家人為我犧牲了許多，難道這一次不該我為他們犧牲一次了嗎？

幾句對話間，我已經拉著我爸走了很遠，他非常痛苦，而我唯一能給的安慰就是：「爸，這不是必然我就要去死的困局，誰說又沒有機會？」

「這些人……不是一般人，不是。」我爸的淚水沿著臉上的深紋滾落，他不知道怎麼樣表達，也只有這樣表達了。

能搞到槍，這樣肆無忌憚開槍的人對於普通人來說就不是一般人了，何況能找上我的，能有什麼一般人？我莫名的覺得老子也挺「轟烈」的，忍不住嘴角就帶上了一絲笑意，心裡竟然也輕鬆了下來。

如果就這樣死去的話，也算最高待遇。

「是啊，能找上我們師徒的能是什麼一般人？」就在我沉浸在自己的「轟烈」裡的時候，忽然師傅從我身後冷不丁的開口了。

我嚇一跳，我爸也吃了一驚，兩個人同時轉身，我爸喃喃地說道：「姜師傅，你怎麼來了，這個事情怎麼還好再麻煩你？這……竹林小築裡，大家還等著你呢。」

「老陳，我們認識了幾十年，你可不該和我說這個！承一也是我兒子，咱們說起來應該比親兄弟還親啊，你就別操這份心了。」說話間，師傅拍了拍我爸的肩膀。

我爸本來就是一個有些木訥的人，忽然被我師傅這樣一說，更有些言語匱乏得不知道該說啥，只能愣愣站在了那裡。

可是我師傅對我爸客氣，對我可不是那麼客氣，一腳就踢在了我屁股上，讓我忍不住一個趔趄差點摔倒在地上，完全不顧忌我受了傷，可見這一腳踢得有多重！

「老子就是去綁個人，你就帶著你爸先走？能耐了，本事了？以為你能以一敵百，真英雄了？也不看看自己算哪根蔥，老子白培養你那麼多年了，看你去送死的？」師傅說話間彷彿還不解氣，朝著我的腦袋和背上又是狠狠的幾巴掌，那粗糙的手掌就跟鐵砂掌似的，拍得我一口氣差點兒喘不上來。

他倒是瀟灑，把手一背就朝著前方走去了……還不忘吼一句：「臭小子，你還不給我跟

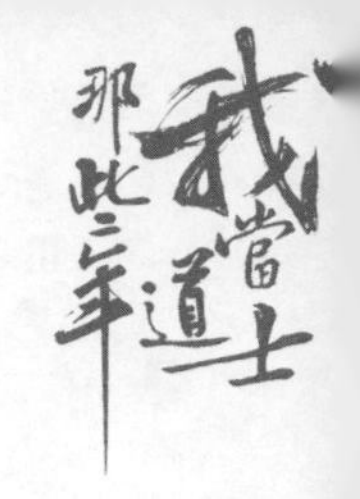

上？」

我和我爸爸其實心裡都流露著感動，師傅不把我當外人那是肯定的，他也從來沒有把我家人當成是外人啊。

一路上我師傅都很淡定，除了向我爸打聽村子裡的情況，我爸不是很清楚，但也只能盡量表達，從我爸那裡，我和師傅得到了一個資訊，這一次在村子裡至少來了三、五十個人，這三、五十個人進入一個村子太顯眼了，但是他們卻是沒有引起任何人的注意。

因為他們就藏在一個讓人意想不到的地方，曾經給我留下了深刻印象的地方——餓鬼墓！

第十四章 入村

竟然藏身餓鬼墓，這讓我不得不再次感慨生命真的是一個你意想不到的輪迴，我沒想到我有生之年還會踏入那個地方，可是……

竹林外初次的遭遇就是槍彈相向，我不覺得我和師傅再次進入餓鬼墓會有什麼和平的局面，莫非那裡會是我和師傅的葬身之地？

不過師傅的神色平靜，我也就安心，當我們一行三人進入村子的時候，已經是黃昏時分，夕陽的餘暉灑落在整個村子，家家戶戶炊煙裊裊，顯得平靜又祥和……而我的內心卻不平靜，這是我從小長大的村子，感受著它此刻的人間煙火，我有些恍惚，如果說我註定是要死在這裡，那算不算是落葉歸根呢？

晚飯時分，村子裡的大道並沒有多少的人，加上時光匆匆流去了這麼多年，認得我的在村子裡已經不算多了，不過認識我爸的卻還有那麼一些人，偶爾遇見一個會和我爸打招呼，我爸只能勉強的敷衍兩句。

我和師傅都沒有問我爸那些人是怎麼挾持我家人的，如果修者要挾持普通人，能用的手段就太多了，我們只是一路前行，很快就到了餓鬼墓的所在。

餓鬼墓這裡曾經是一片竹林，竹林中就是村裡的墳地，在這裡我不會忘記有個悲劇的厲

鬼李鳳仙，後來幾經變遷，被清空的餓鬼墓被封堵了，在這裡曾經存在過一片小廠，在後來小廠由於經營不善，又留下了一片廠房，人去樓空，暫時沒有著落，總之就這麼荒著了。

說起來，如果半夜這些人神不知鬼不覺的摸進這裡來，倒真的不會讓村子裡的人有什麼察覺。

「在餓鬼墓裡，還是在這荒廢的小廠裡？」我們一行三人走到這裡，已經是人跡罕至，站在荒廢小廠的門口，師傅冷不丁的問了那麼一句。

「一些人在上面，一些人不知道為什麼藏在那墓裡。」我爸想了想這樣回答道。

「那好，那就進去吧。」師傅很淡定，邁步就要走進去，我猶豫了一下，拉住了師傅，說道：「如果進去，他們又……？」

「放心，他們亂動修者的親人就已經被圈子所不容，要還在這普通人的地界兒亂開槍，那就是在挑釁整個世界修者圈子的底線了，這裡離村子也不算遠嘛，村民總會聽見動靜的。楊晟再瘋狂，也不敢吩咐手下那麼做！連鬥法也有顧忌，咱們這自投羅網，其實從某個方面來講，也算是掌握了一定的主動權。」師傅說話時很輕鬆。

有時，我真的不得不佩服師傅，看似對萬事都如此不上心，甚至有些不靠譜的人，心思會那麼的細膩，想到的方方面面會那麼周全。

「不用怕，咱們就那麼大大咧咧的走進去，只要不是沒得談，什麼事情就一定有轉機。別忘了，咱們那裡逃出去的那些人，對楊晟也是一種威脅，他動了普通人，他也怕真的宣揚了開去，世間畢竟只有死人才真正的能保守祕密。」說話間，師傅已經邁動步子踏入了這個荒涼的小廠，我連忙的拉著我爸一同走了進去。

整個小廠已經荒廢了許久，雜草叢生，荒草萋萋，各種荒廢的建築物就在這些亂草之中……在夕陽的映照下，更顯得有一種蕭索的意味在其中，我們三人進去的時候，裡面安靜無比，根本就沒有看見人煙的痕跡。

可是走了沒幾步，就看見人從四面八方的建築物裡走了出來，陡然二、三十個修者聚集在一起，還是異常的有氣勢。

我和師傅還有我的爸爸就站在一片荒草空地之中，從上空俯瞰就像被包圍了一般。

暖春的風吹過，明明是輕輕揚揚的好風，卻吹不散這緊張的氣氛，那些修者沉默著……看起來像為首的一個人，輕輕揚了揚手，我就看見這些修者竟然都摸出了一把手槍，上膛的聲音，幾十個黑洞洞的槍口瞬間就指向了我們三人。

我自問見過了不少大場面，這樣的形式自然是嚇不住我的，難能可貴的是，一直被我拉著的爸爸也勉強鎮定，至少沒有任何的過激反應，其實對於他來說，這絕對是電視上才能看見的場景。

至於我的師傅則是噗嗤一聲笑出了聲。

「你笑什麼？」在川地，春天的天氣已經有些微微的燥熱，這個為首的修者卻穿得分外嚴實，黑色的褲子和黑色的襯衫，扣子一直繫到了領口，甚至很神經質的圍了一條黑色的圍巾。

他戴著帽子，臉上和這些修者一樣都戴著一個似笑非笑，似哭非哭的面具，這是屬於吳天的手筆。

其實也不奇怪，四大組織追隨楊晟，吳天和楊晟合作以後，以吳天的地位加上他那十個

看起來非常不簡單的跟隨者，他在四大組織的地位一定也不比楊晟低，這些人會戴上「吳天牌」面具也屬正常。

「我笑明明是修者，卻是耍刀弄槍，明明不敢在這裡開槍，又是威脅誰來著？」師傅很是輕鬆自然。

可是那個為首的人卻說：「殺死你們用不了幾槍，不見得就能驚動這裡的人。」

說完這話他好像不願意多廢話了，一揮手轉身就走，而其中幾個被他示意的人就要朝著我們開槍。

「我們的人走了大半！你確定不要談，還是你可以擅自做主？如果我早有防備，你幾槍殺不死我們呢？想想你帶上去那些人。」在這一瞬間，師傅快速又大聲的說了一句話。

那個為首的人陡然回頭，喊了一句：「等等！」而在他身邊的某個人已經忍不住開槍，而那個人為首的人出手極快，也只是來得及拉了一把。

子彈自然是打歪了，落在了我們身旁不遠處的一個建築上，伴隨著「砰」的一聲清脆的響聲，建築上原本蒙塵殘破的玻璃，立刻起了一個龜裂的大洞，看起來有些觸目驚心。

我爸的身子軟了一下，是扶著我才勉強站直了，他低聲在我耳邊說道：「兒子，扶著我一點兒，我不想在這幫龜兒子面前服軟。」

我聽見就笑了，不管我爸是不是一個強者，是不是孔武有力，但在這一刻做兒子的為他驕傲。

「你跑不掉的。」那個為首的人稍許鬆了一口氣，卻是色厲內荏的說出了這樣一句話。

或許，我師傅和我的大名早已掛在了他們的耳邊，就算我們沒有底牌，一副神祕莫測，淡定從容的樣子也足以讓他心生疑惑了。

而組織辦事和個人辦事最大的區別就在於，個人辦事是毫無牽掛的，不管後果是好是壞，都是一個人承擔，而組織辦事多了許多可以鑽的空子，好的結果人人都搶，負擔不起的事兒自然是要推給別人，楊晟就算再能耐，也不能百分之百的控制人心。

這個為首的人顯然就是這個心理，他要說出這樣的一句話，就表示他已經在想辦法把這件棘手的事情從自己的身上推開了。

「既然來了，就沒打算跑掉。我相信不管是楊晟還是吳天，都很願意和我直接談點兒什麼的。這件事情你負責聯繫，可算你一功，你要不要？」師傅此刻的聲音充滿了誘惑，我沒想到師傅還有那麼狡黠的一面，就像他說的，什麼事情既然有得談，肯定就有轉機。

那個為首的人非常沉默，顯然楊晟對我們下的是必殺令，這種必殺令我猜測甚至可能是不要廢話，直接殺的命令。卻讓他遇見跑了大部分人的棘手情況，他一時間也不好判斷，是要冒險搶功呢，還是要無功無過的平安度過。

或許是為了掩飾內心掙扎的想法，他衝著我們吼了一句：「真是大膽，竟然敢直呼二位聖祖的名字。你以為跑出去的人能跑得掉嗎？我不怕告訴你，這整個華夏我們都布下了天羅地網，要不你們就龜縮起來躲藏一生，再別冒頭做什麼事兒，要不你們總會被……哼哼……」

他的話沒有說完，師傅只是望著他笑，這種話連我都覺得幼稚，師傅要理他才有鬼！

可能是這麼吼了一句，那個人在心中也下了決定，說道：「反正也不怕你們跑掉，至於你們要和楊聖祖談，我做不了主，去見劉聖王吧，到時候他對你們是打是殺，我可不管。」

聖祖、聖王？這楊晟到底是要做什麼？陡然一聽，還以為我穿越到了什麼朝代，不過也

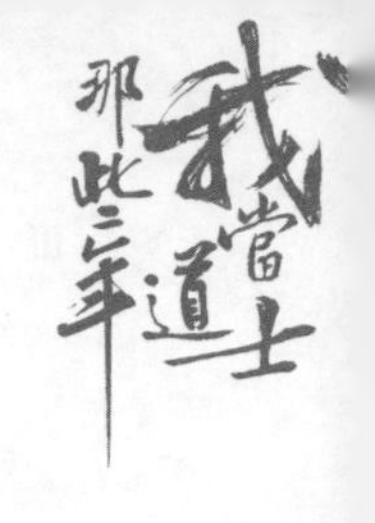

暗自好笑，這個把自己包裹得嚴嚴實實的傢伙倒也有幾分小聰明，知道有些東西雖然好，卻長在懸崖上，為了這些東西一不小心就摔得粉身碎骨，不是什麼划得來的事。

有多大的能耐辦多大的事兒，安分守己這一準則他倒是執行得很好。

不過，讓他就這樣帶我和師傅去見什麼所謂的聖王，顯然也是不現實的……其後的結果，是我們三人都被五花大綁起來，綁得異常結實，連我無辜的爸爸只是一個普通人，也逃不掉這種命運。

我們還被搜身了一遍，但我和師傅原本就沒帶任何的法器，師傅呢，身上也就只有一件兒多餘的東西，就是那一杆子旱菸杆兒，那個把自己捂得嚴嚴實實的人，看了半天也沒有看出什麼端倪來，隨手就插在了師傅的身上。

師傅隨他去檢查，一副坦然的樣子，我也很坦然，因為我知道師傅的旱菸杆沒有任何的玄機。

但師傅究竟是要怎麼做，我心底卻沒有譜，而且我到現在也沒看見我的媽媽和兩個姐姐……但師傅沒開口，我也不好表現得太過在意，反而是中了敵人的下懷。

就這樣，我們被綁好以後，被推推搡搡的帶進了那個熟悉的餓鬼墓。

第十五章　談判

快二十年的時間，再一次的「舊地重遊」，走在那個曾經讓少年時的我、酥肉還有如月驚魂不定的地方，如今依舊昏暗，再次審視感觸很多，當日裡那驚魂不定的心情卻一絲也沒有了。

這倒不是因為這餓鬼墓裡已經沒有了恐怖的存在，而是因為這些年經歷了那麼多的風雨，再回想起餓鬼墓裡這些傢伙，現在是覺得真的不可怕。

全身被綁得死死的，走路不是那麼方便，身後的人在推推搡搡，讓我的腳步也有些亂，這倒絲毫不影響我一路「懷念」的心情，就像走過曾經的蟲室，如今已經沒有那奇怪的罐子和被培養的餓鬼蟲，走過那轉角處，也沒有所謂的攔路鬼……

和我並行的師傅自然知道我在想什麼，也只是微微一笑，這餓鬼墓裡何嘗又沒有他的回憶呢？

繩子勒在肉裡的感覺並不好受，在這原本就像迷宮的巨大餓鬼墓裡走了大概二十幾分鐘，手臂傳來了麻麻的感覺時，那些帶領我們的人終於停下了腳步。

這是餓鬼墓裡一個比較大的廳，燃燒著火把倒顯得燈火通明的樣子。

只是地下的空氣到底比不過地上，我不明白這些組織裡的「頭面人物」，包括什麼聖王，為什麼喜歡待在這樣的地方？

我和師傅還有我爸，我們三個人被推了進去……一進去就看見裡面這個墓室的大廳鋪著厚厚的地毯，還像模像樣的擺著幾件兒傢俱，裡面坐著十幾個人，冷冷的看著我們三個。

真是搞不懂這些人是什麼愛好，住在這裡不說，還要在這裡享受？能隱蔽的入村已經不是一件容易的事，費心費力的要把餓鬼墓佈置成這個樣子，如果只待一天呢？

或者，當有的人失去了什麼，才必須借助物質上的某種奢侈來填補自己吧。

我是這樣猜測的……而這些人冷冷的打量著我們的同時，我也在打量這些人，除了當中坐著的那一個，其他人都和地面上那個領頭人一樣，包裹得嚴嚴實實，而當中那一個，我看著很眼熟，看著他那熟悉的修剪手指動作，我一下子就想起來了，他不就是吳天十大跟班中的一個嗎？那個手異常特殊的中年人！我沒想到這一次的收網行動如此鄭重，吳天那個愛惜羽翼的人竟然把這個人派出馬了。

「喲，又見面了。」那個人用一把銼刀懶懶的修理著指甲，挑眉抬眼看了我們三個人一眼，一副不是很在意的樣子。

師傅沒有說什麼，只是在打量著這裡，我卻接口說道：「是啊，沒想到勞煩您出馬了，我特有面子。」

「呵，你以為故作輕鬆就是真瀟灑？」這個中年人一開始的語氣很輕，到後面忽然變得嚴厲了起來，收起了銼刀看了我一眼。

這一眼自然不是平常的掃視，而是那種特別的精神力攻擊，我在沒有防備的情況下悶哼了一聲，和這些吳天的頂級追隨者比起來，我還算是「嫩」，所以這樣的反應也是正常。

不過也僅僅是悶哼一聲，腦袋有些暈乎乎的而已，一會兒也就恢復了……沒給我造成任何的傷害。

「殺了，帶來見我做什麼？」那個中年人又懶洋洋的低下頭，開始修著他的指甲，根本就不在意我們，也懶得解釋為什麼是他出馬的原因。

「殺了，你確定你能做這個主？」師傅似笑非笑的看著那個中年人，他根本沒有列出任何的理由，只是那神情分明就是胸有成竹，反倒讓人更加驚疑不定。

「為什麼不能？」那個中年人的眼中隱約有怒氣。

師傅非常無所謂的抬頭看了看墓頂，然後淡然地說道：「你自然地位很高，對，不是什麼聖王嗎？但聖王到底不是聖祖，如果我是你，我一定會去問問楊晟和吳天的意見的……你說是嗎？」

「對，你一定是有方式和他們聯繫的。」師傅又跟著補充說明了一句。

那個中年人聽聞師傅這樣的說法，臉一下子沉了下來，看起來就像暴風雨將來的天空，我在不停的活動著自己的手腕，如果他真想殺我們，我是絕對不會坐以待斃的。

我不知道那些包裹得嚴嚴實實的人到底有什麼樣的戰鬥力，但是擒賊先擒王，我在衡量那個中年人是什麼戰鬥力，如果我和師傅出手到底有幾分勝算，雖然現在我們被五花大綁，但是動用一些祕術的話，這個顯然不是問題。

在墓底下反而沒有過多的顧忌，可以放肆的鬥法。在某種程度上來說，在毫無防備的情況下，槍對我們的威脅更大。可是，反過來說，槍是人使用的，修者在有準備的情況下，有很多種辦法可以搞定槍手，有時候槍又是對我們毫無作用的。

我心裡在想些亂七八糟的，其實是在緩解內心的緊張，那個中年人的沉默就像壓抑的火山讓人不安，如果不到那一步，誰會選擇魚死網破的拚命，況且情況對我們並不利。

那個中年男人不說話，其他人就不敢說話，好像有些畏懼他，在這樣的沉默中，我也不知道是過了三分鐘，還是五分鐘，被綁著的我，感覺腳站得都有些麻了（因為血液流通不暢），那個中年人才停止了手指敲打椅子扶手的聲音，陰沉的臉變得稍微平靜了一些，然後「霍」的一聲站了起來。

氣氛一下子變得凝重，我知道下一刻就是宣佈一個選擇的時刻了，他果然是開口說道：「看好他們，等一下我來了再做決定。」

說完他就走出了這間大廳，轉過一個轉角，身影就消失不見……而我則悄悄的鬆了一口氣，因為我知道我和師傅賭贏了，這個中年男人一定是想辦法去聯繫楊晟或者吳天了，而在我心裡，不知道為什麼非常篤定，楊晟或者吳天是一定會和我還有師傅談判的。

這一點，師傅也非常篤定。

站得有些累了，師傅很乾脆的坐在了地上，並囑咐我和我爸也坐下，對於我們三個這樣的動作，其中幾個包裹嚴實的黑衣人也只是看了我們一眼，並沒有多餘的動作，但他們略微調整了一下位置，總之是從四面八方把我們圍在了中間。

時間一分一秒的過去，大概又是快一個小時左右，那個中年男人回來了，對那些人說道：「把他們帶上去，聖祖要和他們說話。」

再一次的我師傅又估算對了，我們被推推搡搡的帶出了餓鬼墓。因為我也猜不到師傅究竟要做什麼，準備怎麼破局，就乾脆不想這麼複雜的問題了，而是在想，這些人為什麼一定要待在陰暗的地下，原因是什麼？

可惜的是，我發現這個問題非常複雜，想不通其中的原因是什麼。只是從他們包裹得如此嚴實來看，我隱約有一點兒猜測，這種猜測和楊晟有關，卻又不是太敢相信……總覺得如果是到了這一步，未免就有一些匪夷所思了！可內心卻不免沉重，我想起了那個倉庫，曾經我戰鬥過的倉庫，最後被烈火燒毀……我猜測這些人被楊晟「改造」了。

這樣的猜想讓我的心情變得有些灰暗，直到走出了餓鬼墓，我都有一些渾然不覺，是夜晚的涼風迎面一吹，才讓我的腦子反應過來，我們已經被帶了出來。

「承一，你媽媽她們……？」一直忍耐著的爸爸終於忍不住了很小聲的問了我一句，看他的臉色有些灰白，這樣被嚴嚴實實的綁了兩個小時，做為老人的爸爸已經是受不了了。

「別急，媽媽的事情我知道該怎麼辦。」我安慰了爸爸一句，但從心底沖上的怒火卻讓我忍不住大喊了一聲：「等一下。」

那個中年男人轉過身來，用一種不耐煩，壓抑著怒火的眼神看著我，我卻毫不猶豫的迎了上去，大聲說道：「給我爸爸鬆綁。」

「為什麼，你準備拿什麼來說服我？」那個中年男人挑眉，有些輕佻的看著我。

「承一，算了，我還能撐住。」我爸爸小心勸解著我。

而我卻毫不示弱，怎麼能任由自己的父母受這種苦，大笑了一聲說道：「我沒有理由，只是笑你好本事，連一個普通人也要這樣綁著，才顯得你更像縮頭烏龜嗎？」

「哈哈，說得好！」師傅忽然大聲讚了一句。

而那個中年人一下子變得怒氣沉沉，他走過來忽然朝著我虛空捏了一下，我一下子感覺到從靈魂傳來了一股刺痛，然後猛地彎下了腰。

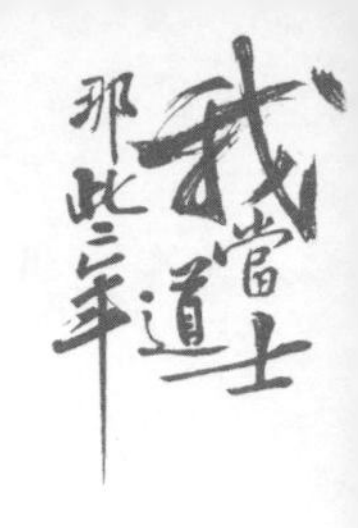

第十六章　條件

我從來沒有想過竟然有人可以用手「攻擊」人的靈魂，這顯然不符合我對這個世界的認知。

可是能跟在吳天身邊的人一定有不凡之處，而這個世界上我不能理解的事情太多了……他這一招雖然嚇人，但可能是出於顧忌，也可能是因為這一招有什麼局限性，我是感覺到了來自靈魂的疼痛，很痛可是卻沒有什麼實質上的傷害。

而我師傅在這個時候不可能不出手，他朝前邁了一步，凝神只是「哼」了一聲，那隨意調動的靈魂力就如同一把尖錐朝著那個中年男人刺去。

那個中年男人不可能無視我師傅的攻擊，只能「鬆開」了捏住我靈魂的手，倉促應對了我師傅的攻擊。

我師傅這樣隨意的攻擊自然不可能給那個中年男人帶來什麼影響，即便是倉促的應對，也輕易的化解，師傅不過是為了解決我的困境。

於此同時，我也發現師傅的「進步」讓我更加看不清，竟然可以不用任何準備的隨意調動靈魂力攻擊，這些年他又到底經歷了什麼？

「我倒是忘記了，綁住了你們的人有什麼用？對於高等修者來說，綁住了也不過是不能掐手訣而已，真正魚死網破一般的攻擊倒是不起作用啊。」在化解了師傅的攻擊以後，那個中年男人忽然冷笑了一聲，然後讓人捉摸不透的說出了這番話。

但他就像會變臉術一般的，忽然臉色就又變得陰沉，聲音平靜但是有些陰惻惻地說道：「我希望你們不要惹怒了我。」

師傅卻是冷靜淡淡地說道：「楊晟還在等我們電話，我想你給老陳鬆綁吧。第一，他只是個普通人，說出去倒是你們讓別人笑話了。第二，他還是個老人。」

那個中年男人陰晴不定的看了我師傅一眼，但最終還是說了一句：「給他鬆綁，順便把他帶去和那幾個女人一起。」說完後，他轉身就走，我和師傅面面相覷的對視了一眼，跟上了他的腳步。

在這之前，我不忘對一直擔心的看著我的爸爸說了一句：「爸，你放心。」

我爸爸被帶走了，從那個中年男人的話來看，應該是帶去和我媽媽她們在一起了，這樣其實比跟隨我和師傅要好很多，至於我和師傅則被那個中年男人帶到了那個小廠廢棄的建築物內。

這個建築物應該是以前這個小廠的員工住的地方，裡面倒是被這些人給打掃乾淨了，不過也簡單得只有一張床和一張桌子而已，桌子上放著一個手機，看樣子是接通的。

中年男人帶我們進來以後，就示意小屋裡原本的兩個人出去了，然後他看著電話說道：「不是要和聖祖說話嗎？去說吧。」

我根本就不知道應該和楊晟說些什麼，乾脆就沉默的站在那裡，而師傅卻是一步踏出，說道：「我來說吧。」

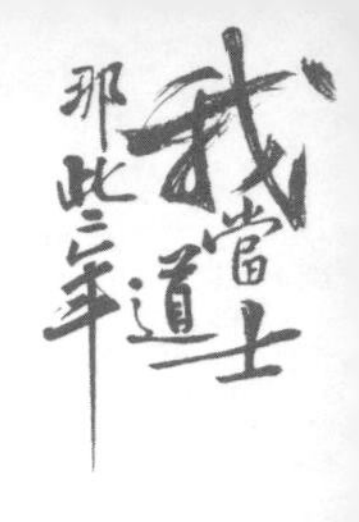

中年男人則是把電話拿起，拿到了我師傅的耳邊。

我不清楚楊晟在電話那頭說些什麼，但是我聽見了師傅如下的說話。

「如果不和你通話，我怎麼能表達我的想法。」

「我和承一從此以後跟隨你，其他人怎麼做我就無權干涉。」

「你自然可以選擇不相信。其實，我也自己也不相信。」

「理由？我只是為了承一，這就是我所有的理由，我會說服他。」

「難道你害怕？你楊晟現在在修者圈子裡的勢力幾乎達到了一個頂峰，你會害怕？」

「當然，你有更省事兒的選擇，就是殺了我們師徒兩個，一了百了……而也可以選擇讓我們跟隨，我相信你會很有興趣的，你要什麼，我知道……我是可以在你路上成為障礙的人，也自然可以是給你幫助最大的人。」

師傅的話就說到了這裡，然後他看著那個中年男人，說道：「楊晟要和你說話。」

中年男人接過了電話，然後稍微猶豫了一下，還是避開我們，站在屋外去接電話了。而我有些不解的看著師傅，因為我不太敢相信，師傅執意的要和楊晟通話，說出來的竟然是這個，我們要去跟隨楊晟？

從骨子裡我是從來沒有懷疑過師傅任何事情的，這種從來自靈魂的信任，就好比師傅指著前面一片明明是火海的地方對我說：「走過去，那裡是仙界。」

我就會毫不猶豫的走過去，並且當做那裡真的就是仙界！

所以，我只是不解，卻並沒有任何的疑惑，而面對我這樣的目光，師傅並沒有任何的解釋，只是用一種異常坦蕩的目光看著我，只要是這樣的目光也就夠了，我的內心也跟著一片坦然。

和師傅在一起那麼長的歲月，我早已經習慣師傅什麼事情不喜對我明說，只是用行動一次次的證明給我看。況且，在這裡還有隔牆有耳的顧忌。

那個中年男人，所謂的劉聖王，並沒有接多久的電話，我和師傅靜靜的等待了五分鐘不到，他就走了進來，用一種異樣的眼光看了我和師傅一眼，然後說道：「聖祖說，帶你們去聖堂再說。馬上就出發。不過，在這之前……」

楊晟到底選擇了讓我和師傅去跟隨他，這中間有沒有感情的因素在裡面我不敢想，不過拋開這其中的「利益」關係，楊晟應該有一種很強烈的「征服感」吧？畢竟這麼多年以來，他和我們一直南轅北轍，他卻一刻也沒有放棄，至少對我，他是一刻都沒有放棄過所謂的「說服」。

他想要認同，可能他之所以會選擇冒險的「妥協」，這一點也占了很大的因素。

當夜，我們就離開了村子，而我的家人我都沒有來得及見一面和說上幾句話，只是遠遠的看著他們被放了，離開了這裡。

那個時候在小廠的門口，我媽媽和姐姐們還有些猶豫，遲遲不肯走，而我爸爸在這個時候表現出了一個男人該有的果斷，他毫不猶豫的拉著我的家人走了，在中途至於要怎麼解釋，我相信我爸爸能夠做好。

他比我媽她們懂的家人是我最大的顧忌，如果他們平安我才可以平安，有時候磨磨唧唧的留下或者猶豫反而是一種拖累和殘忍。

儘管，我從來不會覺得他們是我的拖累。

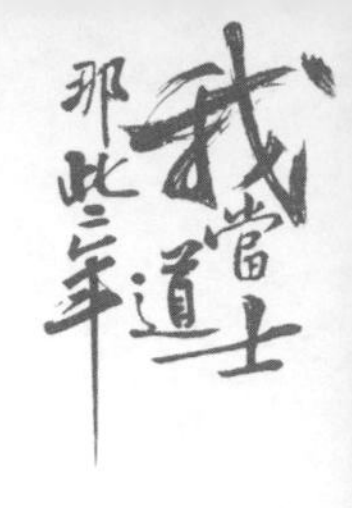

我相信楊晟不會再輕易的對我的家人用什麼手段了，有些事情禁忌就是禁忌，不可一而再再而三的做，看著他們平安離開了，我的心裡也鬆了一口氣。

我和師傅在離開之前被鬆了綁，但是卻被做了更厲害的禁錮，那就是利用祕法禁錮了我和師傅的靈魂力，這種祕法我沒見過，但感覺和鎖陽結類似，可是沒有鎖陽結效果那麼大，只是感覺靈魂力被禁錮在了身體裡，生澀而凝滯，根本不能調動，不只是靈魂力，還有修者可以動用的一切力量都被禁錮了。

方式很殘忍，在我和師傅身體的七個地方，釘了一種一寸長的，不知道是什麼材質所做的釘子，總之扎進肉裡很疼，不過卻是不影響行動。

在做完這一切後我們就被帶離了村子，在深夜夜色的掩護下走的全是小道，一切都很平靜的樣子，沒有驚動任何人。

而出了村子以後，這三、五十個人就各自散去，畢竟在華夏，如果三、五十個人一直走在一起，絕對是一件異常引人注目的事情，所以分開走也不失為一個聰明的方式。

但跟隨我和師傅的顯然是其中的重要人物，就包括那個劉聖王，還有幾個全身包裹很嚴實的人。在村口，我們就被帶上了一輛很大的商務車，然後朝著我熟悉的那個鎮子開去。

我和師傅一路無話，也不可能有什麼過多的交流……此去，有一種前途未卜的感覺，而我不知道是不是我們就要真的去那個聖堂，去見楊晟？

那麼之後呢，又該怎麼辦？

胡思亂想之中，車子已經趁著夜色的掩護，駛出了鎮子，朝著未知的方向，一路前行！

第十七章　小行動

實際上這真的是一段莫名其妙的旅程，因為每一天出發的時間都是在夜裡，至於白天這些人會隨便選擇一個什麼荒郊野外，然後露宿荒野吃飯睡覺，晚上又重新出發。

說是每一天其實是我誇張了，加起來也不過兩天。

但是兩天也可以看出很多問題，至少我看他們沒有要改變的意思。

而在這兩天裡，我和師傅也沒有過多的交流，畢竟在七、八雙眼睛的注視下，我們要深入的交流是不現實的。

行動還算方便，被打入了釘子的地方，傷口也被護理得很仔細，至少在這有些燥熱的天氣裡，並沒有出現什麼傷口發炎的情況，不過偶爾的疼痛是不能避免的，但是痛習慣了也就麻木了。

日子就是這樣的過去，我覺得一生中從來沒有過過這樣的日子，我是指完全無思考的日子，該吃飯吃飯，該睡覺睡覺……至於該上路的時候，自然就是上路。

我不知道自己這樣的狀態是怎麼來的？如果一定要問原因，應該是來自於師傅在身邊吧，我想放任自己徹底的去依賴一次，這樣的感覺也挺好！直覺告訴我應該這樣做，雖然覺得這樣的直覺怪怪的。

夜晚趕路的速度自然不比白天，因為在夜晚的視線問題，車子的速度怎麼樣也比不過白天，而且他們挑選的路盡是一些偏僻的路段，有的路段甚至已經快要廢棄了……都不見什麼車輛，也不知道這算一個什麼意思？

難道以楊晟的勢力還需要這樣做縮頭烏龜嗎？畢竟修者只要遵守一定的規則，一般國家是不願意多涉足和過問的。

不過，既然是不願意多想的狀態，我也懶得去深想這是為什麼。在荒郊野外宿營的日子也不錯，因為這些人儘管行為怪異，在享受上卻是一點兒都不猶豫的，帳篷也會佈置得很舒服，吃的也非常好，我過得還算舒服。

速度再慢，兩天的時間車子也開到了川地的邊境，在這裡更加人跡罕至，依舊是露宿在郊外……很快第三天的白天就要過去。

晚飯吃了個什麼魚子醬，很佩服他們在這種時候還記得奢侈，不過那個玩意兒我吃不太習慣，囫圇吞了全當填飽肚子，因為我只是憑直覺覺得今天的師傅不太對勁兒，別人感覺不到，可是我能感覺到師傅好像在準備著什麼。

他習慣性思考的時候，總是喜歡捏自己的手指，今天這個動作已經出現了很多次。

晚飯過後，這些人開始輪流的睡覺，也催促我和師傅去睡覺……按照他們的習慣，一定要晚上十一點以後才出發，白天總是精神懨懨的，我們去睡覺，這些看守我們的人就好偷個懶，打個盹什麼的……所以催促得分外積極，他們自然是不會管我和師傅能不能睡著的。

川地的荒郊野外多的是蛇蟲鼠蟻，再說，在這樣的天氣之下，這些傢伙更加活躍……蛇鼠蟻什麼的都還好，只是那蚊蟲什麼的是露宿荒郊野外的最大障礙，任何驅蚊的東西都不管用，這讓我開始懷念那一年驅蛇人送給我的那一個竹筒。

裡面的粉末真的是有奇效，這麼多年歲月過去，粉末還剩下一些，可惜我和師傅走得太倉促，這個東西並沒有在我的身上。

因為被蚊子弄得很煩我根本就睡不著，倒是那些包裹得嚴嚴實實的人，好像已經超脫了普通人的範疇，根本不在意這些，總之，沒見到他們有什麼特殊的反應。

「媽的，有些傢伙太臭了，連蚊子也討厭。」我低沉的罵了一句，內心卻更加煩躁，連傷口也隱隱作痛，乾脆爬起來坐在了帳篷裡面。

「你怎麼出來了？回去睡覺去。」我聽見了帳篷外面有人說話的聲音。

應該是看守我們的其中一個人，接著我就聽見了師傅的聲音：「你們想偷懶，還能強迫人睡覺？這大山裡的蚊子奇多，我睡不著，我要出來抽袋旱菸。」

這兩天師傅一直都很老實，叫吃飯吃飯，叫睡覺睡覺，今天這情況還是第一次發生。

我一聽也更加睡不著了，加上心裡隱隱約約有預感，也出了帳篷，剛出來，就聽見其中一個人說：「你怎麼也出來了？」

「睡不著，我抽根菸。」說話間，我走到了師傅的旁邊。

這麼一鬧騰，那個劉聖王從他那個超大的帳篷中走了出來，那兩個看守我們的傢伙立刻就不說話了，而是看著劉聖王。

那劉聖王今晚享受了魚子醬，看起來好像心情不錯，只是很冷淡的看了我和師傅一眼，淡淡說了句：「那抽完就老老實實的去睡覺了，這路上奔波著，誰也辛苦，就別互相找麻煩了。」

「嘿嘿……」師傅笑了一聲，也不表態，隨便找了一塊兒乾地兒坐了，開始從旱菸杆子

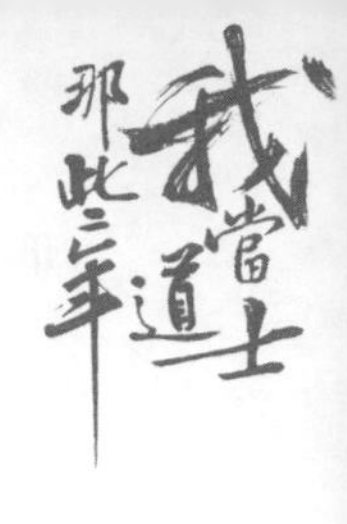

上的菸袋裡拿出了旱菸葉子，細細捲起來，開始裝填旱菸了。

我則蹲在了師傅的旁邊摸出了香菸點上，不知道為什麼，心裡總是有些淡淡的緊張。

劉聖王倒是不甚在意，我們兩個在他眼裡就是被封印的傢伙，身上也沒有任何的「危險物件」兒，在他眼裡是翻不了天的，不過他也沒有挪動步子，反倒是朝前走了兩步，就在我和師傅五米的範圍內，看著我們，然後裝作不經意地說道：「你們想跟著聖祖做事兒，這一路上也是一個表忠心的機會，別弄些不應該的事情出來，壞了彼此的心情，懂嗎？不然可能連唯一活命的機會都沒有了。」

說話間，那個劉聖王又開始打量自己的雙手，修剪整齊的指甲，修長有力的手指，彷彿這雙手給了他對自己力量的無限信心。

師傅也不說話，甚至看都沒看他一眼，只是仔細的裝填著自己的旱菸，裝好以後還滿意的磕了一下菸鍋，然後說道：「至於嗎？抽一袋子菸，狗日的，走的時候匆忙，這一袋子菸得省著點兒，抽不了兩次。等到地兒，這菸指不定就沒了。」

像是自言自語，又像是在回應劉聖王的話。

不過那劉聖王對於菸不菸的顯然沒有多大的興趣，也不理會我師傅的話，就是這麼站在離我們不到五米的距離，淡淡的看著我們，不停的擺弄著自己的手。

師傅摸出火點上了他的旱菸，閉著眼睛好似迷醉的吸了一口，煙霧再次裊裊的升騰……可是在那一刻，我卻叼著香菸一下子楞了一秒，然後立刻低頭抽菸。

我當然不敢表露出過多的異樣，甚至慶幸那個劉聖王一心的去欣賞自己的手，沒有注意到我瞬間變得詫異的神情，儘管那只是一閃而逝，但如果壞事兒就糟糕了。

我為什麼會這樣？只是因為旱菸的味道！對的……這個升騰起來的味道，的確是旱菸的味道，卻蘊含著一種說不出的奇特味道夾雜在其中，這種奇特的味道到底是有什麼用，我不知道，至少現在看來沒有任何的反應。

我在想，如果不是從小待在師傅身邊，已經習慣甚至依戀師傅抽的旱菸味道，我是絕對不會去研究什麼旱菸葉子，也就聞不出來這旱菸葉子的味兒不對的。

這甚至都不是師傅平常抽的那種菸葉子，只是普通的旱菸葉子，只是那股味兒連普通的菸葉子也不會有啊。

我幾乎已經休息了三天的呆滯大腦從這一刻開始飛速運轉，總覺得一切的玄機就在這旱菸之中……我依舊叼著香菸，一口一口的吸著，來穩定自己的情緒，實際上手心已經湧出了汗珠，是給緊張的。

幸好，這燥熱的天氣也為我做了一些掩飾，讓臉上的汗珠不至於太難以解釋。

一切還是很平靜，直到那邊有一個人忽然不大不小的叫了一聲：「我×，這傢伙膽子還真夠大的！」

劉聖王回頭看了一眼，是他的一個手下從帳篷中竄了出來，手中還提著一條不停在扭動的，五色斑斕的毒蛇……他隨手一扯，這毒蛇就斷成了兩半，然後被他扔掉了。

他兀自罵罵咧咧，劉聖王卻又毫不在意的轉過了頭。

師傅還在繼續抽著旱菸，抽得很慢……而我在感慨那傢伙真的是人？那條毒蛇看起來有接近兩米的長度，也不細，就隨手扯斷了？

一切似乎都很安靜。

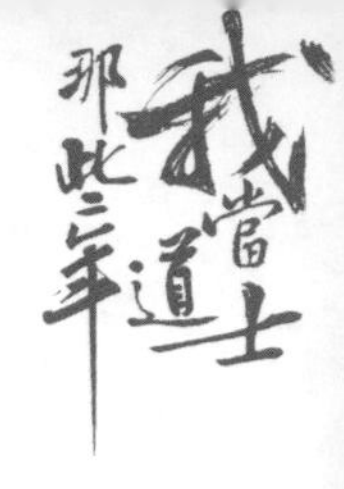

第十八章　蛇群

可是真的是安靜嗎？師傅沒有任何的表情，只是專注的抽著旱菸，彷彿那菸太香甜，他一刻都離不開的樣子……而我也搞不清楚師傅葫蘆裡賣的什麼藥，香菸不比旱菸，已經很快燃燒到了盡頭。

我臉上平靜，實際上微微有些焦躁的扔掉了手中的菸頭，只間隔了不到五秒，又摸出一枝香菸來點上了。

「喲，菸癮還挺大的。這也算是和我作對嗎？」那個劉聖王陰陽怪氣的聲音從我們的頭頂傳來。

其實，我沒說明的是，他在一路上都是如此，頗有些給我們擺下馬威的意思，只是我和師傅都不接他的茬兒，又「老實」，所以他也頗為無趣。

沒有說明也只是因為不在意，沒想到他還是有些不甘心的樣子，言語間又開始擠兌人了。

我想，他是不是因為我和師傅要去投奔楊晟，所以自然的產生了「危機感」，怕我們得到重用，然後忍不住擠兌兩句？

可是這一次，我卻因為焦躁還有不得不在外面待的理由，回了他一句：「癮大，可不可以？」

那個劉聖王愣了一下，臉色又變得陰沉，剛想說什麼，這荒郊野外的密林間卻傳來了「簌簌」的聲音，在一片燥熱之中還起了一陣陣很微弱的涼風，難道是老天爺也體恤到我的焦躁，所以讓一陣兒風來幫我平復一下心情嗎？

但事實顯然不是如此，只不過三、五秒的時間，宿營的營地就傳來接二連三的驚呼聲。

劉聖王驚覺不對，一下子轉過身來，而我也按捺不住強烈的好奇心，「霍」的一聲站了起來，然後我看見了蛇，好多蛇，在這麼一個只有兩頂帳篷的小小宿營地裡，一下子擠滿了不知道從哪裡來的蛇，我粗略一看起碼有三十條以上。

這些蛇並不是固定的哪一種品種，我對蛇這種東西不瞭解，雖然「親密接觸」過牠們之中很恐怖的存在，到化蛟級別的了……可是，我還是只能粗略的分辨出有毒和沒毒的蛇。

總之，圓腦袋的是沒毒的，尖腦袋是有毒的……我憑藉著這點兒僅有的常識就一眼分辨出來了這個，其餘的，也只是下意識的呆呆看著。

「我×他媽的，我們闖進蛇窩了？」有一個人忍不住放聲大罵了一句。

畢竟是修者圈子裡的人，不要說三、四十條蛇，就是再多一倍也不會讓人恐慌……特別是這些包裹得嚴實無比的傢伙好像異常神祕。

他們雖然有些手忙腳亂，但是幾乎是一出手就捏死一條蛇，動作極快，比這些對他們瘋狂發起攻擊的蛇還要快……就算不可避免的被咬了一下，他們也絲毫不在意。

面對這樣的情景，那個劉聖王第一反應就是怒氣衝衝的看了一眼我和師傅，但是我只是好奇的看著那邊，而師傅也只是瞥了兩眼，繼續老神在在的抽著旱菸，畢竟幾十條毒蛇，我師

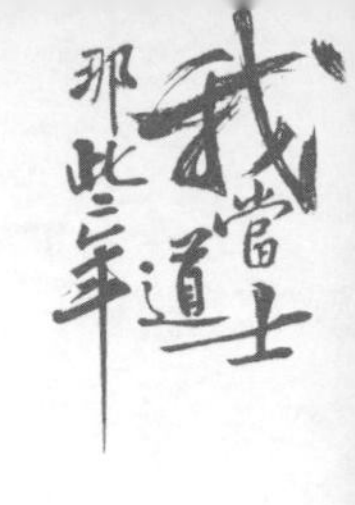

傳這反應也在正常範圍內。

總之，我們身上沒有任何可疑之處，我們被封住了力量，甚至只是在無辜的抽菸，又有什麼可疑之處呢？

所以，劉聖王也只是這樣看了我們一眼，下一刻估計覺得不太可能，就轉身對那幾個下屬說道：「蛇而已，快點兒處……」

他估計是想說快點兒處理掉，但是他的話還沒有說完，從林子和草叢的深處，又湧出來更多的蛇，這一次不再是幾十條的規模了，而是一下子湧出來幾百條……這樣壯觀的景象，我只有在小時候那處養陰地看過，那個時候我依稀還記得，是驅蛇人祖孫驅走了那群蛇……

如果是這樣多的蛇，我想我們會有危險的，至少修者還是肉體凡胎，是抗不過這些蛇一口一口撕咬的，我第一反應就是拉師傅進帳篷，師傅則是叼著旱菸，看了一眼劉聖王：「楊晟的脾氣我瞭解，你負責護送我們，希望你能毫髮無傷的把我們送到地兒了。」

接著師傅站了起來，看樣子旱菸也燃燒到了盡頭，他任由我拉著他進了帳篷……我也弄不清楚，這一切到底是不是他弄出來的。

只是看見劉聖王被我師傅的一句話噎得說不出話來，一條不大的毒蛇在這個時候一下子衝向了他，是從背後，但他根本沒有轉身，只是有些不忿的看著我師傅，然後隨意舉起了手，兩根指頭很強硬的伸出來，像是夾住了什麼一樣。

我就詭異的看見那條毒蛇在空中被抓住，掙扎了還不到一秒就綿軟了下來，劉聖王收回了手指，那條蛇就「啪」的一聲掉在了地上。

「看來你本事不錯，就不用我擔心了。」師傅很是輕鬆的說了一句，就和我進了帳篷，當然沒有忘記牢牢拉上帳篷的門。

剛才還輕鬆的師傅，在轉眼之間神色就變得有些憂慮，他很小聲的喃喃自語：「他比我想像的強，這也只是一個手下而已。」

他是誰？這麼愚蠢的問題我沒有追問，顯然就是指劉聖王，在三天以前，他曾經對我出手，那一次已經讓我震驚，但也只是震驚而已，他怎麼憑藉雙手凌空攻擊人的靈魂的。

而剛才他應該不是刻意的炫耀，只是無意中的一次出手卻實在讓我震撼。

我不是很想承認這種感覺，因為承認自己的敵人很強，這種壓力帶來的感覺會讓人窒息……可是卻不得不面對這個現實，我想師傅一定也是這樣的感覺吧？

可是師傅也只是這麼嘀咕了一句，然後就拿過了一張我無聊時看過的報紙，還有隨手扔在帳篷裡的一瓶礦泉水。

接著，他把旱菸菸鍋裡剛剛熄滅還在滾燙的旱菸灰倒在了那張報紙上，再把報紙捲成滾筒，擰開礦泉水的蓋兒，把這些灰小心倒進了礦泉水瓶子裡，再擰緊了蓋兒，使勁搖動攪拌了一番。

瓶子裡的水在師傅這樣的一番炮製下，很快就變成了一種詭異的灰白顏色，他仔細看了一眼，然後打開瓶子，把裡面這種灰白顏色的水分別潑在了我和他身上。

師傅做一切的時候手腳很快，不到一分鐘的時間就完成了，而在這個過程中我一直很安靜……直到做完了這一切，師傅才安心的噓了一口氣，聲音很低地說道：「不用我解釋什麼了吧？」

「問題出在旱菸裡？」我也小聲問了一句。

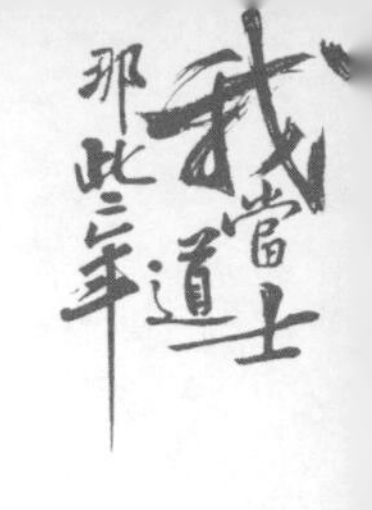

師傅也不說話，拿過那一根旱菸杆兒手指靈巧的動著，也不知道他是觸動了什麼機關，我在發現那個菸鍋下面有一個小小的空間可以彈出來，裡面還裝著一些黃褐色的粉末。

「就是這個粉末……？」我有些驚奇的問道，同時也感慨這根旱菸杆子的精巧設計，上面雕刻的花紋也恰到好處的掩蓋了這個隱藏的小機關。

「好戲在後頭，慢慢看吧。」師傅沒有具體的回答我什麼，而是掀開了帳篷窗戶的一個小角落，新鮮的空氣進來緩解了我的燥熱，可同時也傳來了一股子難聞的氣味，好像是屬於蛇類特有的那種腥味兒，還有淡淡的血腥味兒，應該是蛇的血？除了這個，就是越來越強烈的「簌簌」的聲音，這時我才反應過來這根本不是什麼風吹動林子和雜草所發出的聲音，而是這山林裡的蛇爬動時發出的特有聲音。

我之前還在奇怪這麼小的風怎麼可以引起這麼強烈的反應？不過，轉念一想，爬動的聲音造成了如此的動靜，那該有多少條蛇啊？

師傅抽的那一袋菸該不會把整個山林的蛇都引來了吧？

外面響起了粗重的喘息聲，俗話說蟻多咬死象，何況這是漫山遍野的蛇呢？但我也相信，劉聖王一行人應該不會這樣坐以待斃。

果然，我們帳篷的門被一下子拉開了，劉聖王臉色異常難看的對我們吼道：「走，這裡不能待下去了。要敢趁亂做什麼，小心老子丟下你們餵蛇！」

第十九章 急轉直下

面對劉聖王這樣的話，師傅適當的做出了有些焦慮又想掩飾的神情，而我看見師傅的神情，自然知道該用什麼神情來配合。

「快一點！」劉聖王有些焦急的叫了一聲，我和師傅裝作無奈的互相對視了一眼，最後還是磨磨蹭蹭的走出了帳篷。而在這期間看見有無數條的蛇攻擊劉聖王，但是卻被他身邊莫名其妙的力場給碰撞開去。

這樣的方式看起來很輕鬆，事實上如果真的那麼輕鬆，劉聖王也不會如此催促我們。可能也是承受這樣接二連三的攻擊，讓劉聖王也顧不得我們了，他只是指了一下我們警告，就朝著山林之下跑去……在他心裡可能覺得這種危險的情況，我和師傅也得跟著他跑吧。

另外，在這種混亂之下保住自己的命，是人的本能。

其實，我們根本就不在山林的深處，就是在邊緣的位置，這是一條他們挑的偏僻路段兒，就貼著山林，我們露營的位置實際上離車子也沒有多遠，大概朝著這個下坡跑下去也不過五十米以內的距離。

他們應該是想上車，然後快速的離開這裡。

我和師傅故意有些磨蹭，這些蛇雖然多得嚇人，不過這幾個人一心想跑，是絕對能跑掉

的。

至於我和師傅為什麼那麼磨蹭，是因為師傅剛才已經悄悄和我說了那些液體的功效，就是這些蛇不會攻擊我們，只要我們一出去而他們有心觀察的話，就會發現這個極大的破綻，而顯然現在還不是與他們撕破臉的時候。

不過再磨蹭，我和師傅到底還是出去了，只有一出來，才能體會到那種漫山遍野都是蛇的恐怖之感，就算這些蛇不會攻擊我們，而我其實也不怕蛇，可是看著密密麻麻的一片，我身上還是起了雞皮疙瘩。

五十米以內的距離，說起來應該是非常近的了，可是在蛇群的圍攻下，誰也別想跑的快。

就包括我和師傅也是一樣！雖然蛇群不會攻擊我們，但我們必須異常小心的走，如果踩到一條，這些被刺激得暴怒的蛇說不定就會給我們來個一口。

我和師傅都是如此，所以劉聖王他們的情況可以想像……五分鐘以後，才前進了不到十米的距離。

而蛇群還在源源不斷的湧入，這裡幾乎變成了一個真正蛇窩，不，應該是蛇山來形容更加確切……不知道為什麼，在這其中劉聖王受到的攻擊尤其多，多到他已經顧及不上我們。

我不知道師傅打的是什麼算盤，在如此混亂的情況下，我們完全可以趁機逃走，他還亦步亦趨的跟著這群人。

彷彿看穿了我的想法，師傅看了我一眼，小聲說道：「這是他們不願意拚命，因為要防著我們。如果願意的話，這點兒蛇是困不住他們的。我們還得再等。」

我拉著師傅也是慢慢的一路下山，一邊防備著這些人，一邊小聲的對師傅說：「那我們要等到什麼時候？」

師傅小聲對我嘀咕道：「這是賭運氣的事，懂嗎？這些蛇不足以讓我們脫困，我是在賭運氣。」

「運氣？」原本山路就不好走，還四處都是蛇，聽師傅這一句話，我差點摔倒在地上，我忽然覺得師傅不靠譜的本性又暴露了出來，我們這樣的處境，他竟然要賭運氣。

在這般危急的情況下，師傅還不忘了趁機教育我兩句：「人，只能做到該做到的。我算計好了一切，但始終謀事在人，成事在天！所以，人生不可以強求，老天爺不給你的，你始終不會有，該是你的，那始終會是你的。如果因為老天爺不賞你，而陷入了惆悵苦惱，甚至偏激的心境，你想想那不是失去了更多？因為沒得到，你沒損失什麼，但如果心境陷入了那種情況，你就是大大的損失了。」

「我懂，心境淡定，其實人生不得亦不失。」我小聲對師傅說道，而密林間「簌簌」的聲音好像變小了，我有些擔心。

「少給老子文謅謅的，最討厭故弄玄虛，那是說給誰懂的？真正的道理，都是言淺而意深。」師傅輕輕拍了一下我的腦袋。

聽聞師傅這樣的說法，我還想給師傅說句什麼的……但在這時，劉聖王冷不丁的回過頭來，冷冷看了我和師傅一眼，說道：「你們在嘀嘀咕咕什麼？」

我和師傅說話的聲音異常小聲，沒想到還是被這傢伙給聽見了，還有一點就是好像蛇群湧入得沒有那麼密集了，所以他有這個閒空來關心我和師傅了。

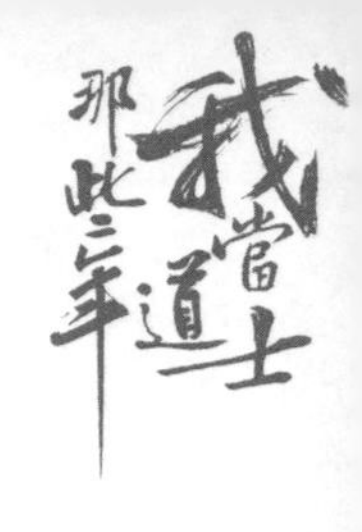

這是意料之外的情況，我和師傅原本嘀咕得正開心，看他這樣轉頭來看我們，都不由自主的楞了一下，一時之間也不知道應該怎麼回答？

而劉聖王也不是一個很傻的人，只是轉過頭來看了一眼我們的情況，他的臉色就忽然變了，大吼了一句：「那些蛇怎麼不攻擊你們？」

「或許，看我們比較順眼？」我不知道怎麼回答，可是師傅卻毫不在意的扯淡了一句。

其實情況非常明顯，劉聖王就是那麼一回頭，也有三、五條蛇朝他攻擊，而我和師傅站在這裡楞了一下，根本沒有任何的蛇來找我們麻煩，甚至從我們身邊爬過的蛇都自動繞道，分成兩邊兒，朝著他們爬去。

這種事情根本沒有辦法爭辯，可是我也想不到師傅會說出如此扯淡的話。

「是你搞的鬼，是不是？」這個時候，劉聖王再傻恐怕也知道忽然氾濫成災的蛇和我們有關係了，他的臉色第一次變得異常平靜，可是這種平靜中的陰沉，卻是可怕到了極點。

在這一刻，劉聖王的氣勢徹底爆發了，原本這些蛇群圍攻他，他還有些手忙腳亂的，但在徹底爆發以後，那些蛇群竟然不能靠近他，有一兩條比較靠近他的，竟然深深的被壓迫在地上不能動彈，蛇頭被擠扁，流出了血液……

這是什麼情況？

「恐怕這個劉聖王天生就有不同的能力，也可以當做是特異功能。」師傅收起了旱菸杆子，臉色也變得嚴肅。

劉聖王發威了，其他幾個跟隨著他的人也紛紛回頭，朝著我和師傅跑來……這個時候，他們好像也懶得掩飾什麼，回頭我才看見其中一個人的面具掉了，露出了他的一張臉。

那還是人臉嗎？這張臉讓我第一時間想到的就是楊晟……不同的是，這臉並沒有那種新舊肉芽交替的痕跡，只是乾枯……失去了人類皮膚特有的光澤，如果經常到「地下」活動的人，恐怕一眼就會失聲喊一句「這是殭屍臉」。

對的，這完全就是殭屍臉！這些人……竟然已經不是人，變成了類似於殭屍的東西。

可是在這種情況下，誰還顧得上驚詫？我們的情況一下子變得很糟糕，因為他們顯然要向我和師傅發動攻擊，而我和師傅是被鎖住了功力，根本沒有還手的餘地，並且不能強行的拔掉身上的釘子，那個會帶來更可怕的後果。

就像要爆炸的定時炸彈，你強行去拆除，結果就是爆炸。

「跑！」師傅只是對我說了這麼簡單的一個字，然後幾乎是同時的，默契讓我和師傅一起朝著後方跑去，希望借助蛇群的幫助，能夠拖延一定的時間和他們拉開距離。

總之，現在除了跑，我和師傅誰也想不到什麼好的辦法。

山路難行，此刻的我們也顧不得什麼踩不踩到腳下的蛇了，只剩下一個念頭，就是儘快跑入真正的密林，借助地形看能不能脫困！

「想跑？」我們身後響起了劉聖王冰冷的聲音，可是我卻沒辦法回頭和猜測他想要做什麼？

不過，如果不幸那絕對是接二連三的，因為我沒有跑出幾步，就感覺自己的靈魂傳來了一股強烈的拉扯感覺，就像下一瞬間，我的靈魂要被拉出了體外一般。

怎麼可能？冷汗從我的額頭滴落，而這種情況下，我還怎麼跑？

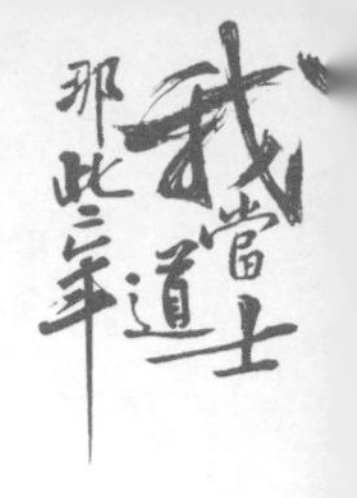

第二十章　蛇王現

我努力抗拒著這股力量，卻發現根本就像是有一隻大手在扯住我的靈魂，而那力量實際的去感受，是一股絕大的靈魂力組成的拉扯力量，混雜著精神力搗毀人的意志。

其實不用深想，我就知道這是那個劉聖王出手了。

這才是他真正的殺招吧？讓人意想不到的直接拉扯人的靈魂……根本就是防不勝防。和吼功對人靈魂的影響不同，劉聖王這個是直接針對強悍的修者靈魂的，而且是一招斃命，因為靈魂被拉扯出來了，相當於就是直接「殺死」一個人了，我想他有資格成為吳天的「十大親侍」，其中最大的原因就是這一殺招吧？

「承一，你怎麼了？」見我狀態不對，師傅停下了腳步轉頭擔心的看著我。

我看不見自己此刻的臉色，但這種拉扯的痛苦，卻讓我能感覺到一股股的汗水從我的臉上滴落……汗水誇張到這個程度，可見我在承受什麼樣的痛苦？

師傅自然也發現了這一點兒，著急的開口就對我說道：「承一，用意志堅守自己的靈魂。」

說完這句話師傅猛地轉身，竟然朝著劉聖王的方向跑去。

此刻的師傅和我一樣是被鎖住了一身功力，他除了是一個強壯點兒的老人，簡直沒有任何戰鬥力，怎麼做出如此冒險的舉動？

我心中大急，無奈靈魂被拉扯根本就動彈不得。我知道在後方除了那個劉聖王，還有幾個不正常的殭屍人，師傅如何是對手？

在這一秒，我覺得簡直到了人生最糟糕的極限，而在拚命抵抗的同時，我很清晰的察覺到，在我的靈魂深處，那一層薄膜在不停的激蕩。

道童子，我無法分辨這一個「我」到底是什麼想法，可是我知道薄膜如果在這現實世界再次碎裂，陳承一就真的不會存在了，這結果可能比我死去還要可怕……原本順利的一切，因為蛇群忽然異樣的減少，變成了這樣，難道就是天意？

或者師傅說的賭運氣，就是我們的運氣不好，這密林裡的蛇太少了？

文字敘述很長，但這一切的變化不過一秒之間罷了，在我痛苦異常的時候，偏偏密林裡響起了一聲聲模糊不清，卻偶爾又分外清晰的竹笛聲。

是竹笛聲嗎？彷彿不成曲調……而且聲音聽起來是那麼的怪異，甚至有些刺耳，讓人聽得有些暈乎乎的。

由於時斷時續，所以我都懷疑這是我的幻聽……卻不想在這個時候，我卻看見師傅跑回到了我的身邊，一臉如釋重負的樣子，竟然拉著我急速的再次朝著後方跑去。

師傅拉著我速度自然不會快，可是比起被那麼多蛇纏住的那些人來說，已經算快了。

因為是被拉扯著，所以我的身子換了一個方向，我看見劉聖王正伸手，臉色嚴肅得像是在拉扯著什麼，在他身邊有兩個他的手下在拚命為他抵擋著蛇群，而他專心致志，彷彿在他的眼中目標只有我的靈魂。

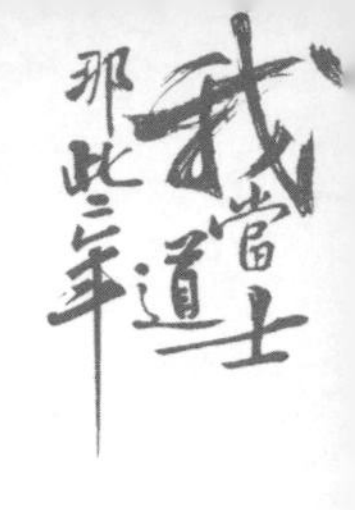

「唔。」我忍不住痛苦呻吟了一聲，牙齒緊緊咬著，用自身的意志抵擋著這種拉扯，卻因為師傅拚命把我往後拖去，而顯得更加痛苦。不知道是不是心理作用，還是因為身體在遠離劉聖王，靈魂在身體和他之間拉鋸，加重了我的痛苦。

我很想開口讓師傅別動我，自己先跑……可是我說不出話來，而且也瞭解師傅絕對不會扔下我不管，說了也是白說。

除了原地不動的劉聖王，和為他「護法」的兩個下屬，其餘的幾個人都在追趕我和師傅，儘管因為蛇群速度快不起來，卻也是在他們不顧代價的情況下慢慢接近。

鑒於這個情況，我更不能在這個時候讓師傅分心，我只能咬牙承受著這種痛苦。

感受到了我的痛苦，師傅並沒有停下腳步，而是在我耳邊輕聲說道：「承一，再堅持一會兒，一會兒就好，我們賭贏了。現在要做的只是——在那之前，我們保住自己的性命。」

我的意識因為痛苦已經變得有些模糊了，我感覺自己的靈魂好像被拉扯成了繃緊的皮筋兒，而靈魂力的那一層薄膜，也跟隨著被拉扯到了很緊張的程度。

我感覺它的韌性比我的靈魂還要強大，我在想，我的靈魂因為這種拉扯而破碎之前，它會不會破碎？

我大口的呼吸著，就像是臨死前的人想要多吸兩口氧氣，來拚命維持自己的生命一般，儘管已經到了如此的地步，可是我還是能分辨周圍的動靜，就是那蛇群來襲的「簌簌」聲已經變得微不可聞，而之前大量湧出的群蛇也變成了零星的幾條。

這樣的情況師傅為什麼會說賭贏了？難道是……

此時，之前我聽見的那個竹笛聲已經越發清晰，除了這一點兒異象，我已經想不出什麼地方是我們賭贏了！

時間彷彿靜默在了這幾秒，下一刻……我忽然聽見山林裡傳來了驚天動地的動靜，這個動靜就像是一台壓路機在毫不留情的碾壓過這片山林！

在我有些模糊的雙眼中，我甚至看見大片大片的雜草紛紛撲倒……在這其中，有一道花色的閃電在快速流動，朝著這一片地方大力的奔襲而來！

這……這……我的腦子轉不過來，因為這遠遠不是最高潮，在那道「花色的閃電」之後，好像還有幾道更加巨大的閃電朝著這邊快速的襲來……我發誓，雖然只是驚鴻一瞥，模糊的視線，我卻認為這是我見過最大的蛇！

比小時候見過的蛇靈，甚至比我見過的「蛟」還要大！牠們是山林之王嗎？在那一瞬間，我覺得森蚺算什麼最大的蛇？這些深山老林中才隱藏著人類的未知！

牠們出現只是短短的幾秒，還來不及思考，我就感覺身處的這一片地方突然起了一陣狂風，接著在最靠近我們的一個殭屍人身後，一個巨大的蛇頭突兀的出現……是花色的蛇頭，光是頭就像一口鐵鍋一般大小。

牠的出現讓那些殭屍人出現了片刻的恐慌，一下子暫停住了腳步，卻還來不及反應，那條大蛇就猛地一個翻轉，捲起了那個牠身前的殭屍人！

「我×！」忽然的變故，讓那個被捲起的殭屍人發出了一聲驚恐的呼喊，在這種情況下，顯然爆粗口是唯一的選擇……可是他也不是全無反應，在那一瞬間，緊緊抱住了蛇身，拚命去找到七寸的位置。

而其他的殭屍人還來不及反應，又竄出來幾條巨大的大蛇，根本沒有任何猶豫的開始朝

著他們猛攻……同樣的方式，人蛇在這片空間展開了搏鬥，在這個時候劉聖王身邊的下屬也被波及，根本沒有辦法保護劉聖王了。

可是劉聖王好像全然不受影響，反而是猛地握緊了自己拉扯我的那隻手，做出了一個異常吃力的朝後縮的動作，這樣的動作直接反應在了我的靈魂上，我感覺一股更大的力量在拉扯我的靈魂，忍不住痛呼了一聲，但卻找不到可以解決的辦法。

那些殭屍人比想像厲害，和那些巨大的蛇竟然搏鬥成了拉鋸戰，他們的力量大得簡直無法想像……這難道是因為楊晟改造的結果？

我已經快昏過去了，卻聽見一陣陣異樣的響動……在這個時候，一條毫不起眼的蛇出現在了劉聖王的面前。

毫不起眼只是因為牠的外形，烏漆漆的一條，乍一看就像是一條再平凡不過的烏梢蛇，但事實上是不同的，那毫不顯眼的蛇皮之下彷彿是包裹著一層火焰一般。

如果這樣還不足以引起人的驚奇，讓所有人都不約而同的注意到它，那麼牠出現的方式就是最好的解釋。

牠竟然是騰空出現的！

第二十一章　螣蛇與神祕人

「螣蛇！」我腦子裡如同閃電一般的劃過了這個念頭，然後自己都不敢相信。

這蛇在道家傳說裡是神物，有一種蛇可以不化蛟，只歷天劫就直接成龍，說的就是這種螣蛇，也有叫牠騰蛇的一說，最大的特點就是無翅而飛。

而關於牠的說法眾多，道家很多東西都和牠有不可避免的連繫，占卜、奇門……甚至在傳說中牠也是高高在上的神物，十二星將、火神，五象中最神祕的隱而不現，居中主土的中位之神物……因為隱而不顯，所以人們一般認知裡都只會說四象。

總之，在那一刻我完全懵懂了……我一生坎坷，見識不少，連昆侖蓬萊都接受了，但如何讓我去接受一個傳說中的「神獸」真的存在這一事實？

那豈不是要告訴我《山海經》是真的？那豈不是我還要去相信有玉皇大帝？就算我信奉三清，不見得能接受漫天天神的存在！

我只能告訴自己那是一條「異種」，是我自己沒見過的神祕生物……但牠這樣突兀的出現在了劉聖王的面前，劉聖王估計也被驚到了，竟然連退了兩步，不敢直面這一條怪異的小蛇。

他這樣一退，加諸我身上的術法也就失效了……我的靈魂在那一刻猛的一震，感覺如同

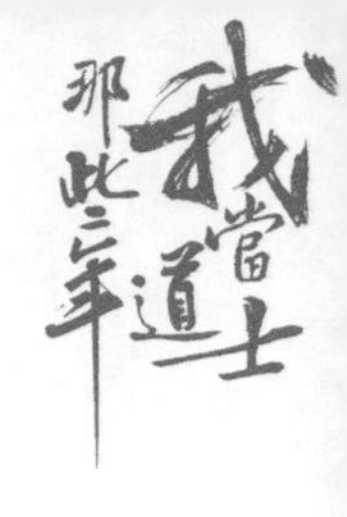

潮水般的湧回了我的身體，但這樣突如其來的回歸，就好比繃緊的橡皮筋被放鬆，會彈到肉一樣，我的靈魂也受到了少許的震動傷害。

而騰飛在劉聖王面前的螣蛇竟然停留在他面前，非常擬人化的人立而起，發出了一種異樣的嘶嘶聲，一時間我竟然感覺到空氣在發熱。

「別看了，走！」師傅拖了我一把。

儘管我對那條蛇充滿了萬般好奇的心情，但是也不得不跟隨師傅的腳步，朝著山林的深處跑去。

大概跑了有一百多米，已經進入了密林，我聽見了劉聖王一聲慘嚎的聲音，我不知道發生了什麼，實在忍不住好奇，回頭瞟了一眼，卻看見那邊火光沖天。

「難道真的是螣蛇？」我忍不住喃喃自語。

師傅一邊跑著，一邊對我說道：「這個世間隱藏的東西就太多了，曾經有一個大脈，有真正的神獸之魂守護。你說我該是信還是不信？不過，這條蛇兒就算是螣蛇，那也是一條幼蛇，真正的螣蛇就算吳天來也不會那麼輕鬆就過去了。」

密林裡並沒有路，雜草荊棘叢生，在中間坑坑窪窪還夾雜著石頭……我和師傅跑得跌跌撞撞無比費力。由於靈魂受傷我整個人的狀態並不好，一邊跑得氣喘吁吁，一邊感到無比震驚，我好像想到了點兒什麼，但心思還在那突兀出現的螣蛇身上，我忍不住問師傅：「那真的就是螣蛇？如果是我們跑什麼？不用跑……就算是一條幼蛇。」

在我的想法裡，最好就是能劫了車，然後和師傅「遠走高飛」，和大家會合，這荒涼的無人山林連螣蛇都出現了，怎麼看也不是一個好去處，我和師傅迷失在裡面怎麼辦？我們還是兩個被封了功力的人，只是強壯一點兒的普通人，在裡面就算遇見個什麼野獸，也……

但師傅卻說道：「你不要以為那個劉聖王是個好相與的人物，你的靈覺強大，靈魂也強大，剛才卻是什麼感覺？」

提起剛才的感覺，我的冷汗濕了一頭，忍不住說道：「剛才……剛才我感覺只要再晚一刻，我的靈魂都要被拉扯出來了。」

「那就是了！他其實防著我，看似全心全意的收拾你，其實並沒有盡全力。而那條蛇兒就算是螣蛇，你難道還不懂，天生的優勢也要經過後天的成長，牠一出現雖然驚人，但是我能感覺在氣勢上牠壓不過那個劉聖王。」師傅跑得比我輕鬆，說話也還流利，很奇怪的是他好像知道該往哪兒跑，在這密林中一點兒都沒有無頭蒼蠅亂撞的感覺，非常淡定的帶著我。

「那你是怕他們再追上來？」我忍不住問了一句。

「有這個原因，這些後面出現的蛇才是事情的關鍵，可是這些蛇已成靈，不可能真的為我們犧牲了，頂多也是拖延一些時間。另外就是，吳天的十個大將，我聽得一個消息，那便是有明面兒上辦事兒的，也有暗地裡接應的。」師傅拉著我一起跳過了一條已經乾涸的深溝，又對我說了一件事兒。

我卻不太能理解，問師傅：「什麼意思？」

「意思就是他們從不單獨辦事，總是一明一暗的出現，彼此之間有特殊的聯繫方式，劉聖王在明面上辦事兒，那附近不遠處總會有另外一位聖王。我們就算沒有發現，也不得不防，你懂了嗎？」師傅這樣給我解釋了一句。

現在天已經完全黑下來了，我和師傅在奔跑中並沒有帶著手電筒，就算我感覺師傅好像

認識路，但速度也不可避免的慢了下來，甚至師傅也跑得跌跌撞撞了起來。

但師傅的話卻讓我在如此奔跑中，也忍不住後背發涼，一個劉聖王都如此難對付，如果再來一位聖王？那後果……況且，師傅說螣蛇也不可能真的能收拾得了劉聖王，就算能收拾，那些蛇兒也只是為我們拖延時間……

這情況，想到我就有巨大的壓力，非常想快速的奔跑起來……可是，在這山林裡，速度又怎麼快得起來？

師傅卻也不打算瞞我什麼，再告訴了我一個更加糟糕的消息，他說：「釘在我們身上的釘子上留有暗門，在一定的距離內都可以通過特殊的方式知道我們的位置。我們要逃掉，時間很緊！」

還能夠再糟糕嗎？我還以為我們已經逃出生天了呢！如今這情況卻是……在這個時候，我恨不得能生出四條腿，可惜的是這卻是比讓我看見山海經裡記載的全部異獸更加不可能的事情。

我的呼吸越來越粗重，師傅也變得呼吸急促起來……但是這密林和雜草叢彷彿沒有盡頭，月光下各種怪異的叫聲充斥於耳，讓人越發絕望。

在這個時候，我感覺到身上釘住的那神祕的釘子開始微微顫抖，一開始是微不可察，到後來確實震動得異常明顯！

因為它就釘在我的肉裡，我不可能忽略它，只是無助而又慌亂的看了師傅一眼。

能用的招數我們都用了，為了擺脫這個困局，連師傅都不得不說了「謊言」，暫時欺瞞楊晟，如果這一次，我們再次被「逮」住，那真的沒有任何迴旋的餘地，只能死拚，而結果卻一定是我們輸！

而輸就意味著我們要死掉，正常的情況，誰又會真的不在意自己的生死？

我這一眼得到了師傅的回應，他正好也看了我一眼，然後苦笑了一聲，說道：「看來那個劉聖王已經脫困，這個時候正在找我們的位置。不然這釘子不會有這樣的反應。」

「那距離到底是多少？」我喘息著，在這種困境之下想給自己一點兒希望，就像沒有盡頭的奔跑和有目的的奔跑，後者會讓人更有動力一些。

「我不知道。」師傅苦笑了一聲，但是望向前方時，他還是說了一句：「只有跑下去，總之不能放棄任何一絲希望。」

「嗯！」我答應了一聲，和師傅繼續在這密林裡跌跌撞撞的奔跑。

因為是綿延的大山，所以我們跑的算是上坡路，更加累人……而我自己在想，後面如果有追兵，應該已經追了上來，他們應該跑得比我和師傅輕鬆吧，因為利用祕法追蹤我們，簡直就像黑夜裡的兩盞明燈。

也不知道是不是明燈這個詞兒給了我暗示，我一下子後背發麻，忍不住回頭看了一眼，果真卻看見離我們還稍許有些距離的遠處，亮起了星星點點的燈光！

我倒吸了一口涼氣，追兵來了？那麼快？而他們有照明的工具，追上我們是遲早的事情。

「師傅。」我忍不住無力的喊了一聲，師傅一聽也陡然回頭，他自然是看見了這個情況，臉上的鬍子都跟著抽搐了一下，卻是歎息了一聲，對我說道：「打起精神，繼續跑！」

除了這個，又還能有什麼辦法？我抬頭望天，深呼吸了一口氣，但此時天上的月亮都顯

得有些慘白，讓人壓抑得喘不過氣。

卻也是在這時，我又聽見了那若有似無的竹笛聲響起，彷彿是在前方指引著我們的道路。

「是了！承一，加把勁。」師傅忽然變得興奮了起來。

而我終於是忍不住了，對師傅不滿的問了一句：「師傅，那到底是誰？不完全是因為那個藥粉吧？是不是有人在幫我們？」

第二十二章 小丁

面對我的問題，師傅一邊拉著我往前跑（由於靈魂受創，我的體力比起師傅已經先不支了），一邊很直接地說道：「自然是有人幫我們，你而且還見過。」

「是誰？」其實我隱約有猜測，畢竟從蛇群就能得到線索，只不過不敢肯定。因為畢竟這次的蛇群來了那麼多的蛇靈，甚至還有一條道家傳說中才有的螣蛇，那個驅趕的人一定非常有本事。

而我對驅蛇人自然是有認識的，就是小時候見到的那一對爺孫，或許是師徒，因為年代久遠，我記憶也有些模糊了，可是從那個時候的印象來看，他們不可能……

師傅彷彿看出了我心中所想，沒頭沒腦的就拍了一下我腦袋，說道：「你以為全天下就只有你一個天才？很多人會青出於藍而勝於藍的。就是他，你小時候還笑過別人，吹竹笛吹不出聲音來。」

師傅這麼一說，我的腦海中就忍不住浮現出那麼一個當年的形象，一個清秀寡言，又有些羞澀的少年，穿著洗得發白的軍裝，一頂皺巴巴的破軍帽扣在腦袋上，低頭吹著竹笛的形象。

當然，還有他的師傅，或者是爺爺？那個老得有些恐怖的老頭兒，師傅的朋友！

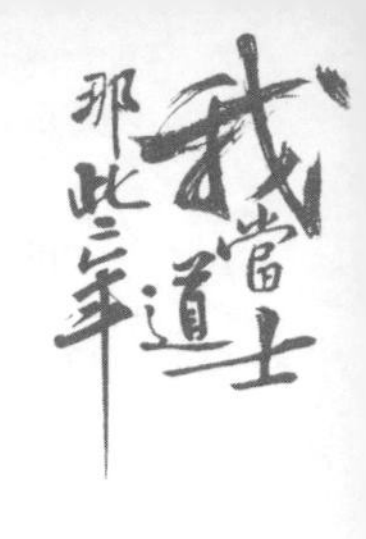

師傅說青出於藍而勝於藍，我相信他指的就是那個少年人，我努力的回憶他們的名字，這才想起，那個驅蛇老人叫老吳頭兒，而那個少年人叫小丁。

這些回憶如同展開了當年的畫卷，讓我彷彿回到了那年的歲月，還天真的我，充滿了好奇，挖出的蛇群、神祕的蛇靈、封正的師傅……一切的一切，帶著微微泛黃的顏色，讓我的心猛地暖了一下。

也是在這時，我們攀爬上了這座山峰的峰頂，那竹笛聲已經變成了異常悠揚的聲音，傳入我們的耳膜，這是正常的曲子，帶著夜色的寂寞，讓人溫暖又寂寥。

師傅站在山頂回望了一下山下，那些追兵已經快到了半山腰，速度不可謂不快，他卻是不在意的長吁了一口氣，感慨道：「這個小丁已經越來越厲害了，蛇門的不傳之祕竟然能帶入平常的生活。」

山頂微微有風，讓我被汗濕而貼著後背的衣服也微微鼓動，心裡竟然在壓力過後，有說不出的舒爽。

可是我卻不明白師傅的話，什麼叫蛇門的不傳之祕帶入生活？師傅莫名大笑了兩聲，忽然抹了一把汗說道：「輪迴與傳承真的是一件奇妙的事情，下一輩都成長了起來，屬於你們轟轟烈烈的大時代已經來臨，也正在進行。我老了，可是我覺得我的徒弟三娃兒長大了。」

我莫名看著師傅，師傅卻一把拉著我朝著下方的山谷跑去，因為竹笛的聲音明顯就是從山谷中傳來的，聲聲動人。

「小丁了不起，你沒有忘記吧？小時候，他吹竹笛，你笑別人吹不出聲兒，後來你才知道，那是吹給蛇聽的，人自然是聽不見。可是蛇門傳說中，有一種極厲害的驅蛇控蛇之法

——心音，由心而生之音，只傳達於想傳達的對象，這竹笛聲兒，我想只有我們兩師徒能聽見吧。」和山坡的路比起來，這下坡的路跑起來是那麼舒服，這是一片緩坡，只是遍佈著雜草，卻意外的沒有坑坑窪窪。

我被師傅拉著一路下行，竟然有一種乘風而起的暢快感，屬於年輕一輩的大時代嗎？我竟然心生熱血，聽到小丁神奇的功法也心生嚮往。

我知道這其中一定有一些微妙的原理可以解釋，就像別人看見道家神祕的術法，也覺得很神奇，但其實一些事情說穿了，並不是不可解釋的或者是那麼神祕的。

不過，這既然是蛇門的不傳之祕，我想我也理解不了，只是覺得如此神祕的法門，名字也如此的美好。心音，真的讓人莫名的愉悅。

年輕一輩，轟轟烈烈的大時代啊……這個小丁也會是其中的一員嗎？我忽然有一種人生的每一幕，每個人都被串聯起來的感覺。

這個感覺，讓我覺得最美好的就是，我們成長了，是不是有一天，就可以守護老一輩？而在我們共同守護的信仰原則面前，我們會成為中流砥柱，這感覺真的太神奇。

所以，師傅也會生出如此的感慨，輪迴和傳承真的是一件很奇妙的事，就像大自然中的生生不息……

或許是一樣的想法，莫名的默契不需要言說只能意會，我和師傅卻因為這個，在跑下坡的路上忍不住都放聲大笑了起來，感覺有一種肆意的放肆，而什麼追兵，什麼聖王，統統被我們拋在了腦後。

人生的活在當下，一瞬間的痛快也是當下，又何必去想那麼多？

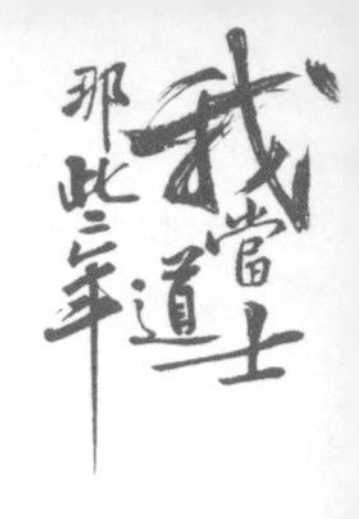

我們很快跑到了山坡之下，跑入了一道狹長的山谷，在這裡因為地形的原因更加黑暗，我一時間眼睛適應不了，有些迷茫，而偏偏竹笛聲在這個時候停下了，師傅也有些摸不著頭腦。

「好多年不見了啊，姜爺爺，陳承一。」也就在我們摸摸索索隨便根據剛才聲音的方向，找了個方向前進了不到三分鐘，一聲清朗的聲音從上方傳來。

此時，我的視力也終於適應了這樣的黑暗，忽然聽見上方傳來的聲音，忍不住抬頭一看。

在月光之下我看見了一個身影，很長的頭髮在腦後隨意的紮了一下，臉上沒有鬍鬚，蒼白卻顯得異樣乾淨，在月光下模糊的能看見臉上有一些紋路，增添了一些滄桑，可是清秀的眉目卻與記憶中的那個少年不斷的在重合。

氣質已經改變了不少啊，當初的羞澀變成了如今的滄桑中帶著從容和淡定。

而曾經他也有少年心性，才會選擇穿那個年代最流行的軍裝，儘管洗得發白……如今卻是穿著一件很長的對襟褂子，雖然有些舊了，卻也為他整個人平添了幾分飄逸的感覺。

和他的氣質相符，此刻的他手握著一根綠得發亮的竹笛，就這樣站在一塊比較高的岩石上，笑盈盈的看著我們。

「小丁。」我忍不住叫了一聲，雖然交集很少，但人與人之間，倘若少年相遇，那一份回憶總是帶著溫暖，不可磨滅，莫名的心生親切。

「你還記得我？」小丁的臉上流露出一絲詫異，然後衣袖飄飄的從岩石上跳了下來，顯得有幾分瀟灑。

「你不也記得我？」我抓了抓腦袋。

「哈哈，其實姜爺爺以前總是會來看我和師傅的，他每次都免不了提起你，我當然記得你。我卻以為你不記得我了。」小丁又笑了，這笑容卻是充滿了那少年時的影子，顯得靦腆，稍稍羞澀。

不過和陶柏那「神經質」一般的羞澀卻是有本質區別。

「好了，別忙著敘舊了。」就在我和小丁忍不住念叨兩句的時候，一直沉默著的師傅忽然打斷了我們的對話，接著又看著小丁嚴肅地說道：「小丁，你知道我如果用上了這種蛇藥，就是有極大的麻煩了。你能相幫嗎？如果不能，指引一條明路。」

「我過世的師傅，也是我爺爺，曾經給姜爺爺你這蛇藥時，說過什麼？姜爺爺可還記得？」小丁看了一眼我師傅，眉眼間盡是真誠，不過提起老吳頭兒的時候，還是忍不住流露出一絲傷感。

我也莫名的傷感了一下，想起當年送我那個竹筒的老吳頭兒，竟然過世了？而這一切師傅並沒有告訴我。

「他說……」師傅說這話的時候有些猶疑，但小丁卻是一把拉住了我，卻又拉住了師傅，側耳彷彿在傾聽著什麼，在這個時候我注意到一條烏黑發亮的，我也根本不認識的異種蛇突兀的從地上纏繞著從小丁的腿上蜿蜒而上，爬上了小丁的肩膀。

這條蛇不長，卻給人感覺異常的凶悍，「嘶嘶」的吐著蛇信，眼中充滿了異樣的靈性，就像在與小丁訴說著什麼。

小丁沉默了大概有五秒的樣子，然後臉色變得有些嚴肅，對我和師傅說道：「姜爺爺，三娃兒，追兵都好像很厲害，我們暫且不要多說，你們隨我來吧。」

第二十三章　蛇門一脈

說話間，小丁就拉著我和師傅邁步朝前走去。

我自然是沒心沒肺的就跟著小丁一起朝前走去，而師傅在這個時候，臉色卻變得嚴肅，低沉的叫住了我：「承一。」

我一愣，停下了腳步，不知道師傅這個時候是何意思。

但師傅卻是朝著小丁鄭重一禮，然後說道：「這蛇藥是你爺爺在世時給我的，你們這一脈傳承最珍貴的一種蛇藥！說危急之時可助脫困，而如果他在附近定全力接應，不惜一切，同生共死。這是爺爺當年的話沒錯吧？」

面對師傅的話小丁稍許有些著急，對我師傅說道：「姜爺爺，能不能一切等到先離開再說？」

我也不太理解師傅，明明情況就已經非常緊急，為什麼偏偏在這種時候「拖泥帶水」起來，按說師傅原本是一個非常果斷的人啊。

可是師傅的神情卻非常嚴肅，就立在原地，說道：「也不差這幾分鐘，小丁，我想表示的意思是，我和你爺爺共同經歷過生死，這是屬於我們上一輩的承諾。我和承一現在陷入困境，在這裡自然是需要你的幫忙，這個忙可能只是需要你稍許幫我們拖延一下，指一條可藏身的明路，而不是去實現你爺爺對我的承諾。你也知道這批追兵不一般，這也是個大麻煩，如果力有不逮千萬別勉強，我不能對不起老友。」

原來師傅是這個意思……我一瞬間就明白了，師傅是不想拖小丁下水，而走到這個地步，不得不讓小丁幫忙，已經實屬無奈，卻是不想讓他陷入更深。

我能理解師傅的心情，就像我和我這一代的夥伴們可以互相為之犧牲，並沒有任何的負擔！但是，涉及到我們的下一代，這個換誰也做不到的。

所以，這樣一想我也站住了腳步。

而小丁在聽聞了這些話以後，卻是不容拒絕的拉住了我和師傅的胳膊，然後強行的讓我們前進了一步，他沒有任何的豪言壯語，只是一句話：「這好歹也是我的地盤兒，我怎麼能容得下我爺爺的朋友在這裡安危出問題？你們走出這一片之後，我確實力有不逮，可我蛇門一脈在自己的地盤兒上……」

說到這裡，小丁打住沒有說了，他有他的驕傲，可是本身不是太驕狂的人，有些話也說不出口吧。

話都說到了這份上，師傅歎息了一聲並沒有再掙扎了，畢竟婆婆媽媽並不是師傅的本性，可是做為一個長輩，他再次朝著小丁鄭重施了一禮。

小丁連忙扶起師傅，說道：「之前是我沒反應過來，這個時候，如何再受姜爺爺一禮？爺爺會托夢罵死我的，走吧。」

到這個時候我才有些恍惚，彷彿又從眼前這個小丁身上看見了曾經小丁的影子，原來一個人骨子裡的本質是不會變的。

之前的路師傅很熟悉，可是進入這條峽谷以後，師傅卻是不熟悉路了，反而是小丁拽著我們行走，他並沒有低頭看腳下的路，卻是帶著我們行走得異常順利，就彷彿腳下有一條青石板的小路一般。

在耳邊有些微微的「簌簌」聲，我相信這裡隱藏了不少蛇類，至於是什麼蛇，我覺得我不會有興趣去看的，畢竟就算不怕，蛇也算是一個嚇人的玩意兒。

一路上師傅在和小丁說起一些關於老吳頭兒的往事，之前我還疑惑，為什麼老吳頭兒和小丁不是一個姓名，卻是爺孫。

後來才知道蛇門一脈的傳承有些像肖大少那一脈的傳承，一般都是血脈關係為紐帶的，小丁並不是姓丁，而是有一個隱藏得很好的大名，叫吳添丁！

因為老吳頭兒總是想蛇門一脈發揚壯大，恨不得家裡多一些人丁，可是奇怪的卻是他們偏偏人丁稀少，也不是每個人都適合蛇門一脈的傳承，所以到了小丁這一代，這剩下小丁這一個獨苗了。

「自從你們搬到這片山上定居以後，我還是常常來看你們，之前的路就熟悉，這可是我第一次睜著眼睛走進這山谷啊。」聊著往事，師傅忍不住感慨了一句。

怪不得到了山谷以後，師傅就「抓瞎」了，原來他熟悉的只有之前的路啊。

「是啊，這片密林原本就是我們蛇門一脈的聖地……總之這裡的守山人去了，總要有新人來守山，之前是我二爺守在這裡，後來是我爺爺，如今就只剩下我。那麼規矩是我定，倒也不礙事的。」小丁的性格和氣，而且感覺好像沒有多大的防備心，幾乎是一五一十就道出了一些外人所不知的事情。

我聽得好奇，卻是問道：「以前師傅只要走進這片山谷，就要蒙眼嗎？這山谷就是真正的聖地了嗎？」

「這山谷倒不是，卻是隱藏了一條密道而已，一般我們蛇門一脈不欲出世，自然是要保守祕密一些。再說，之前定下這裡規矩的是二爺，我們又怎麼好違逆呢？」小丁淡然地說道。

「那有密道，可我和師傅身上有這個東西啊。」說話間，我拉開了衣服，赫然在一處明顯的要穴上釘著一個釘子，那冰冷的金屬光澤，在月光下是這麼的明顯，小丁也一眼看見了。

「那又有什麼？」小丁不解的揚眉，詢問了一聲。

師傅接話說道：「幸虧承一提醒，我才想起這一茬，這個釘子上留有暗門，那些追兵可以通過這顆釘子找到我們的位置，那不是暴露了你們蛇門一脈的祕密？我雖然不知道你們世代守護在這片山脈裡是為了什麼，但我覺得一定是了不得的祕密。算了，小丁，你……」

可在這時小丁卻擺擺手，示意我師傅稍安勿躁，他笑著說道：「如果姜爺爺擔心這個，那真的是大可不必，我蛇門一脈雖然人丁稀薄，可是也不是容忍輕辱的，而且著緊的祕道又怎麼會沒有一點兒防備？」

「你是說……？」師傅好像想起了什麼一樣，微微揚眉，不過並不敢肯定的樣子。

「我蛇門一脈，一向與道家一些門派交好。姜爺爺是否還記得其中有一個門派，叫明陽門？」小丁就當是閒話家常一般，和我們扯到了很遠的地方。

對啊，其實由於小時候師傅不願意我進入這個「恩怨江湖」，認為所有雜事都該在他這一代結束，所以對各種勢力傳承對我講述得很少，祕辛講述得就更少，所以我對這個明陽門根本就是聽都沒聽過，所以認為小丁扯遠了。

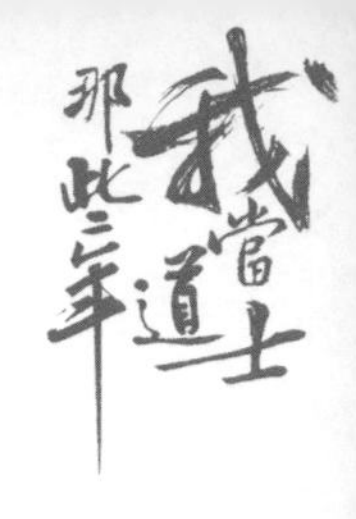

但師傅顯然不這樣認為，他有些吃驚的驚呼了一聲：「明陽門？你是說那個不顯山不露水，曾經在不入世的道門傳承中名聲很大，輝煌無比。後來卻因為選徒條件苛刻，導致人丁稀少，最後門派沒落的那個傳承？」

「就是那個傳承啊，我蛇門有幸，在上幾代的老祖中曾有人和明陽門的人交好啊。」小丁笑得有幾分開心，看得出他是隨時都很為他們蛇門一脈驕傲的。

「和他們交好？那不容易啊！而他們……」師傅好像想起了什麼，然後一拍腦門說道：「而他們則是以各種陣法出名！比我老李一脈相字脈的傳承更加高深的陣法傳承啊，難道說你們的祕道有他們的陣法守護？」

「就是此意啊！姜爺爺，你覺得這些人在釘子上留下的暗門，還會暴露我們的祕道嗎？」小丁笑說道。

而這個時候我們已經走到了峽谷的中央地段，這裡不僅雜草叢生，更神奇的是亂石嶙峋，看起來就像是一個岩石森林一般，在沒有照明的情況下更加讓人眼花繚亂。

我忍不住回頭看了一眼那邊我們下來的山頭，那些追兵還沒有追趕上來，看來時間還算比較充足，小丁的話也讓我分外安心，因為在道家的術法傳承中，這種追蹤的法門不知道傳承了多少下來。而作為一個守護陣法，首先要防備的就是這種追蹤的陣法，如果說師傅如此推崇的陣法門派，連這樣追蹤的小暗門都防不住，那才真正的是一件可笑的事情。

怪不得小丁那麼從容，以他這樣不高調的性格，也會說出在蛇門的地盤容不得這些我們出事兒的豪言了。

這樣我和師傅徹底放了心，覺得這才是算是從最危險的困局裡解脫了，而小丁卻已經是帶著我們走入了那一片亂石之林，在行走時他緊緊拉著我們跟著他的步子。

我敏感的發現，這亂石之林原來也是一個陣法的排列……而在七彎八繞以後，小丁帶著我們停留在了一處夾在兩根石柱之後，毫不起眼的山壁之前。

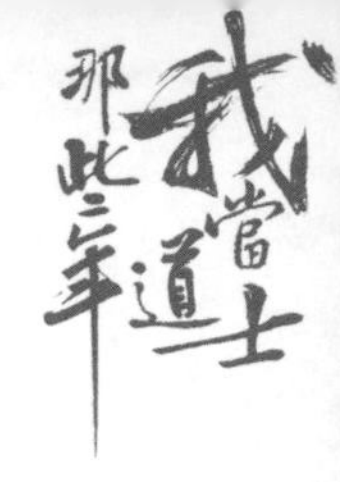

第二十四章　隱藏祕道的震撼

站在山壁之前，我打量著這塊山壁，上面雜草蔓藤叢生，看似到了絕路，但我心裡卻不以為然，因為見識過知道可能會有出其不意的變化，心中倒也沒有多少不安。

這個時候隱約已經聽得見從那邊的山谷上方傳來了人聲的喧嘩，想是那些追兵就快要到山頂了，不過我已經懶得回頭去看。

小丁就帶著我和師傅停留在了這裡，衝著我和師傅抱歉一笑，然後說道：「涉及到一些我脈的隱祕，就麻煩姜爺爺和三娃稍等了。」

他鄭重其事的說話，喊的卻是我小名，這感覺倒是挺新奇，我無所謂的衝小丁一笑表示不在意，而師傅則更加不可能在意了。

小丁得到我和師傅的理解，衝著我們抱拳表示了一下，然後就獨自走到了前方十米左右的山壁，在這之前他不忘示意我們站在原地別動，可能這十米左右的距離也涉及到一些機關吧。如果那些追蹤者到了這裡一定會吃虧的，想到這裡我心裡就暗爽。

卻看見小丁在山壁面前站定，舉起一根綠得發亮的竹笛到了唇邊，山谷微風吹起了小丁那一頭長髮和陳舊卻乾淨的長褂，這樣吹笛的背影讓我有一種穿越時光的感覺，彷彿看見了古時的翩翩佳公子。

但不同的是竹笛卻沒有發出任何聲音，就像小時候我第一眼見到小丁那種感覺，他臉紅脖子粗的在吹一個短竹笛，卻沒半點兒聲音，被我在心裡嘲笑，扯個葉子，做個竹哨兒，也比他吹得響亮。

小時候的溫暖回憶讓我臉上剛剛掛上了一絲笑容，卻被山壁不正常的抖動給吸引了注意力，只是幾秒不到，我就看見一條類似於銀環蛇的大蛇從那山壁的雜草中爬出。

那猙獰的樣子確實嚇了我一跳，因為在我的印象中，毒蛇是不可能長那麼大的，可那條蛇身上的花紋確實和銀環蛇一樣，一圈銀色一圈黑色交錯，三角形的腦袋，不同的是，這個蛇在七寸處有一圈五彩斑斕的顏色，而且腦後有一個拱包，不過還沒有形成肉冠子，長有四米左右，比我的手臂還粗上一圈……總之那陰冷的氣勢就讓人身上起雞皮疙瘩。

那條蛇從山壁上游下，在小丁身邊懶洋洋的游動了一圈，然後竟然人性化的揚揚脖子，就游走了。其中最靠近我和師傅的時候，我身上起了一層雞皮疙瘩，直覺這條蛇毒，劇毒！就算修者能利用各種力量壓制毒性，也敵不過這種劇毒，讓人感覺十分危險。

但小丁卻並不在意，而是走到了山壁之前搗搗鼓鼓的……過了一會兒，山壁之中傳來沉悶的響聲，竟然是開了一條可容兩人通過的縫隙。

「好了。」小丁衝我和師傅走來溫和一笑，然後依舊是拉著我和師傅跟隨著他的腳步，一起走到了山壁之前。

山壁之後應該就是那條祕道，我心裡充滿了好奇，抬腿就想進去，卻被小丁拉住，入口處垂下了絲絲蔓藤，小丁卻也不惱，只是輕聲提醒我：「跟著我進去，你要小心啊。」

我要小心什麼？卻看見小丁的手指了指那些蔓藤，藉著月光，我首先看見一雙晶亮的細

子粗一些的小蛇。

眼，細看之下，冷汗一下子就密佈了額頭，我看見在那些蔓藤之中，隱藏了大概有五條只比筷子粗一些的小蛇。

我也不知道是什麼品種，那種小蛇呈灰綠色，三角形的腦袋就像一個錐子……一條條此刻昂揚著脖子，正警惕的看著我，只要再上前一步，我不懷疑牠們會毫不猶豫的攻擊我。

這些是什麼蛇我認不出來，但是這種小蛇給我的感覺並不比那條剛才像銀環蛇的大蛇要安全，甚至還要危險一些，因為牠們太具隱藏性了。

但是小丁卻並不是太在意，手輕輕一揚，也不知道做了什麼，那些蛇兒就游走開去，小丁拉著我和師傅進入了山壁之後。

山壁之後一片黑暗，我完全看不清楚內部有些什麼，只能看見山壁之外那清冷的月光……而小丁依舊是讓我和師傅站在原地別動，又在門口搗鼓了一些什麼，山壁就完全合攏了。

這個時候，月光也看不見了，山壁之後完全是一片黑暗。

小丁卻不知道從哪裡拿出來一隻電筒，點亮以後照亮了山壁的裡面……我開始不適應，下意識的遮擋了一下眼睛，師傅也是，卻在這個時候，被冷不丁走過來的小丁一人手裡塞進了一隻手電筒。

我眯著眼睛摁亮了手電筒，適應了幾秒鐘，睜開眼睛結果我看到了驚喜，看見了一片神奇的世界。

我沒有想到這條所謂的祕道，竟然是置身在一個鐘乳石洞裡面，在手電筒光的映照下，這些潔白的鐘乳石和鐘乳石上的水滴折射出迷幻的光芒，美得讓人歎息，在這些道道奇形怪狀的鐘乳石之間，一條整齊的鋪著石板的小道就在其中。

而驚喜不只有鐘乳石，這個洞穴裡竟然有一條地下的暗河在其中，不寬的河面，水流量也不大，平緩的流淌而過，怪不得剛才沒有聽見什麼聲音。

「很漂亮吧？」小丁的聲音溫和，卻還是帶著一絲絲驕傲，畢竟這是他一生要守護的地方，為之驕傲太正常不過了。

「嗯！」我忙不迭的點頭，發現人生在任何時候都可能出現驚喜，也許上一秒你覺得走到了絕境，但堅持了下來，沒有選擇自我放棄，下一秒你就會看見不一樣的風景。

我沒想到在這樣的一處連綿山脈和荒野密林中，竟然還隱藏著這樣的風景。

「走吧，但是緊跟我。畢竟有陣法守護其中，裡面還有不少老祖宗呢！」小丁輕笑一聲說道。

我發現這小丁雖然笑容靦腆，倒真的是很喜歡笑呢，忽然有點兒喜歡這個人了，因為獨守荒郊的寂寞，還能常常露出笑臉的人，總是樂觀而溫暖的，誰又不喜歡這樣的人呢？

這樣想著，我對小丁的印象又好了幾分，因為他那直接的性子，讓我問話也少了幾分顧忌，說道：「老祖宗是？」不是說蛇門人丁稀薄，小丁已經成了唯一的守山人，怎麼還會有老祖宗？

面對我的問題小丁笑而不答，忽然神祕的朝我一眨眼，對我說道：「你要看看老祖宗嗎？」

看老祖宗？我莫名其妙，而師傅卻老神在在的再次叼起了他的旱菸，這一次他是抽真的旱菸了……看他一點兒也不新奇的樣子，顯然他是見過所謂老祖宗的。

我還來不及問什麼，小丁已經拉著我走到了地下暗河的旁邊，示意我收起手電筒，而他

卻是把手電筒往暗河裡輕輕照了過去，我順著手電筒的燈光一看，差點驚呼出聲。

因為我看見一條巨大的蛇就趴在地下暗河裡，大半截身子在水裡，頭和小半截身子懶洋洋的搭在另一邊岸邊，光是頭就比我剛才看見的那幾條出來搏鬥的巨蛇頭還要大。

如果非要形容，就有農村裡那種常用的大水缸一半那麼大，而牠頭上沒有肉冠，倒是在正中鼓起了一個小包兒（相對於大頭，算是小的），和外面那條感覺危險的「銀環蛇」那個鼓包軟綿綿的垂著不同，這條老祖宗的鼓包顯得異常堅硬。牠全身呈白色，但不是那種耀眼的潔白，而是一種沉沉的灰白，和鐘乳石的顏色差不多，怪不得我剛才一眼沒有看見牠呢。

小丁收回了手電筒光，和我繼續行走在小道上，我被震撼到簡直只是在麻木的跟隨著小丁行走，心裡卻想的是華夏人民知道在這一片片無人區裡還隱藏著這種存在嗎？

小丁卻是在我耳邊說道：「這是這洞穴裡的老祖宗裡，脾氣最好的一位呢，你看見牠剛才的眼神沒有？那麼溫潤溫和。」

我哪裡敢看這大蛇的眼睛，光看體型就已經震撼的「嚇」到了，我自問見過的大蛇不少，蛇靈也不只一條，可是卻沒有小丁讓我見識到的這些蛇給我的感覺那麼震撼。

「是不是在奇怪門口那些蛇兒？」小丁說起蛇來，總是滔滔不絕的。

「嗯，從來沒見過啊。」我當然好奇。

「呵，能來守祕道的，為老祖宗守門的蛇兒哪能是凡物，是變種的蛇啊，而且自在山中有修行，當然不凡。要知道變種的異種蛇，天生有靈，修行起來比那些凡蛇可是強多了。」小丁說著話又笑，然後望向師傅，卻是問道：「姜爺爺，你是怎麼想到到這裡來脫困的？」

是啊，師傅是怎麼會算計到這些人會到這片山脈來的？這倒是一個問題了！

第二十五章 師傅的賭博

其實小丁這個問題也是我的問題，畢竟車子行駛的路線一直都是劉聖王那幫人在定，我們怎麼會這麼巧合，在這裡就會得到小丁的幫助而脫困？

面對這個問題師傅嘿嘿一笑，高深莫測的說了一句：「無論是人生還是任何頂級的謀略，最講究的就是順勢，也就是說順應天道和形勢而定，利用一切天時、地利、人和……我只不過是順勢，順勢罷了。」

說得這麼高深，其實等於什麼都沒有說，望著師傅嬉皮笑臉的樣子，我恨得牙癢癢。

而小丁就直接了，不解的看著我師傅問了一句：「姜爺爺，你到底在說什麼？」

「哎！」師傅有些懊惱的一拍腦門，無奈看著小丁，說道：「你這孩子真是的，從小就一根筋，在你面前幽默一下，或者裝一下深沉都不行。」

「裝×吧。」我小聲嘀咕了一句，我發誓真的是異常小聲，可沒想到我師傅真的是一個順風耳，這樣小聲的嘀咕也被他聽見了，毫不留情的一腳就踢在了我屁股上，這一腳可不輕，我在毫無防備的情況下，狠狠摔了一個狗啃屎，手中的電筒也掉了，歪斜在一邊。

「真是沒大沒小，幾天不收拾你，你的皮就會癢。你說我老姜一生正直，咋這倒楣，收了你這麼一個喜歡被揍的犯賤徒弟呢？」師傅罵罵咧咧的，小丁在一旁很想裝淡定，但終究是

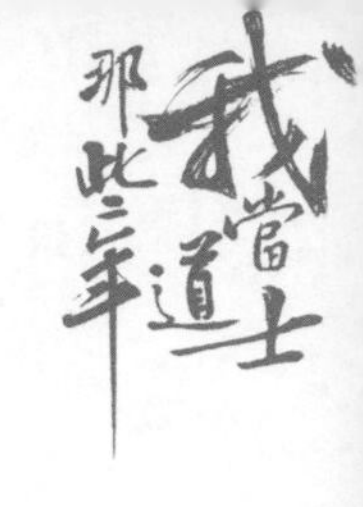

忍不住笑出了聲。

可能覺得不好意思，小丁想來扶我起來，卻被師傅一把扯走，說道：「管他幹嘛，又不是紙做的。讓他自己站起來得了。」

我沒辦法也不敢反駁，只好在心裡把這個無良老頭兒狂罵了一次，然後自己爬起來，但是在撿手電筒的過程中，我無意識的抬頭看了一眼，手電筒光也跟著歪斜了過去，然後我就愣住了，一身冷氣直冒。

我吸了好幾口涼氣，才忍住不讓自己叫出聲來，但對視的巨大壓力讓我根本動彈不得，冷汗順著額頭流下，半天才反應過來，下意識小聲的叫道：「小丁，小……小丁。」

是的，這一站起來我看見了洞穴的頂部，就像是一片鐘乳石的森林，而在這些縱橫交錯的鐘乳石中，有一根最大的鐘乳石式樣奇怪，看起來就像一棵巨大的石樹，可能五個人合抱都抱不過來。

在洞穴的最高處（距離地面大概二十幾米）一直連接到地底……而我看見在這棵巨大的「石樹」上盤踞著一條巨大的蛇，比剛才我看見的那條「老祖宗」還要大。

牠在石樹上盤繞了好幾圈，明顯還剩下了一部分身子不知所蹤，我一開始是這樣以為了，但是因為對視了太久，我才發現在這個石洞的頂部，有很多風化的縫隙或者是小洞，這條蛇「失蹤」的身子原來是藏在頂部一個看起來較大的小洞穴裡。

這裡的地形和美景不親自來看是不能理解的，我描述不出來，不過這樣的三言兩語已經可以衡量這條蛇有多大了。

之前那條白蛇我沒有看見牠的眼神，但整條蛇就算巨大也不會給人那麼大的壓力，反而能體會到牠身上那種溫和的氣質，但這一條蛇就不同了，牠渾身就是那種看起來很暴虐的黑色為底色，中間夾雜有條條火紅的暗紋。

這個不說了，在我看著牠的瞬間一下子揚起了巨大的腦袋，冷冷的盯著我。在我們的對視中，牠明顯感覺到了我的害怕，忽然朝著我吐了吐蛇信，然後一下子張開了嘴，頭也猛地朝著我這個方向探出了一定的距離。

我簡直無法形容那一瞬間的壓力，好歹也是經歷過那麼多的人，我還不至於被嚇到閉上眼睛，但也忍不住嗓子發緊的再喊了一聲：「小丁！」

之前呼喚小丁，估計他就已經聽見了，這一聲喊出來之後，小丁已經出現在了我的面前，正好逮住了我的胳膊，一把拉起了我。

「牠，牠……」我站起來還覺得腳發軟，不說其他的，就說這樣巨大的體型也會給人強烈的壓力。

小丁卻又是笑，對我說道：「這老祖宗脾氣是好的，但也是最調皮的，牠看你怕牠，就是故意逗你玩兒呢。」

「逗我玩？」我兀自不相信，可卻分明看見這條巨蛇已經收回了身體，眼神中卻明顯的出現了一種「陰謀得逞」的調皮味道，還有一種明顯的情緒能讓我感覺到，那就是牠覺得沒意思了，小丁那麼快就揭穿牠。

我竟然被一條蛇給玩弄了？而在那邊，我那無良師傅已經開口哈哈大笑！

小丁無奈的對著那條巨蛇說了一句：「哎喲，我的老祖宗喂，你就別嚇我朋友了，好好去休息吧。」

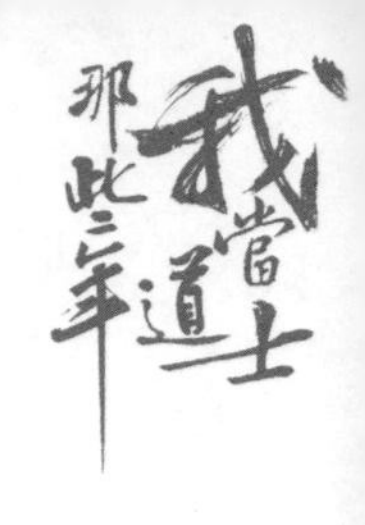

那條巨蛇好像真的聽懂了一般，竟然人性化的似乎是朝著小丁點了點頭，又再次懶洋洋的盤踞在那棵「石樹」上了。

我擦了一把冷汗，心想今天我是不是犯太歲了，先是和師傅狼狽逃跑，又接二連三的被這些怪異的蛇嚇住，最後還被這裡的「老祖宗」之一給玩弄了一番？

這樣想著，我和小丁已經並行著走到了師傅的跟前，這個無良老頭兒還在望著我誇張的笑，小丁這個老實孩子看不下去了，對我師傅說道：「姜爺爺，你也別笑承一了，你以前第一次來的時候，不也被這老祖宗給嚇到了嗎？」

師傅原本還在張狂而誇張的笑，被小丁這麼一說，他的嘴裡就像被塞進了一個雞蛋，一下子是笑也不是，閉嘴也不是，臉上青一陣白一陣的。

我臉抽搐著，盡量以一種同情的眼光看著師傅，然後拍著師傅的肩膀，說道：「師傅，我理解……其實不好笑，真的不好笑。」

師傅無話可說，有些訕訕的埋頭前行，而老實孩子小丁還不知道發生了什麼，我憋了一分鐘，走到一個轉角處的時候，終於忍不住了，朝著一塊石壁放聲大笑。

在這祕道裡穿行，我沒想到氣氛會這麼的愉快，三個人輕鬆穿行在其中，師傅也說明了為什麼會那麼巧合的在這裡遇見小丁和破局的原因。

這個事情看起來很神奇，解釋起來卻就很簡答了，如果要說關鍵的一句話，那就是師傅提前的防備。

「吳立宇畢竟是離開了那些組織，雖然說有忠心的下屬安插在組織裡當內線，但那些人終究不是最核心的人物，收到的消息也不能保證百分之百沒有任何錯誤。我能肯定的只是楊晟一定會追殺我們，但如果提前了，在我們來不及防備的時候呢？畢竟正邪既對立又交錯，還有一些看不透的人物夾雜在其中，事情是瞬息萬變的，所以在這些考慮下，我必須要提前思考對策。」師傅淡淡說著。

而我聯想起自己在竹林小築就安心的享受著「幸福」，沒想到師傅卻已經是考慮了這麼多事情了，可能在我受傷的時候，他一夜又一夜陪伴我的時候，思考的就是這些吧。

想起那一天事發突然，師傅陪我一起去面對的時候那份從容，原來並不是說他逞強在從容，而是他已經有了計畫。

「多餘的考慮我就不說了，一切定計的基礎就在於，我知道楊晟的老巢大概在什麼地方。我就在想關於這一點兒有什麼可以利用的呢？後來我就想到了無論他走哪條路，一定會路過這邊的邊境的。而這邊的邊境無論哪條路，都會經過你們蛇門的聖山山脈！所以……」師傅解釋到這裡，事情的脈絡大概也就清楚了。

「姜爺爺，你的話是有道理，可是你是怎麼就會算計到這條路的？離我們聖山山脈的聖地那麼近，畢竟這片山脈綿延不斷那麼大，如果是其他的地方，我不一定能趕來相救呢。」小丁忍不住再次問了一句。

「其實，這是一場賭博。」師傅很是平靜地說道，然後接口說了一句：「但幸運的是，我賭贏了。」

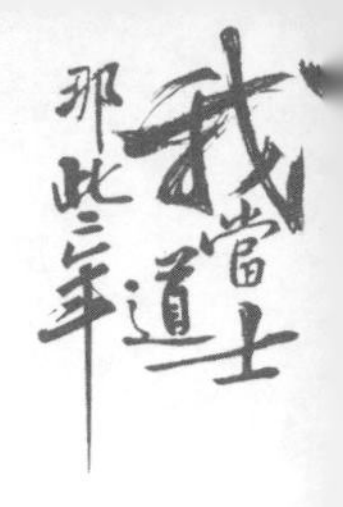

第二十六章　聖地仙境

「這個世界上並沒有什麼完美的計策，畢竟世事變幻無常，計策能決定的只是大方向，卻決定不了細節。我一開始打算的也只是利用你們蛇門最頂級的蛇藥，在這片山脈中使用，召喚群蛇以脫身。」師傅這樣解釋了一句，說明了能來到這裡確實是意料之外的事情。

「那為什麼要在這片山脈使用？」我有些不解。

「是為了最大的效果！南方多蛇蟲，川地也是如此！這片山脈是蛇門的聖山山脈，當然蛇是更多。而且我知道，在這裡由於蛇門的存在和守護會有很多異種蛇，對於我們的脫身更有利！但是這個計畫我不是有百分之百的把握，因為我不太瞭解楊晟會派什麼人來，能力有多大……就像今天，承一你就差點陷入了最大的困境。我只能去算到某一種可能，然後賭博，其中最大的一點兒就是賭楊晟這次的事情必須做得隱晦，應該不會大大咧咧的走大路，可能會選擇偏僻的路段來走……而其中一段路段，就接近聖山中的聖地！誰都知道蛇門隱晦，誰會想到，蛇門的聖地竟然靠近一段路段呢？」師傅說到這裡自己也忍不住笑了一下。

小丁則瞪大眼睛說道：「肯定要靠近路段啊，我們也是要生活的啊……平日裡的吃穿住行，都需要出世去採購，難不成還在聖山裡種田嗎？」

這個天真的小丁，我無奈呻吟了一聲，我要如何給他解釋，師傅的意思是別人算計不到蛇門其實所謂的隱世，也是離這個世界很近的。

師傅可能也不知道怎麼解釋，只能轉話題，說了一句：「總之，任何的計策，都需要一點兒運氣的。天道匡扶正義的，這是永恆不變的，多做善事的人，運氣總是會好一點兒。不報今生，也會福報子女、親人、下一世，總是報的。」

「師傅，你想表達什麼？」我問了一句，這話題扯的。

「表達老子是正義的使者。」師傅拍了一下我腦袋。

「確實，你蹲街上看大姑娘那表情，我覺得也是充滿了正義使者的氣勢的。」我認真點頭，表示認同。

小丁又不解的望著我，眨巴了一下眼睛，說道：「看大姑娘也是正義的？」

師傅猛地咳嗽，然後胡亂扯淡：「你也可以這麼理解。」

我簡直無法言說師傅的不正經，同時也感慨小丁那份最純的天真，畢竟是隱世門派，長年在大山與蛇為伴，相比於人，動物總是簡單，哪怕是冷血動物……小丁也一定是因為這樣，所以四十歲左右的人竟然還是像少年一般的天真。

歲月也許在他臉上留下了一點兒滄桑的痕跡，卻從來沒有在他心上留下這種痕跡。

我們在祕道中繼續穿行著，在我的刻意要求下，小丁沒有讓我看見更多的老祖宗，他只是對我說：「不看也好啊，其實老祖宗都是有自己的性格的，有的溫和，有的調皮，有的沉悶……總之，就和人一樣！有的脾氣也不好呢，還是不要打擾的為好。」

脾氣不好！我下意識的打了個哆嗦，想起了那條「調皮」的大黑蛇，如果是真的脾氣不好，指不定給我什麼教訓呢。不過小丁確實說的也有趣，這些個性各異的蛇，反倒給人一種親

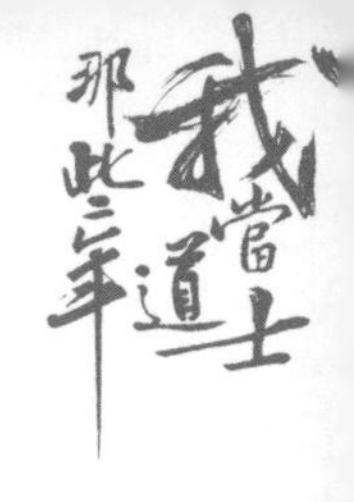

切感，我相信這些有靈的蛇有這樣的智商，但同時也相信牠們的簡單，只有簡單，表現出的個性才那麼直接而單一。

小丁如此天真的個性，也是和這些單純的傢伙待在一起才形成的吧。

看不盡的美景就會讓人忘記疲憊……在這個洞穴裡，也是充滿了讓人意想不到的東西，比如小丁就會時不時在的在暗河裡看看，有一次就撈上來兩三尾魚，透明的，看著長長的，尖尖的……非常神奇。

這裡竟然還有菌類，畢竟這種環境也適合菌類的生長，不過那些菌子我卻是認不出來。

「這魚是盲魚，而這一種盲魚可能只有我蛇門才有，爺爺說滋味連出名的刀魚也不能比，真的美味得很，但爺爺又說不可多吃，因為珍貴稀少，就讓牠們在這裡繁衍，壯大種群吧！這個菌子也是這個洞穴裡獨有的。爺爺說，菌子最能吸收靈氣，所以才有靈芝等靈物的產生，這洞穴裡充滿了靈氣，老祖宗們才愛待在這個地方……所以這吸飽了靈氣的菌子，就是白水一煮都好吃得很。」小丁的話不少，可能一個人孤寂太久了，所以忍不住有些囉嗦。

可是我卻聽得津津有味兒，我絕對相信菌子吸靈氣這一種說法，畢竟關於吃，民間一直這樣流傳，四條腿的不如兩條腿的，兩條腿的不如沒有腿的，沒有腿的不如一條腿的。

這裡說的就是豬牛等物不如家禽，家禽不如魚類，而魚類不如菌子。

「唔，說起來這裡還有一種盲蝦，更加美味……洗乾淨了，就是剝開生吃，那滋味兒……不過也不能多吃，甚至不能這樣吃啊，因為爺爺說太殘忍，還是用上好的米酒讓牠們醉死了才吃比較好。」小丁還在找找尋尋。

而我聽見了「咕咚」「咕咚」的聲音，竟然是我師傅在一旁吞起了口水。

我樂了，我相信師傅一定是吃過小丁描述的這些美味，所以忍不住自己唾液的分泌了……而小丁的話裡充滿了自然的仁慈意思，忽然也讓我羨慕，這樣簡單活著，就算天真，是不是也很幸福？

我沒想到的只是，一場驚心動魄的亡命之旅，最後竟然會變成了「遊山玩水」，吃美食的最高享受。

我不知道我們在洞穴裡穿行了多久，一兩個小時？總之走到最後的盡頭，我的腿都開始發疲，而洞穴裡的美景我卻是還沒有看夠，而洞穴裡還有許多分支，小丁告訴我，那些分支的洞穴，連蛇門都沒有完全弄清楚地形，只不過神奇的地方也很多……隱藏著很多奇異和奇蹟，以後有機會總是會帶我去看的。

說得我心癢癢，可他卻又不詳細的說是什麼，他說形容不出來的神祕存在和神奇景象。

看來蛇門隱居的地方真的是好地方啊，我這樣感慨，師傅卻是笑了一聲，說道：「你的見識就太少，我道門的隱居之地，也是充滿了神奇的，有靈的地方就有神奇！」

這讓我想起了曾經……珍妮大姐頭曾經讓我體驗了一次神奇的「飛行」，然後帶我見到了一個奇怪的人——王風！他的隱居之地，我待的時間並不長，體驗沒那麼多，可是我想起了那好吃的桃子、神奇的兔子……一切就像夢幻一般。

我發呆的時候，又聽見了山壁「轟隆隆」的聲音，一股屬於外界的絲絲燥熱的空氣吹進了洞穴，抬頭已經看見清幽的月光。

「出來吧。」小丁轉頭對我和師傅說道，然後又顯擺一樣地說道：「外面就是我們蛇門真正的聖地了，很美的。」

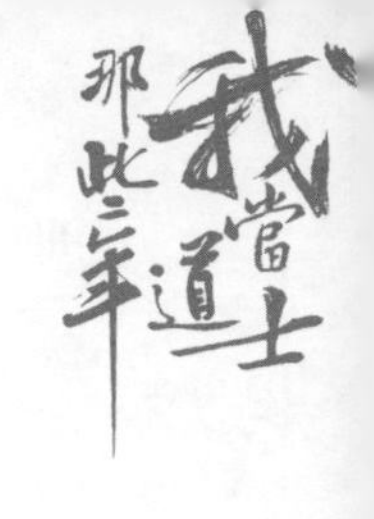

這個住滿了老祖宗的神祕洞穴不是聖地，竟然外面才是聖地，我感覺很是讓人驚奇。

我很想出去看看這個所謂很美的聖地，可是邁動腳步之前又猶豫了，小丁難得也有「機靈」的時候，看著我好笑地說道：「這個出口沒有蛇兒的，因為不需要，你放心走出來就好。」

小丁雖然這樣說，我走出去的時候還是戰戰兢兢的，在走出了這個洞穴以後，好一會兒才恢復。

洞穴之外是一個狹窄的山谷，就像某些地方的一線天一般，在這裡我是感受不出什麼美景，只是覺得大自然很神奇就是了，在一線天的之中，那輪明月分外清晰，看起來很是奇特。

心境不同，看風景也就不同，之前在亡命逃亡的時候，我看這輪月亮，就覺得充滿了一種慘澹的慘白。

這個時候再看，月光已經柔和起來，昏黃的光芒竟然讓人內心溫暖。

小丁在前面走著……我們在他身後無聲的跟著，在走出了一線天，經過一個轉角的時候，小丁忽然轉身對我笑著說道：「到了！」

這個需要特別的提醒嗎？我也跟著轉身走出了這個轉角，然後就楞在了那裡！

人世間真的會有這樣的地方？我所見的，是一片開闊的草坪，草坪的一側是造型奇特的樹木形成的一個小樹林，周圍則是山壁，像是擁抱著這片草坪，其中小樹林的後面，是一道小型的瀑布，嘩嘩的奔流而下……

這些都不是最讓我震驚的，最讓我震驚的是，在小樹林的前方有一棵巨大的樹，比我剛才在洞穴裡看見的石樹還要大。而整個小樹林和大樹的下方，亮起了或是一片一片，或者星星點點的嫩綠色光芒，時不時的會飛舞起來一點兒綠色的微小光點。

可能這裡是有螢火蟲，這些綠色光電和螢火蟲溫暖的黃色光電交錯，就像是仙境。

我這是到了哪裡，難道是西方傳說中精靈居住的地方？

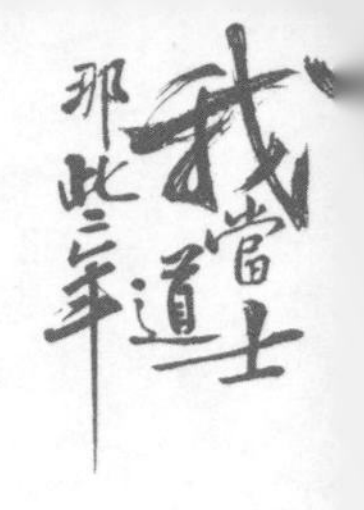

第二十七章　大時代

但顯然不管是任何的神話與傳說，和現實的生活總是有差距的。

就算我發出了這裡是西方傳說中精靈居住的地方這樣的感慨，可我心裡清楚這種綠色的東西應該是一種菌類，因為它是確實存在的，就在物種豐富的亞馬遜叢林中就有這種菌類，甚至別的國家也有發現，會發光的菌類不只一種，大多是綠色的光芒。

而飄在空中的光電，或許就是它的孢子。

我曾經是在什麼書上看過這種菌類的介紹，一直念念不忘想要見識一番，畢竟有記載被發現的大多是西方的國家，或者是以亞馬遜叢林裡的發現為主，我從來沒有想到有生之年，我會在華夏這樣的一個美麗得不像話的山谷裡發現。

「是不是很漂亮？如果不是晚上，是看不見這樣的風景的。」小丁見我目瞪口呆的樣子，忍不住又開始為他的蛇門聖地驕傲了。

面對小丁這樣的得意，我只能木然點點頭。

在這樣如夢似幻的綠光下，我看見在那棵樹幹粗壯，樹冠如同半個球場那麼大的樹下，就是一座由幾個房間組成的木屋，原木色的外牆……看起來簡單卻又那麼的乾淨舒服。

那就是小丁一直住的地方嗎？

在我的內心深處，我認為竹林小築已經是最美好的存在了，實際上在我心裡它也是，可是若論起風景的神奇和秀麗，我不得不承認這個地方讓人過目難忘，比起竹林小築更讓人震撼！

「那就是我住的地方。」小丁的笛子已經插在了綁住長褂的腰帶上，手上提著他串好的盲魚等東西，有些「三八」的熱情的指引著。

我和師傅其實這樣一路也很疲憊了，在看過了美景以後確實需要休息了，也就順勢在小丁的帶領下走了過去。

遠看就如此的美好，置身其中卻更能感受它的美好。

當我終於可以坐在房間的時候，我就是這樣覺得的……全木結構的整個房間散發著一種自然淡淡的原木香氣，而房間裡擺設簡單，除了床和一點點簡單的櫃子，幾乎就沒有什麼傢俱的存在。

房子和竹林小築一樣挑高了兩米左右的高度，在大廳有一個很有特色的火塘……總之這裡的一切就是乾淨而舒服的。

而窗外點點的綠光和飛舞的螢火蟲就像把我們包圍，坐在火塘旁用乾草編織的草墊上，我忍不住舒服的長吁了一口氣。

小丁在給我和師傅燒熱水，我們太過疲憊所以就這樣安靜坐著，享受這份安寧和美好，畢竟神經已經繃緊了好幾天，這份屬於現在的時光就尤為難得。

也不知道這樣安靜了多久，當掛在火塘上鍋子裡的水已經咕咚咕咚燒開的時候，從敞開的大門外爬進來一條蛇。

在這個地方我對於蛇都已經麻木了，所以也就見怪不怪了，甚至都沒有多看一眼，反倒是小丁望著蛇，笑咪咪的還招了招手，眼睛竟然瞇成了月牙兒，這個男人笑起來是月牙眼兒，這倒是第一次發現。

那條蛇對小丁很親熱，小丁招手牠就爬得更快了一些，很快就順著小丁的手臂纏繞而上，一樣盤踞在了小丁肩頭。

我有趣的看著這一幕，卻發現這條蛇眼熟，就像我們初見小丁時山谷裡的那條蛇……而動作也是那麼的熟悉，牠附在小丁的肩膀上，發出微不可聞的「嘶嘶」聲。

不過，我敢肯定這應該不是同一條蛇，這條蛇還要小些，是明顯的比那條蛇小一些。

那蛇的感覺就像在和小丁說話，而小丁則也很配合的一邊點頭，一邊發出一些「嗯」「啊」「唔」，表示知道了的聲音。

我不禁覺得神奇，難道蛇還可以說話，小丁也可以和蛇交流？不過，看小丁這個樣子……我也不能去打斷他。

這樣的情景大概持續了有兩分鐘吧，那條蛇從小丁的身上爬了下去然後出了屋外，而小丁也沒說什麼，而是從屋子裡拿出了兩個木製的杯子，給我和師傅一人倒了一杯熱水。

熱水裡加了一點點茶葉，很熟悉的味道，師傅端起來嗅了一下，表情忍不住有些許的傷感，說道：「這茶葉是我送給你爺爺的吧？」

對啊，這熟悉的味道我當然不能忘記，我和師傅在竹林小築就常常喝這種茶葉，師傅很珍惜這種茶葉，大概每個月會拿出來喝兩三次，其餘的時間，都是用其他的茶葉代替。

只是其他的茶葉沒有那麼特殊的香味，所以在我記憶中熟悉的香味就是這個茶的香味。

師傅這麼說起，小丁也有些傷感，在一旁說了一句：「是啊，這是爺爺留下的，這些姜爺爺送他的茶葉，他還沒來得及喝完，就已經走了。」

一時間，我有些沉吟……也為小丁難過，我能想像，他爺爺也是他的師傅，對他的陪伴，就像師傅對我的陪伴一樣，如果這樣的一個人死去了，應該是會很傷感吧？

「不過，爺爺是沒什麼遺憾的，他走的時候很安詳，就像睡著了，老祖宗們和聖蛇都來送他呢。」說完，小丁又帶著傷感的笑了一下。

如果是那樣，的確也真的不是一件太傷感的事，除了思念有些難熬。

看見氣氛有些傷感，小丁立刻轉移了話題，他一邊「賢慧」的拿出一個木盆，為我和師傅弄熱水，一邊說道：「看見剛才那條蛇了嗎？牠們是智商很高的一種蛇，牠為我帶來了消息，那些追兵追丟了你們，但是不想放棄，現在已經分散了漫山遍野的找你們呢。」

他說得很輕鬆，我卻一下子緊張了起來，抬頭看著小丁，說道：「他們該不會誤打誤撞的就找到這裡吧？」

「不會的，祕道都有陣法守護，何況是聖地呢？放心好了，這種機率很小的，除非他們有本事找遍整個山脈。」小丁不是太在乎，他沒有具體說出這個地方到底有什麼守護，但想也是很厲害的。

畢竟這裡存在那麼多異種蛇，又有陣法，說不定還有其他的，好像蛇門跟道門很多隱世傳承都關係交好。

至少我現在已經知道了一個明陽門，而且和我們老李一脈也是有這麼深厚交情的。

但萬事總是存在著變數，我從來不敢小看楊晟……師傅看起來和我是一樣的想法，他也

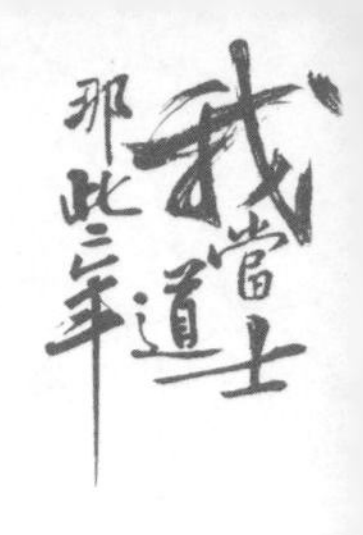

比較嚴肅的對小丁說道：「這是蛇門最珍貴的地方，也是你們這一脈最珍貴的守護，我不能容許它出意外。如果可以，我和承一只待一天，明天以後就會離開這裡。」

「可是……」小丁有些擔心的看著我師傅，畢竟這漫山遍野的追兵，要離開是一件很危險的事情吧？

「沒有可是，即便我拿自己的性命開玩笑，也不可能拿三娃兒的性命開玩笑。小丁，應該有比較隱晦的路和祕密離開的方法吧？」師傅說這話的時候，非常自然的摸了一下我的頭，這種細節上我從來都能體會到來自於師傅的愛。

心中微暖，我端起熱茶喝了一口。

師傅的問題讓小丁稍許猶豫了一下，然後就像下定決心一般的看著我師傅說道：「姜爺爺，其實我蛇門有很多祕密，就比如像這片山脈的地形圖也是一個祕密，因為中間包含有隱藏的小道、暗道，甚至祕道的各種資訊。最重要的祕道自然是老祖宗們所在的地方……其餘的倒也罷了。按照你和我爺爺的交情，我可以給你畫出一部分地形圖，你拿著這個，自然可以稍微安全的走出這片山脈。我也會讓蛇兒守護一下你們的。」

「如果有這個那也就夠了，完全足夠了。剩下的事情我自己會處理的。」師傅的眉頭舒展開來了，一副輕鬆的樣子。

小丁看著我師傅，不禁又問了一次：「真的是沒有問題嗎，姜爺爺？」

「真的是沒有問題，小丁，等一下，你為我和承一準備一間屋子，不要讓你的蛇兒來打擾……我有一些事情必須處理，這個沒有問題吧？」師傅想了一下，很是認真地說道。

「沒有問題，事實上這個地方，除了我……」小丁稍許停頓了一下，然後又說道：「還有聖蛇，其他的蛇兒如非要事，是不能輕易的進來的。」

聖蛇？小丁已經是第二次提起這個詞語了，但是我覺得涉及到他的師門隱祕，也就沒有多問，我不能「欺負」人小丁單純啊。

「唔，那就好。」師傅點點頭，忽然看著小丁，有些認真又有些刻意輕鬆的問道：「小丁，馬上在修者的圈子裡，就會有一個轟轟烈烈的大時代來臨，你不準備參與其中嗎？你也是一個罕有的年輕一輩天才啊！你是真的就準備隱世不出嗎？」

又是大時代，師傅再一次這樣說起了……那到底又會是怎麼樣一個大時代呢？我端著茶的手莫名的顫抖了一下，我發現只要師傅提起這個詞，我總是忍不住心中的熱血會沸騰一下，瞇眼想到，那會是怎麼樣的轟轟烈烈呢？

第二十八章　方向

可是師傅根本沒有明說大時代到底會是一個怎麼樣的時代，到底會發生一些什麼，他又怎麼如此確定一個大時代會這樣來臨？

第一次他說起的時候，我以為他只是心情激蕩之下隨口說出的一個大時代，如今在小丁面前如此鄭重其事的說起，我相信這個大時代背後一定隱藏著什麼，可是在這裡師傅這樣追問小丁之下，我卻無法追問。

面對師傅的問題小丁有些愣神，大概是沉默了半分鐘左右，才說道：「我不懂什麼大時代，可我是暫時沒有考慮過離開這裡的……聖蛇在成長的關鍵期，我總是要守著才好。」

說到這裡他稍許有些臉紅，低聲說道：「我爺爺畢生的願望就是願我們家丁興旺，門派壯大。原本我該在十年前就去完成人生大事的，可沒想到聖蛇提前……這事兒也就耽誤了下來，總想著等著聖蛇這關鍵的成長期過了，才出山。姜爺爺，這……」

師傅聽到這裡，臉上流露出了一絲關心的表情，不禁問道：「小丁，蛇門不能就此衰弱！雖然我大華夏馭蛇驅蛇一族也就好些傳承，但你們算是其中的翹楚，這個事情，你……」

這種原本屬於私人的問題問多了反倒是不好，所以師傅也只能說到這裡，就沉默了下來。

畢竟小丁看起來年輕天真，實際上的年紀比我還大那麼一些，已經快四十歲了。

師傅這樣有些擔心著急的說起，小丁反而再一次羞澀笑了，這一笑比之前那些笑容更加羞澀，他抓了抓腦袋說道：「其實這事情也不急的，就像我爸爸也是四十七歲才有了我，我爺爺他也是差不多的年紀才有了我爸爸。我蛇門的人在這山野裡活著，倒也長壽。再說……再說那個小龍一脈，有一個姑娘也一直在等我，因為我們已經定下婚約，她知道我在這裡守護聖蛇，她……」

小丁說到這裡有些不好意思，就沒有再繼續說下去了。

小龍是蛇的別稱，聽聞這個門派的稱呼，也知道是與蛇有關，原來小丁是有未婚妻的。

「小龍門，唔……」師傅若有所思的沉吟了半晌，才說道：「小丁，是他們的聖女嗎？我追問一句你個人的隱私，你是否有蛇門裡傳說中的某種血脈，就是『蛇人』的血脈？」

「啊？」師傅的話剛落音，小丁還沒有回答，我反而忍不住啊了一聲。

在我面前的小丁怎麼看怎麼就是一個正常人，全無半點蛇的特徵，師傅竟然說他是「蛇人」，那蛇人具體又是什麼？我不禁想起了曾經愛玩的「仙劍」，其中那個半人半蛇的BOSS……唔，狐仙洞裡，如果小丁是蛇人，那個聖女莫不成是狐仙，那李逍遙遇見的事情是真的？

這個……真是太讓人震驚了！

師傅和小丁好像知道了我的想法，同時看著我，小丁連聲「我」「我」的想解釋，卻半天解釋不出來。

而師傅直接一巴掌拍在了我腦袋上，說道：「小丁是人，百分之百的人……所謂的蛇

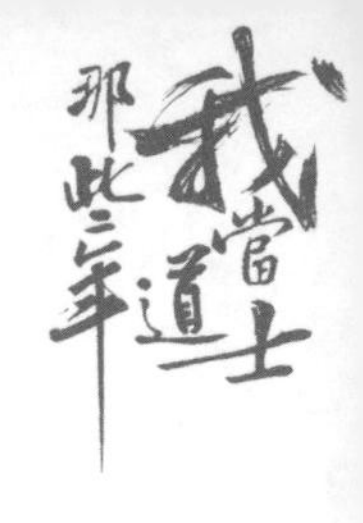

人，在他們蛇門是一項尊稱，不是所有人都有這種血脈的，這種是指天生能與蛇溝通的人。」

原來如此，與蛇溝通！那確實是蛇門求之不得的血脈，或者是異能。

這讓我想起了在印度的那個帕泰爾，他也是一個神奇的存在，能與水裡的魚溝通……這種事情對於我來說，真的不是匪夷所思，我甚至覺得人類的血脈中就會隱藏著這種「靈」或者「潛能」。

如果硬要用科學來解釋的話，那就是屢見不鮮的「狼孩」（被狼養大的孩子）、「猩孩」，也自然有了與狼啊猩猩啊溝通的本事，即便他們回歸人類社會，這種本事一樣不會消失。

我相信這種上古血脈的存在，只不過與蛇溝通稍微神奇了一點兒。

見我師傅幫他解釋了，小丁鬆了一口氣，說道：「是的，這種血脈在我身上得到了延續，十八歲以後就徹底出現了……在這之前，我的天賦也不過平平。爺爺曾經說過，我蛇門最初就是由我們的先祖，一對孿生兄弟創建的，他們就有與蛇溝通的能力，而這種血脈會時不時的出現，有時是隔了好多代，有時候則是連續幾代，血脈也會有強有弱……」

小丁這滔滔不絕的毛病看來是改不了了，一說把師門祕密又說出來了，師傅也覺得好笑，趕緊擺擺手，阻止了小丁說下去，而師傅則說道：「蛇門『聖童蛇人』配小龍門『聖女』是老規矩了，不過你既然有這血脈，大時代的事情也不用我勸你了，命運總是規避不開的……」

這話說得再次沒頭沒腦，不僅是我奇怪，小丁也奇怪的望向我師傅，我師傅卻不欲再說下去，只是說道：「好了，話就說到這裡。小丁，趕緊為我們準備一間房間吧，我去處理一下身上這東西，即便是有陣法守護，若是有人誤打誤撞來了這裡，近距離之下，這釘子還是能生出感應的。」

「好。」小丁答應得很乾脆，站起來為我們收拾房間去了。

祕法之所以稱之為祕法，自然有它的獨到之處，而祕法往往最被人稱道的在於它並不一定受功力高低的限制，也就是說不是功力高的就能破解祕術，當然可以強破，但如果強破的話效果自然不會完美，會有什麼「後遺症」，這個是說不好的事情。

在蛇門聖地的房間內，師傅現在做的事情就是這樣，強破劉聖王弄在我們身上的祕法。

這是一個艱難的過程，每一顆釘子拔出都是無比費力，畢竟不懂祕法的原理強行去抵制，就一定會是這樣的效果。

而這些釘子本質上是通過某種祕法釘在靈魂之上的，除了費力以外，每一顆釘子拔出都伴隨著靈魂沉重的疼痛！

當這些釘子被完全拔出的時候，我和師傅的汗水把衣服都全部打濕了，望向窗外，天際的邊緣竟然也泛起了一絲魚肚白。

原來在這個過程中不知不覺一夜已經過去了。

我和師傅撥出釘子的傷口帶血，看著地上十四顆泛著冰冷金屬光澤的釘子，不自覺的對望苦笑了一聲……是的，在這些釘子全部拔出完的瞬間，我們就已經感覺到了靈魂受到了壓制和一定的創傷。

創傷是因為強破祕術造成的，而壓制是因為這些釘子拔出以後，它本身鎖住一切能力的效果也沒有完全消失，特別是對靈魂的壓制性還存在，但是在慢慢消失。

我估計應該在五天以後這種壓抑才能完全消失，至於這靈魂的創傷並不是傷到本質的創傷，但要完全自然恢復到巔峰狀態，我看需要一個月左右的時間。

可是在這種滿世界被追殺，前途未卜的情況下，我們這個狀態真的好嗎？

我和師傅相對苦笑，繼而沉默了大概一分鐘，也是因為疲憊讓我們一時間不想說話，然後我才說道：「師傅，下一步我們怎麼辦？」

「自然是和失散的人會合。」師傅倒是沒有多少迷茫，彷彿他洞悉了一切，胸有成竹的樣子。

「但是，要到哪兒去會合呢？」我難免疲憊，一下子躺倒在了地上，在這蛇門聖地的房間上木製的平整地板，躺起來非常舒服，而原木的香氣也在一絲絲的緩解我的疲憊，卻緩解不了對未來的迷茫。

師傅也疲憊的一下子躺倒在了地上，臉上卻是淡定的笑容，然後說道：「承一，在你很小的時候，我必須為你指引方向，在你長大了的時候，我必須為你塑造人格，這是做為一個師傅的責任。只是……在這其中，還有很深很深的感情。」

「嗯？」我不明白師傅要說什麼，只是轉頭有些迷茫的看著師傅顯得有些滄桑的側臉。

「承一，我只是想說，在你以後的人生中，有我在的日子裡，我怎麼捨得讓你對未來迷茫不定，只是本能的就想讓你感覺有我在，一切的方向自然就在。」師傅說到這裡，忽然笑了，眼睛中閃爍著難得看見的慈愛光芒。

「師傅。」我的心中感動卻不知道說什麼，只能下意識的叫了一句師傅。

「其實會合的地方早已定下來了，楊晟追殺我們一定不敢去的一個地方。」師傅一字一句地說道。

「什麼地方？」我忍不住問了一句。

「雪山一脈！」師傅說出了這樣四個字！

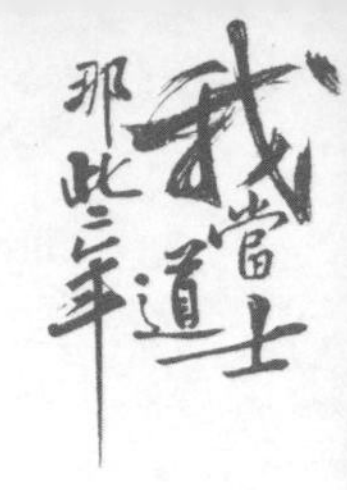

第二十九章　蓬萊之門

雪山一脈，師傅也知道雪山一脈？

我有些驚奇的看著師傅，這個問題是怎麼也按捺不住，忍不住問了出來。

「你知道雪山一脈？」沒想到師傅反問我的也是這個問題。

「我當然知道，我那個時候……」我沒想到居然會有這種巧合，忍不住把當年的往事拿出來說了一次。

其實，我原本只想簡單的說一下，可是對著師傅我怎麼也省略不了，漸漸就忍不住把細節越說越詳細，但到底精力不濟，從一開始的興奮變得疲憊起來。

「師傅……到最後我贏了……我……其實挺不好……挺不好意思的，被他們稱作年輕一輩……一輩第一人……但是，四大勢力欺負人，他們……」我講著講著，意識就已經變得模糊，後來怎麼睡著的也不知道。

卻是在睡著之前聽見師傅一連串豪爽的笑聲，頗有些輕狂之意地說道：「我老李一脈的承一兒，年輕一輩第一人，哈哈哈……了不起，我的大徒弟。」

大徒弟是非常親切的稱呼，就像北方的老人稱呼自己的孫子，老愛在親熱的時候稱呼一聲大孫子一般。

師傅很少這麼叫我，除非是情緒非常激動的時候。

可惜，我已經一夜沒睡，這個時候的意識已經不只是模糊，而是根本支撐不起了，原本心裡有微微的溫暖，想和師傅說些什麼卻到底什麼也沒說出來，就陷入了沉沉的睡眠。

意識裡最後感覺的，是師傅停留在我的頭上的粗糙大手。

我不知道是什麼時候醒來的，只是覺得打在身上的陽光有一些晃眼，就連閉著眼睛都能感覺到它的亮度，還伴隨著一股股奇異的清香，讓我不自覺的從睡眠中掙脫出來。

才醒來我整個人不甚清醒，首先映入眼簾的是屋中的光源，敞開的窗戶外面明晃晃的陽光，說明這是一個晴好的天氣。不過，這裡的天那麼藍，我也分不清楚這到底是上午還是下午，總之整個人懶懶的。

空蕩的房間只有我一個人，師傅不知道走哪裡去了，我的身下傳來淡淡的草香味，混合著從外面傳來的奇異香氣，很是好聞。

我低頭看著身下，原來是厚厚的編織草墊，我不知道什麼時候被師傅挪到了這個當做床的草墊上，身上傳來的溫暖則是師傅的衣服蓋在了我的身上。

我不擔心此刻師傅不在房間，因為已經完全清醒的我，知道這裡是絕對安全的。

我只是下意識的去找尋香氣的來源，原本就很久沒吃東西的我，被這股香氣撩撥得肚子「咕咕」直叫，循著這股香氣，我打開門走出了門外，穿過木製的小走廊，就來到了我們昨天晚上所在的有火塘的廳堂。

廳堂中就只有小丁一個人，火塘的火在熊熊燃燒著，在火上架著一口鍋，而奇異的香氣就是從那口鍋裡傳來的，而他身旁還有一個蓋著蓋子的盤子，也不知道裝的是什麼。

我直咽口水，覺得肚子餓得心慌，想起了小丁昨天在祕道裡收集的那些食材，不禁覺得我餓得可以吞下一整頭牛。

「飯還沒好呢。」小丁正在專心煮著湯，抬頭看著我的樣子，忍不住誠懇的說明了一句。

我咽了一口口水，肚子不配合的「咕咕」叫了幾聲，讓小丁尷尬咳嗽了一聲，然後指著門外對我說道：「姜爺爺在洗澡呢，你也去洗洗吧，朝著瀑布那邊走就可以了。對了……」

我正舉步要走，小丁猶豫了一下，又叫住了我，一副欲言又止的樣子。

「什麼？」我有些疑惑的看著小丁。

「就是……就是……如果你在瀑布那邊看見什麼，你就當沒看見吧。如果，實在不行，你就喊一聲小丁來了吧。」

「小丁來了？」那麼奇怪的話，但我還是下意識的點點頭，覺得再在這屋子裡待下去，我會被這撩人的香味兒折磨瘋的，所以也沒有多問，舉步走出了門外。

屋子後是那一棵大樹，近看比遠觀更加讓人震撼，因為這麼近的距離才能體會到它的巨大，從樹上垂下了條條的不知道是什麼的蔓藤，隨著這裡舒適的微風在輕輕飄蕩。

走入小樹林，才發現這裡的樹木長得並不密集，只是樹冠比較大，陽光斑斑點點的從樹冠的縫隙投下，倒為這稍微有些燥熱的天氣帶來了一絲絲陰涼，樹木之上有很多菌類，我想昨天發光的就是它們吧？我不禁走近觀察了一下，並沒有貿然去觸碰，原來這種在晚上這麼輝煌的菌類，白天看起來也平淡無奇。

樹林的草皮不知道為什麼非常整齊，行走在其中異常舒服，我的腳步輕盈，很快就走到了樹林的深處，瀑布嘩嘩的水聲顯得更大聲了。

我莫名的有些興奮，小時候玩水的記憶又出現在了我的腦海裡，而且奔跑疲累了那麼久，我非常想好好的洗洗。

想到這裡我加快了腳步，三步併作兩步的跑向了瀑布，穿出樹林我就看見一條不算大，卻異常有氣勢的瀑布從頭頂的山崖垂落，在瀑布之下是一個清澈的水潭，水潭的水清澈見底，其中還能看見一些魚兒游動的身影，也不知道是從哪裡來的，這些深潭的水又將流向哪兒？

這水實在是喜人，加上這一處風景和竹林小築的深潭也有幾分相似，雖然規模要大了好多，但到底也是親切，我看得心癢癢，開始快速的脫起衣服來，而我也一眼就看見在深潭一側的淺水處，師傅正在裡面泡著，擦洗著身體。

我脫到只剩下一條褲子，就迫不及待的跳入了深潭，那冰涼的水刺激得我全身起了一片雞皮疙瘩，但還是忍不住歡暢的笑了一聲，然後洗了一把臉。

「來了。」師傅揮手招呼我過去，只是一句淡淡的來了。

我習慣師傅這樣的說話方式，也不覺得冷淡，倒是很暢快的游了過去……我以為按照師傅的性格，又會給我一個巴掌什麼的，然後和我笑鬧，卻不想他就像小時候一般摸了摸我的頭，平和的說了一句：「小子，出息了啊。」

「什麼意思？」我一時間反應不過來師傅為什麼要對我這樣說話，有些疑惑的看著師傅。

「年輕一輩第一人的名聲啊。」師傅笑咪咪的，眼中盡是驕傲的神色。

曾幾何時，我最渴望的就是師傅這樣為我驕傲的神色，如今真看見了，心中卻是忐忑，

師傅又是怎麼知道這個名頭的？他會不會怪我太出風頭，所以小心翼翼的問了一句：「師傅，我不是虛榮，那些是圈子裡的人胡亂叫的，我……」

「你昨天給我說了雪山一脈的事情……不過沒有說完，你就睡著了，傻小子。」師傅沒有任何生氣的意思。

「啊？」師傅這麼一說，我這才想起，昨天晚上的確有和師傅說過雪山一脈的事情，只是說到哪裡忘記了，難道師傅在這個時候又想問？這樣想著，我再「啊」了一聲，緊接著又說道：「師傅，你是想讓我說完嗎？」

師傅看了我一眼，拿著也不知道從哪兒找來的毛巾，沾了水，讓我坐在他身前，他為我洗頭，一邊洗一邊說道：「現在不用說那麼多，等有一天，咱們會合了，是該好好說說一些發生過的事兒了。那麼多日子忍住不問，也是因為時機不成熟，總是要所有人聚齊的，可是在竹林小築吧，太幸福，也就不想去想這些紅塵雜事兒。不過，承一，我不在你身邊的日子，你發生的每一件事情我都是想聽的。」

「嗯。」我輕聲的答應了一聲，師傅身上發生的事情我又何嘗不想聽？

「承一，這一次我們去雪山一脈，其實除了會合，是還有其他的事情的。」師傅看似漫不經心，話語裡沉重的意思卻能聽聞得出來。

「我都沒有弄清楚為什麼要去那裡會合？」我隨手玩著身邊的水，隨口問了一句，師傅話裡沉重的意思我不是沒聽出來，可是安心中的我，不願意氣氛那麼沉重。

「那就是和楊晟對抗，我的信心不大，我需要更多的力量。在這其中，雪山一脈無疑是最合適的，如果他們肯出世……」師傅為我搓洗著頭髮，然後這樣對我說道。

「為什麼就一定要是雪山一脈，那些正派的力量呢，難道就願意楊晟把圈子搞得混亂成這樣？」我的語氣有些不忿。

「呵呵。」師傅只是笑了兩聲，卻沒有正面回答我，在笑完以後他忽然說道：「總之去雪山一脈的考量很多，除了我剛才說的，還有一點就是，我們必須去到藏區的一個祕密宗教，在那裡……」

師傅猶豫著沒有說了。

「在那裡怎麼樣？」我追問了一句。

「在那裡才能真正的再一次打開蓬萊之門。」師傅的聲音變得嚴肅了。

蓬萊之門？我原本捧了一捧清澈的水在洗臉，聽聞這個消息後把水不小心吸入了鼻子，開始連續的嗆個不停。

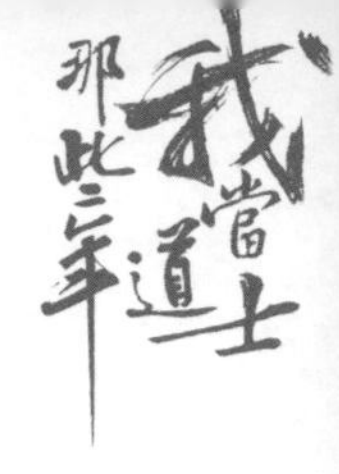

第三十章　再見

咳嗽起來真的非常狼狽，可是無良的師傅竟然在一旁哈哈大笑，我也不知道這有什麼值得好笑的。

幾乎用了一分多鐘的時間，我才稍微平靜了一些，無奈的看著哈哈大笑的師傅，他看我看他，立刻裝作若無其事的樣子，盯著遠方開始吹起口哨來，好像剛才那個笑我的人並不是他。

我也懶得和他計較了，這麼多年歲月，我如果還不適應他那偶爾不靠譜的性格，那才扯淡。

所以我也裝作忘記了剛才的事情，問師傅道：「師傅，你說要在藏區的一個祕密宗教才能真正的打開蓬萊之門，為什麼？我知道蓬萊是在海上，在藏區怎麼可能？只有跟隨走蛟，而是是走蛟順利那種，才有可能見到真正的蓬萊！」

師傅用毛巾在水裡擰了一把，然後擦開了臉上的水珠，很是逍遙的靠在一塊石頭上，這才對我說道：「滄海桑田，你懂這句話的意思嗎？深沉的含義是指時間的變化，表面的意思卻是曾經滄海的地方在如今也會變成一片桑田的意思。藏區是如今海拔最高的地方，可是在那裡卻發現了遠古海洋生物的化石，你怎麼看？」

此刻，我也平靜下來了，拿過放在岸邊的衣褲，摸出其中的香菸給自己點了一枝，師傅話裡的意思太明確了，我吐了一口香菸，說道：「我明白的，師傅你的意思是藏區在很久以前，很有可能是一片大海，對不對？就算肯定是，如今它也是陸地了，按照道家的典籍，蓬萊絕對不可能出現在陸地的。」

師傅搶過了我手裡的香菸，有些猶豫的抽了一口，又扔給了我，笑罵了一句：「這東西的勁頭差了旱菸十萬八千里，我這輩子也不可能抽習慣。」

我笑笑也沒說話，在我記憶中的師傅永遠是叼著旱菸的身影，如果換成了抽香菸，我會很彆扭。

剛才那個也只是小插曲，師傅只是笑罵了一句又繼續說道：「我說的在那裡才能真正的再一次打開蓬萊之門的意思，就一定是在那裡打開蓬萊之門嗎？上古的大海，總是會在那裡遺留一些什麼，你說對嗎？如果拿到了那些遺留物，是可以真正的，必然的打開蓬萊之門的。所以……」

師傅沒有繼續說下去了，可是我卻眉頭微皺，如果真有這樣的東西在祕密宗教，那一定是別人非常著緊的東西吧？那上門去討要，有那麼容易嗎？如果打起來，也不是顯得我們很沒道理？說起來，還不如尋找一隻快成龍的蛟呢！

想到這裡，我忍不住喊了一聲：「師傅，我覺得……」

師傅好像看出我所想的，擺擺手說道：「我知道你在想什麼。首先，快成龍的蛟你以為是大白菜，說找就能找到？而且走蛟是一個殘酷的過程，其中的艱辛和磨難說起來都可以寫成一本書了，況且成功的機率也不大，上一次還是我們幸運！另外，我們通過走蛟成龍這件事，

靠近過蓬萊，其實是天道不允的，下一次也就沒那麼容易了……甚至我們這一群人根本可能再沒有機會通過這種方式靠近蓬萊了。可是，有些事情卻是不能等待了，我們必須通過這個必然的方式進入蓬萊。」

「但是師傅，除非那個隱祕的門派特別的大方會借給我們，你也知道關於蓬萊的遺留物總不是什麼普通物品吧？不然，難不成我們去搶別人的不成？」這是我心裡最大的擔心。說起來有些好笑，做為徒弟倒擔心師傅為了某些事情太過於激進走了「邪路」，雖然在內心知道師傅是特別有譜的人。

師傅說道：「如果是名門正派，倒也真不擔心他們不會借出這件兒東西！因為會發生的事情對整個修者圈子，或者世界都是有一些影響的。所有正直的修者都知道，修行是逆天而行的一件事，而上天之所以睜一隻眼閉一隻眼，容許咱們這群特殊的人存在，是因為上天要我們擔了更多關於道義的東西。而在這個世界現在有很多錯誤的觀點，就好像一個人說拯救世界，回報社會，就會被人看成是傻瓜……但我相信總有一天，人們會明白並在生命中思考，我對這個社會做了什麼？我的生命如流星劃過那麼短暫，而生命的意義卻在於對整體做出的貢獻，哪怕是一小點點的推動。」

說到這裡，師傅停頓了一下，笑說道：「我扯遠了，只是說起這些就停不下來。總之，他們不是什麼名門正派，沒有一種擔負道義的責任！相反，這個門派其實早就應該被拔除……隱祕的傳聞中，他們所做的事情慘絕人寰。就算不是為了蓬萊，也當是我們做點兒正義的事情吧。」

師傅這樣說，我忽然想起了陶柏和路山，想起了我們在藏區邊境的遭遇，我忍不住心中一動，剛想說點什麼，卻看見師傅的臉色忽然變得有些奇怪，些許的激動和些許的小心，整個人僵在那裡，更多的是緊張。

師傅幹嘛忽然這樣？看到師傅這個表情，我原本一肚子的話都給生生憋了回去，而師傅的眼光是盯著一個地方的，我看師傅這個樣子，也不敢問什麼話，只能順著師傅的眼光朝著同一個地方看去。

那是在深潭靠近瀑布一個地方，在那裡有一塊矗立的岩石，大概有一人那麼高，師傅的目光就停留在那一處。

原本晃眼一看，我沒發現那裡有什麼不對勁的地方，可是仔細一看，目光再也挪不開。因為在那裡盤踞著一條蛇，不大，就算盤踞著目測也只有一兩米的長度，很不起眼的烏漆漆顏色，一不小心還真不容易注意到，就跟一條烏梢蛇似的。

可是一旦看見了，就讓人再也挪不開眼睛……就像很多人都知道琺瑯彩，同樣的顏色，琺瑯彩給人的感覺就是流光溢彩，因為琺瑯料的顏色是由礦石磨碎了燒製而成，如果用普通顏料造假的東西，一看就沒有那種流光溢彩的感覺。

同樣的，烏梢蛇給人的感覺很平常，就是烏漆漆的一團，但是這條小蛇兒就給人一種在牠的蛇皮之下流光溢彩的感覺，並不發光，就是流動著一種華麗的寶石色。

而那種烏漆漆的顏色中蘊含著一種反光的紅，恍惚中一看，就像是一團火焰包裹著這條小蛇兒。

其實，我和師傅對牠並不陌生，在我們倉促的逃亡時，就曾經那麼驚鴻一瞥的看見過牠一眼，並判斷牠為螣蛇！

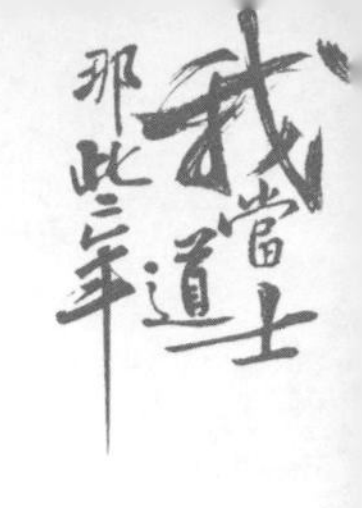

此時，我和師傅看著牠盤踞著身體，昂揚著腦袋也看著我們。

相對於我和師傅的全身僵硬，這條蛇兒的動作和表情都讓人哭笑不得，哪有蛇昂揚著脖子，然後歪著個腦袋看人的？特別是這條蛇的眼睛比一般的蛇的眼睛要大少許，就有點兒像承真那條賣萌蛇刻意賣萌的樣子。

當然，別人（或許應該是「別蛇」）是天生的這個樣子，雖然大眼睛卻沒有賣萌蛇那麼誇張的大，只不過這樣一雙眼睛流露的情緒太過豐富了，那看我們的眼神分明是玩味兒中又有點兒好奇，充滿了某種新鮮感，但是沒有惡意的樣子。

可是，也不知道是不是牠故意的，我和師傅不動還好，稍微有一些動彈的意思，牠的脖子就會跟隨著來回移動，這種感覺就像眼鏡蛇要攻擊目標一樣。

我和師傅是道家人，對螣蛇這種存在原本就有一種敬畏，所以看見牠這個樣子，更加不敢輕舉妄動。

深潭的水很涼，我和師傅大半個身子泡在潭水裡，原來應該是很涼爽愜意的，可是這條奇怪的蛇兒出現以後，我和師傅卻都在額頭上佈滿了細細密密的汗珠，不知道為什麼，暴露在潭水之外的空氣都感覺炙熱了幾分。

「這條蛇不凡。」師傅忽然小聲對我說道。

這不是廢話嗎，螣蛇還有「凡」的嗎？這樣僵硬的樣子實在太難受了，我也小聲地說道：「這不就是螣蛇嗎？小丁說要守護的聖蛇應該就是牠。對了，我臨走之前，小丁曾經給我招呼過，看見什麼都當沒看見，不用去在意和招惹的意思。實在不行，就大聲叫他……應該說的就是我們可能看見這條螣蛇？」

「是不是螣蛇我也不敢肯定，畢竟是蛇門的師門祕密，但應該是他們的聖蛇沒有錯。如果小丁這樣說過，那我們走吧。被這小傢伙看著，我為什麼內心發虛呢？」師傅說話間，已經試探著要慢慢站起身子了。

我也是同樣的感覺，於此同時，我也試探著開始要慢慢站直了身體……但總預感要發生一點兒什麼，可是又會發生什麼呢？畢竟，我暫且還感覺不到這螣蛇的惡意。

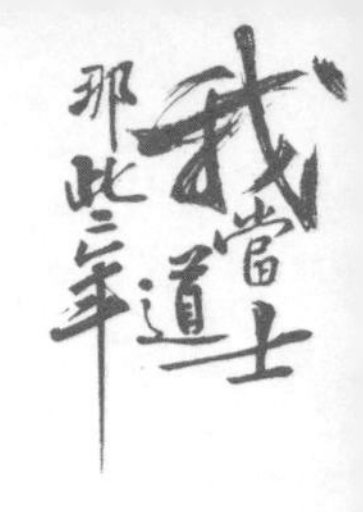

第三十一章　一場誤會

師傅竟然已經試探著慢慢站起了身子，我也開始做同樣的動作，目光盡量不去注意那條蛇兒，不知道為什麼，同師傅一樣就是被這條蛇兒看得發虛的感覺……這種感覺倒不是我們有多怕牠，而是拿牠無奈，就像被牠「打」了，出於敬畏也不敢還手的感覺。

可是牠實在太引人注目了，讓人的目光根本挪不開去，所以我眼角的餘光也不自覺的望向牠。

「哈哈哈……」我發誓我實在不想笑的，可是隨著我們慢慢站起來的動作，那條蛇兒因為盯著我們，「脖子」也跟著慢慢越伸越長，當我們已經完全從水中站起慢慢爬上岸時，牠大半個身子都跟著豎起來了。

也不知道是不是因為這樣豎立著太累了，牠的身子在豎立到某個點的時候，忽然「啪嗒」一聲就落了下去，搭在了岩石上，接著目光中竟然流露出一絲委屈。

要知道，牠是在高處啊……而且哪有這樣看人的？如果是人這樣伸長的脖子看人，我估計脖子會折斷的。

那樣子實在有些好笑又可愛，配合著牠那不走尋常路的大眼，我實在是忍不住了。

「哈哈哈……」我發現笑的不只我一人，連我師傅也忍不住了。

可是好像知道我們是在笑牠一般，這條螣蛇竟然「怨恨」的看了我們一眼，張嘴忽然發出了就像嬰兒啼哭但是聲音要小的怪異嘶嘶聲！

「糟了，惹到這個小傢伙了。」師傅一下子捂住了嘴，我有些「不忿」的看了師傅一眼，他怕惹到這小蛇兒，為什麼笑起我來的時候，如此肆無忌憚。

但師傅根本無視我的目光在快速穿著衣服，畢竟哪裡有蛇會這樣？發出類似於哭聲的「嘶嘶」聲。

對的，這條蛇太奇怪了，分明就是「嘶嘶」的聲音，為什麼會讓人感覺到就像是一個嬰孩或者小孩在哭？

我也知道師傅絕對說對了，我們的確惹到這條小蛇兒了，所以我也只是「不忿」的看了師傅一眼，然後沒有多餘廢話的快速穿著衣服，直覺告訴我，最好儘快離開，惹到這條小蛇兒後果很「嚴重」。

在這種情況下，我和師傅就像比賽似的在穿著衣服，可是已經遲了……因為我們發現在瀑布下落的緩坡，有一塊「地皮」好像在移動……「地皮」移動？這種事情太考眼力了，等到我和師傅發現的時候，我們的耳邊已經響起了明顯的摩擦聲。

確切的說，那摩擦聲就是巨大的身體和地面摩擦的聲音！

我已經欲哭無淚了，今天難道是流年最不利的一天，什麼都是後知後覺？我和師傅在那一瞬間已經放棄了穿衣服的動作……只因為那塊移動「地皮」的速度陡然變得很快，而且已經昂揚起了身子，露出了牠的真實面目，竟然是一條灰褐色的大蛇！

我在祕道中見識過老祖宗的巨大，可是這條灰褐色的大蛇身型竟然不下於老祖宗，而且

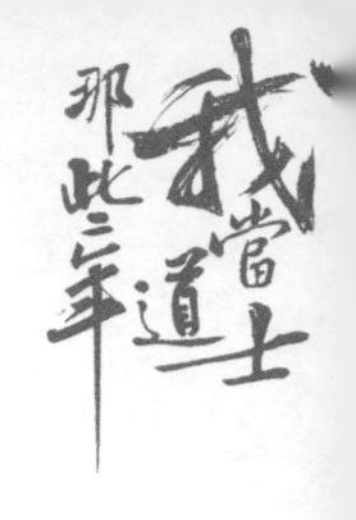

這是一條什麼蛇啊，原本灰褐色的顏色，就和這瀑布周圍的石壁不太分辨得出來了，身上竟然還長了一層青苔，還有薄土的覆蓋，上面竟然還長著一些草啊，野花啊……鬼才看得出來在瀑布石壁的緩坡之上藏著一條蛇。

這條蛇昂揚著身體打量了一眼我和師傅，那巨大的頭看起來十分恐怖，可是牠的眼神卻是溫和，就和那條我看見的白色「老祖宗」一樣。

就算我和師傅先惹到了那條小蛇兒，再引出了這條大蛇，但我竟然沒有感覺到什麼危險的感覺，只是覺得這事兒就是有些「麻煩」罷了。

在我和師傅被那條大蛇打量得一動不敢動，愣神兒的同時，那條小蛇兒「哭」得更加厲害了，那感覺就像是小輩看見長輩，受了委屈迫不及待的告狀，故意哭得更加誇張的感覺。

那條大蛇的眼中流露出一絲人性化的心疼，接著我和師傅還來不及反應，就感覺一道巨大的力量已經以不可抗拒的速度快速朝著我和師傅掃來，在我們反應過來的時候，已經先後被「噗通」「噗通」掃進了深潭之中。

真是狼狽啊，在猝不及防的情況下我和師傅落入深潭，先後都嗆了兩大口水，好一會兒才緩過氣，浮上來。

卻是聽見那小蛇得意的「嘶嘶」聲，和看見那條掃我們入水的大蛇，正嚴厲的看著我們。

是的，只是嚴厲，卻並沒有半分惡意和攻擊的意思……我當然知道，剛才掃我和師傅入水的是那條大蛇的尾巴，速度快得驚人，我和師傅才沒有反應過來，如果牠純心想要傷我們的話，我和師傅就不會那麼輕鬆了，至少會感覺到巨大的疼痛。

而如今只是被牠掃入了水，連疼痛都沒感覺到半分。

越是這樣，越是讓人感覺到這條「地皮」蛇的不簡單，速度極快，而對力量的控制也到了一個精妙的極點。

在小蛇兒那明顯讓人感覺到得意的「嘶嘶」聲中，我和師傅面面相覷，然後很有默契的，幾乎是同時大喊道：「小丁！小丁！」

沒有辦法了，被蛇欺負只能求助於小丁了。

結果沒有喊幾聲，我們就看見小丁從那片樹林裡急急的竄了出來，有些哭笑不得的看了一眼我和師傅，然後轉頭看著那條正在得意「嘶嘶」叫的小蛇兒，有些頭疼無奈地說道：「小騰，別鬧了。這是我和爺爺的朋友，是兩個大好人，你不許和別人瞎胡鬧。」

那得意的「嘶嘶」聲沒有了，我忍不住轉頭看了一眼那條小蛇兒，牠正抬著頭看著小丁，眼神裝著無辜，腦袋左搖右晃的似乎是在撒嬌。

但小丁卻做嚴肅狀，聲音比較冷淡地說道：「小騰，悶爺爺寵你，我卻是不能！我們蛇門守護你幾代人，都覺得要重點塑造你的品行，不做罪孽之事，盡量多造功德。等天劫來臨那時，你也少受一些苦果，早日成龍。我怎麼能任由你任性？」

說完這話，小丁又朝著我們的前方，就是那條灰褐色大蛇所在的位置，躬身深深的一拜，然後換了一種恭敬的語氣說道：「悶爺爺，對不起，我和爺爺的朋友給你惹麻煩了。還請悶爺爺原諒則個，讓他們上岸……小丁在這裡給你有禮了。」

那條大蛇看了小丁一眼，眼神中有些許的責備，但更多的是溫和，然後默默無聲的再次朝著懸崖上的緩坡爬去。

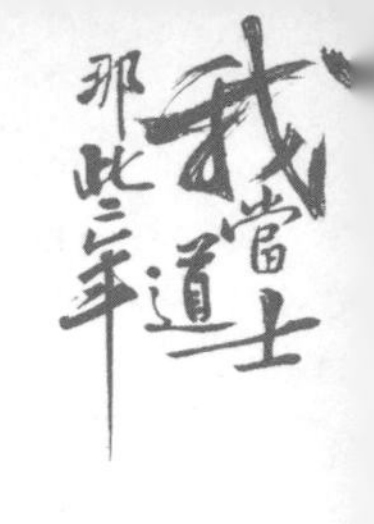

小丁趕緊接著說了一句：「悶爺爺，還請不要太過寵愛小騰，免得牠成年之日，多了幾分任性和驕橫。」

那條大蛇沒有什麼回應，過了好幾秒才看見牠似乎微微動了動那巨大的頭，似乎是在點頭，然後就這樣悄聲無息的爬上了那片緩坡。

我和師傅在水潭裡泡著已經相當狼狽，在這個時候，趕緊游動上岸了，還沒來得及擦身體，就再次看見了那條叫做小騰的小蛇兒此刻裝嫩一般的騰於空中，搖搖晃晃，顯得有些「笨拙」的游動於虛空中，朝著小丁而去。

這傢伙！我已經無奈了……在當時出現在劉聖王面前時，明明在虛空中移動是如此迅速，這個時候竟然做出這麼一副樣子？

我和師傅還來不及說什麼，只見牠已經乖巧的停留在了小丁的腳邊，一個小腦袋不停的磨蹭著小丁的褲腿，似乎是在撒嬌般的求情。

小丁頗有些無可奈何的望了我和師傅一眼，然後伸出手來，語氣近乎是有些寵溺的對小蛇兒說道：「好了，好了，上來吧。」

那條小蛇兒聽聞小丁如此說，頗有些得意的就順著小丁的腿蜿蜒而上，然後纏繞住了小丁的手臂，蛇頭停留在小丁的肩膀，磨蹭了幾下小丁的臉頰，然後頭趴在小丁的肩膀上乖乖不動了。

真的是靈性十足，就算剛才故意和我們惡作劇了，我竟然對這條小蛇兒也沒有半分的惡感，反倒是從心底感覺到幾分的喜歡，因為這小傢伙的可愛竟然不下於嫩狐狸那傢伙。

說起嫩狐狸，我又想起了我的傻虎……從鬼打灣出來再次莫名沉睡到現在，無論外界有什麼刺激，竟然都不再甦醒。

我以為這個傢伙出了什麼事兒，很多次刻意的著急查看，但是每一次查看，都感覺到這傢伙的靈魂在不停凝實，好像每一次都變得強大了一點點，可我完全不知道發生了什麼？

第三十二章 離去

想起這個我就忍不住有些發呆，回過神兒來卻看見小丁已經在和我師傅說話，大意是無奈的抱歉之類的，而那條小蛇兒卻像是什麼事也沒有發生過一樣，執意的賴在小丁的肩膀上，一雙眼睛裡盡是無辜。

看到我回過神了，小丁朝著我一笑，說道：「三娃兒，你也差不多洗好了吧？我菜也做好了，去吃飯吧。」

提起吃飯，我的肚子就開始不爭氣的極度饑餓，而那條小蛇更加激動，之前還在裝沒事，裝無辜，此刻卻是不停在磨蹭著小丁的臉頰，小丁不好意思的看了一眼我和師傅，只好無奈地說道：「好吧，好吧……今天就允許你去我住的地方玩一玩。你可控制好自己，別把房子給我燒了。」

小蛇兒好像非常高興的樣子。

而在那一瞬間，我忽然覺得小丁在這裡的生活似乎也不那麼孤獨，而以己度人，好像是顯得我的目光有些狹隘了。

很快，我和師傅就換好了衣物，然後跟隨著小丁一路走出了小樹林。

在路上，小丁的話還是不少，一直在和我們說那個「悶爺爺」的事情，說牠是條善良蛇，是這一段歲月裡負責守護小騰的老祖宗，不過是最悶的老祖宗，如非必要可以趴在一個地方，一動不動很多年。

其實，我很好奇這些蛇平日裡要吃什麼？

可是這些蛇都應該是「蛇靈」級別吧？總之我見到的每一條老祖宗都應該比我在那片竹林中餓鬼墓見過的蛇靈厲害……而那條蛇既然都可以一動不動彷彿冬眠似的蟄伏那麼久，這些老祖宗應該也差不多吧？

到了蛇靈的境界，可能已經是「食氣」為主的境界，食物倒是顯得不那麼重要了。想起這個我有些汗顏，如果我和師傅是一心清修那種，可能對食氣辟穀那種境界還有望在有生之年達到。

可是我們好像走了另外一條路，就是以術為重的出世之路，很多圈子裡的隱修認為這是一條偏路，已經偏離了修者的主道。

其實事情不是這樣，清修是不沾因果，不染紅塵，只強健已身，練氣為重。而入世則是累積功德，擔負道義，也是一條正路，就好像弘忍大師忽然一日得證正果！

我的汗顏只是在想，蛇類雖然也是一種頗有靈氣的存在，但比起人類修行不易，蛇類況且如此，穿越重重阻礙，時刻不得放鬆……而我在奔波中連早晚兩課都不能保證了，是不是太過懈怠了？

在胡思亂想當中，我們已經走到了聖地的木屋，而還沒進屋，我就已經感覺到香氣撲鼻的味道，忍不住咽了一口口水。

我不得不說，在聖地裡的這一天非常美好，而在這樣的荒山野嶺，我沒想到能吃到美味

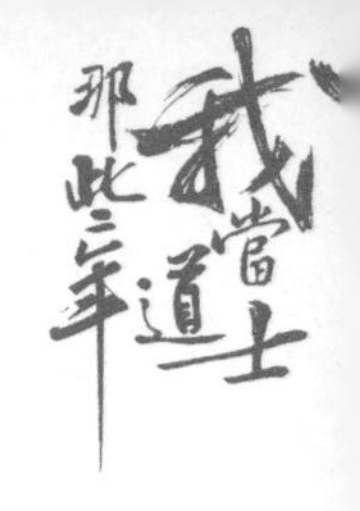

的極致。

就像這一鍋湯，是那個盲魚和不知名的菌子熬製的，鮮美到了極點，只是一口湯，竟然讓人喝出了幸福的感覺……師傅評價道，飽含靈氣的食物，才能單純簡單的做出來就能引發人的愉悅。

說得好像異常高深的樣子，可是我卻不在乎這些理論，覺得只要好吃就是合我心意的。

我對那個盲魚早就好奇了，所以才喝完一碗湯後，迫不及待的夾了一筷子盲魚在碗裡，輕輕抿一口，那魚肉就滑到了嘴裡……無刺，一點點腥味也沒有，反倒是說不出來的一種特別的鮮美，中間還夾雜著一絲絲微弱的甜味，而且不用嚼，就感覺那細嫩的魚肉彷彿化作了水一般，就這樣滑動到了喉嚨裡。

接著，滿口的餘香爆炸在嘴裡，回味悠長，這滋味我根本無法形容，好吃我都快哭了。

就像曾經的如雪，那一手做飯的手藝被很多人稱道，小丁的做法是如此的粗糙，可是如雪憑藉巧手卻也做不出這樣滋味的食物。

所以，食材本身的味道其實在某種程度上來說是最重要的，但是也如在一旁一邊吃，一邊不停囉嗦的師傅所說的一般，在這世界上，飽含靈氣，本身的味道已到極致的食材已經是越來越稀少了，甚至遍尋不得，恐怕這種口福也是要修幾輩子的福分的。

對啊，幾輩子修來的福分才吃到的一頓飯，我自然分外珍惜，況且這頓飯除了盲魚和那些菌子啊，還有盲蝦啊也是無上的美味。

因為這些珍貴的食材，我和師傅最後連小丁燒的一大鍋乾菌子和一大盤臘肉都吃得乾乾淨淨。

在這其中，那條小蛇兒也沒閒著，小丁會時不時的餵牠一些東西吃，這其中包括了盲魚、盲蝦和菌子，其他的東西就如臘肉啊什麼的，小蛇兒表現得再渴望，小丁也堅決不會給牠吃。

除了這些，我看見小丁餵食小蛇兒的還有一些經過處理的東西，我一時間也看不出來是什麼，倒是師傅一臉抽搐，頗為心疼的看著。

直到後來我才知道，小丁餵食小蛇兒的竟然是一些到現在已經能稱之為天材地寶的東西，只是磨成了粉末，加了一些小蛇兒愛吃的肉乾粉末，用雞蛋調和了以後，做成這個樣子的。

嗯，新時代除了狗糧、貓糧，還有小丁牌特製蛇糧，只不過那些狗糧貓糧比起小丁牌蛇糧真是弱爆了。

在飯後，師傅實在按捺不住好奇心，問了小丁一句：「小騰是螣蛇嗎？」

小丁很直接的就說道：「對，小騰就是一條螣蛇，也是我們這幾代守護的聖蛇，我們渴望著牠在我蛇門一脈的守護下，一朝成龍！這也算我們蛇門一脈最大的心願。」

我和師傅本來就有所猜測，在真正得知了以後，才震驚得說不出話來，畢竟猜測和真正證實了是有差距的。

所以，在後來一次的閒聊中，我忍不住問師傅：「師傅，山海經裡的記載難道都是真的嗎？」

「至少有一部分是真的？這個我也不知道，你明白的，我華夏有一段成謎的歷史得不到承認，從那個傳說中的大夏就開始了……在大夏之前的炎黃時代更是不可考，但又流傳了那麼

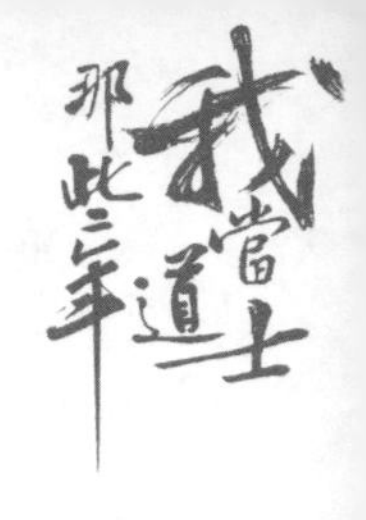

多典籍下來。在我道家的記載裡，那是一個轟轟烈烈的大巫時代……各種神奇湧現，其實如果螣蛇真的存在，我內心才是激動的。因為，我已經開始對那個轟轟烈烈的時代嚮往了。」師傅是如此回答我的。

而我，又何嘗不對那個時代嚮往呢？

人生最留不住的是時光，在這與世隔絕卻無比美好的聖地，時光彷彿流逝得更快一些，當這個聖地如夢似幻的發出綠色螢光的菌子再次亮起的時候，也是我和師傅該要離開的時候了。

「我送你們。」小丁的眼中流露出不捨，可是話語卻是簡單，他手上抓著一個小布包，裡面裝著的是那被我和師傅拔出的十四顆釘子。

師傅說過，廢物也能利用，這十四顆釘子會給我和他帶來一些安全的。

「嗯。」師傅沉默，而我也只是簡單的嗯了一句。

告別總會到來，我們這種常常需要面臨告別的人，早就知道了在這一刻該如何處理。

一路上有些沉默，小丁帶著我們走的是另外一條祕道，這一條祕道也是地下通道中的一條，不過和老祖宗們待的那個祕道沒法相比，但在裡面，卻依舊存在著各式各樣怪異的蛇，不愧是蛇門聖地。

但這些蛇是沒有靈性的，所以小丁帶著我們走這條祕道的時候，也是帶著一些小心的，竹笛不離手，還準備了一些藥粉，時不時的拋灑，估計是用上了蛇門驅蛇的一些手段。

這一次在祕道裡同樣也行走了兩個多小時，當我們走出祕道時，看見天空中的一輪彎月時，完全不知道是在這座山的哪兒了。

「送君千里終有一別，希望能和姜爺爺還有三娃兒再見。」小丁站在月光之下，飄逸的樣子還是像一個翩翩公子，只是眼中流露的傷感卻顯得有些濃重了。

「一定會的。」這一次不是我回答的，而是師傅，他是那麼的篤定，而這份篤定就是他所說的所謂大時代的命運嗎，誰知道？

小丁沒有接話，卻是從懷裡拿出了一卷紙，遞到了師傅手中，說道：「姜爺爺，地圖！還有這些釘子，我會找一些蛇兒，分別胡亂的帶到任何地方的。」

「嗯。」師傅接過了地圖，彷彿是不願意面對這離別的傷感，帶著我轉身就走。在某種時候不需要說謝謝的，需要的只是把一份情誼記在心中！

但走了沒兩步，師傅卻又忽然回頭，對著月光下還未離去的小丁說道：「我們真的會再見的，很快！」

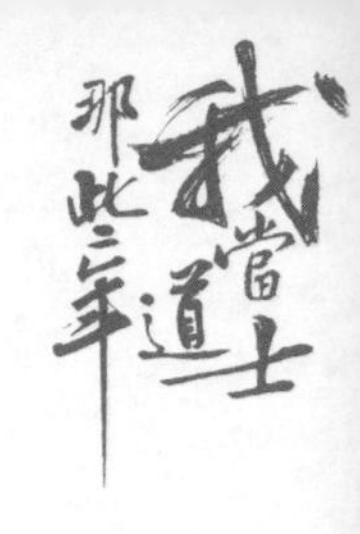

第三十三章　師傅的安排

和小丁很快就會再見嗎？為什麼？契機是什麼？難道就是因為那個轟轟烈烈的大時代？可是師傅並沒有說什麼，而是深一腳，淺一腳的朝著前方走去，這個地方也不知道是哪個荒山野嶺，根本沒有路，能這樣行走也已經是不錯的事。

和小丁相處的時間真的不長，但這個小時候就和我有交集，如今再因為神奇的緣分聚在一起的人，給我留下了非常好的印象，從某種角度上來說，是生死都曾依託給他，所以我內心充滿了不捨。

我不時的轉身一直在和小丁搖手，在月光下，小丁也一再的衝我搖手，直到走過了一個亂樹叢生的轉角，看不見小丁的身影了，我才輕輕放下了手，有些無言。

這種短短的時間內，產生情誼深重的事，在我身上發生了不只一次。

那第一次顯然就是給了如月和楊晟，一個如今我們的感情已經深厚到超越了友情，類似於親情了。

至於另外一個則成為了我心中的永遠遺憾。

我很多時候問自己，為什麼就會對楊晟產生這樣的情緒，明明相處時間就不長，究其原因，他是出現在合適的時候，畢竟從小的經歷讓我同學對我充滿了好奇，真正走近的不過只是酥肉一個人。

而如月和楊晟是我第一次交朋友，並且得到了友情的感覺。記憶中那個細雨紛紛的車站，則讓我第一次那麼深刻的感受到了人生離別的無奈和傷感，讓少年的我第一次知道了人生遠不只相聚，在很多時候，離別比相聚更長。

如果在你身邊有一個相聚比離別要長的人，不管是愛人還是老友，都要記得惜緣，那是莫大的福分。

總之，人生中第一次的一來一去，讓楊晟這個人在我心中扎了根……可沒有想到，會帶給你傷害的人，在你心中扎下的是帶刺的根，不要說拔出來，牽扯一下都很痛。

有時候誇張的表現不過是因為牽扯到了內心，而牽扯到了內心的事情，傷痛再深重，都值得自我原諒。

來時一輪明月，走時依舊一輪明月，我沉默得緊，走在身旁的師傅不禁問道：「在想什麼呢？」

「在想人生的一來一去。」我小聲回答著師傅，在這荒山野嶺，眾聲混雜卻實則寂靜的環境中，我莫名的說話不敢大聲，莫名的體會到了某種人處於自然中的敬畏。

而這種敬畏不到一定的年紀，不真正的靜心下來，不真正的去身處在一次大自然（非人頭攢動的風景旅遊區），是體會不到的。

這是人本能對於天地和山川河流的自然敬畏！

「是啊，人生的一來一去很多……但本質上，生命何嘗不是一來一去？可卻不是簡單的來時你來，走時你走……更不在於你帶走了什麼，而是在於你留下了什麼？終究也帶不走什

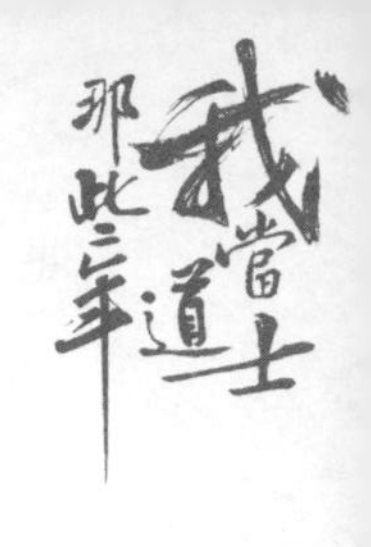

麼，只能是留下什麼？可是很久很久了，很多人以為只要留下了一堆血脈，就是最大的留下了，那個人的價值在哪裡？自己生命的價值閃耀在哪裡？」師傅的聲音也很小，卻彷彿穿透了層層的黑夜和荒山，在說與上天聽。

「師傅啊……」我忍不住拉住了他的手臂，和他一起深一腳，淺一腳的走在荒山之中，我忽然若有所思的想起了曾在我生命中留下深刻印記的一句話：「師傅，你還記得那個時候我的搖滾範兒嗎？」

「嗯，為什麼忽然提起那個時候？」月光下，師傅的臉充滿了疑惑，卻也充滿了溫情的回憶。

「重點不是那個時候……是後來，我不是迷上了一個叫 Beyond 的樂隊嗎？你還常常罵我，唱的什麼詞兒，聽不懂，還不如聽個京劇什麼的？」我的臉上帶著笑容，想起了遙遠的過往和觸動內心深處的一句話。

彷彿這些東西是充滿了某種能量的存在，溫暖在心中，讓我在荒山野嶺，充滿危險的追殺和搜尋中，也分外安心。

「嗯啊，是有這麼一回事兒，說重點？」此刻師傅已經在一處敞亮的地方停了下來，月光灑下，稍許能看的清楚一些，師傅拿出了地圖，在一塊岩石上鋪開，拿出了小手電筒，看樣子也是準備要仔細研究這地圖了。

「重點就是，後來我有一次無意中看電視，看見了記者採訪那個樂隊的主唱，他說過這樣一句話：你向這個社會要一些東西的時候，第一個步驟先問你自己給了這個社會些什麼，我給了音樂。師傅，這句話曾經在我內心停留了很久很久……」我輕聲的說出了這段年輕時候在心間縈繞了很久的話。

師傅抬頭，看了我一眼，忽然問我：「是一個唱歌的說的？」

「嗯。」我重重的點頭。

他的神情變得鄭重起來，然後認真對我說：「這話說得很好，很好！我真的希望我，亦或者是你，在走到某個必須要離開的時候，也可以這樣審問自己一次，給予了什麼，哪怕只是對這個社會，這個世界的一份小小責任，總之是給予了什麼？說得很好啊……這就是生命的一來一去，留下了什麼？」

「嗯。」我第二次重重點頭。

而師傅已經沒有再說什麼，而是打起手電筒開始仔細研究起地圖來。

山嶺寂靜夜，再一次變得寂靜起來……而我不停拋玩著手中的一個竹筒，這裡面裝的是驅蛇蟲的藥，在很小的時候，老吳頭兒曾經給過我一個，如今小丁再次贈予了我幾個，所以走在這荒山野嶺，我也不怕什麼奇奇怪怪的東西會隱藏在我腳邊靠近了。

師傅研究地圖很是仔細，過了大概有二十幾分鐘，他才小聲的叫過我，向我指了一條路。

在蔓延的群山當中這條路有些繞了，並不是直接出山，走到有人煙的地方最快的路，在地圖上我無法去丈量距離，但是如果是真的要這樣走的話，我大概判斷也至少要三天我們才能出山。

「師傅，為什麼不走這裡？可以很快出山，就到有人煙的村子了啊。」我指著另外一條小丁標示出來的安全路線，輕聲的問著師傅。

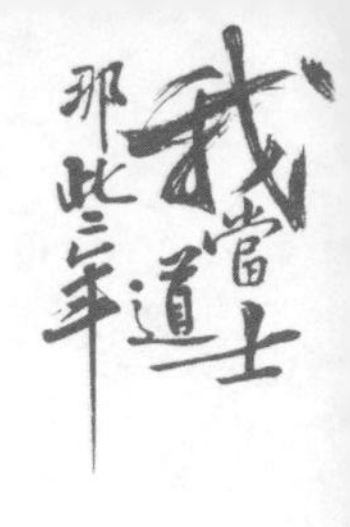

我不知道這茫茫的山脈裡有什麼，小丁還要刻意的標示出安全路線，但是我相信小丁有其理由，甚至我知道這份地圖已經透露了蛇門很大的祕密了，因為這些路線中，有很多直接就有祕道這樣存在的。

祕道不就是蛇門在這片他們的聖山中極大的一個祕密嗎？可師傅選擇的這條路，所謂的祕道少，走在「光明正大」的地方時多。

我不知道楊晟派出了多少力量來搜尋我和師傅的蹤跡，但我至少也知道楊晟這樣偏激的人，在生不見人，死不見屍的情況下，絕對不會輕易放棄搜尋我和師傅的。

那麼走在「光明正大」的地方不是很危險？就算準備工作做得再好，也有那麼一些機率的確是會遇見的啊！

「這樣選擇，是有兩個原因的，先說一個比較明顯的原因吧。那是因為這個村子幾乎是從這裡出山最近的一個地方，非常明顯的靠近這片山脈的村子，我們入山的位置其實離這裡也並不算太遠，從地圖上的標示來看，大概也就二十幾公里。我不認為這是一個安全距離。試想，楊晟如果帶人埋伏在這裡怎麼辦？」師傅看了我一眼，說出了第一個理由。

我仔細想了想，也對，按照慣性思維，人多半都會選擇這個村子出山，就算不是，敵方如果搜索無果，在那裡設下一些人手埋伏也太正常，至少有備無患。

這樣想著，我點了點頭。

而師傅則繼續說道：「我選擇的出口是一段路段，這樣的路段圍繞著這片山脈很多，出其不意的路段，自然可以破了他們預先的埋伏。不過我也早就說過謀事在人成事在天，如果這樣都倒楣遇上了，那也是沒辦法，但至少我們在山上可以遠遠觀察情況，再退進深山裡，也算是一條預防的小措施吧。最重要的是這點，這裡距離這段祕道很近，我們還有擺脫的機會。」

說話間，師傅手點著地圖上的某一點，若有所思的樣子。

「哦，師傅，這就是你選擇的兩個理由？」我嘴上雖然這樣說，可是心中卻是有疑惑，類似情況的路段不是沒有，為什麼偏偏是這段，或許是巧合？

而這個路段從地理位置上來看，卻不是進入藏區最快的路段。

「當然不是！」師傅很簡單地說道：「我還沒說第二個理由了，第二個理由是因為我準備帶著你，下個目標是取道湘西……先去那裡啊！」

什麼？不是說好的雪山一脈嗎，怎麼是去湘西？

第三十四章　搜索

我有時覺得我真的跟不上師傅的思維，跳躍厲害。

就比如此刻，忽然就從雪山一脈轉到了湘西……讓人摸不著頭腦。

「師傅，不是說去雪山一脈嗎，為什麼就成了湘西？」我沒法跟上師傅跳躍的思維，也就只能這樣直接問了。

師傅用看白癡的眼神看了我一眼：「最終的目的地自然是雪山一脈，但在這之前，我們去什麼地方，我說過嗎？」

「可是，師傅……」我還想說點兒什麼，但無力的發現，師傅的話我真的無從辯駁，事實就是如此啊，師傅只是說去雪山一脈，根本沒有說過在中途會不會去別的什麼地方。

「哎，我姜立淳聰明一世，怎麼教出來這麼笨一個徒弟。這就是命啊……」師傅對月長歎一聲，滿臉惆悵的樣子……他是不放過任何一個機會「埋汰」我。

我在心中暗罵道，那麼愛演，怎麼不去拍電影？好歹出名了，大姑娘不是隨便看？

可惜這話只能在心裡說說，當著師傅的面可是不敢說的，否則他說不贏，直接就是巴掌伺候了。

所以想了想，我很老實的不搭他話，而是直接的問道：「師傅，那我們為什麼非得去湘西走一趟？」這樣直接轉成嚴肅的話題，讓師傅自覺無趣，簡直是收拾他的最好辦法。

「你忘了強子嗎？」師傅斜了我一眼。

「強子在湘西？」怎麼師傅會比我清楚？當日小鬼一戰，和強子分別以後，我陷入了連續的奔波，想起來真的是好久沒有強子的消息了，也沒具體的去打聽過強子在哪兒，師傅卻知道，不是太奇怪了嗎？

不過，我確實是沒有忘記強子，如果是平常的生活，我肯定常常聯繫他，可惜我常常所在的地方都非正常……

「他應該是在湘西。這個轟轟烈烈的大時代，該參與的人一個都跑不掉。承一，就像一個人的命運應該是征戰沙場，總會遇見自己的將領，巧合得就像命運的既定！承一，我老李一脈擔負著某種道義，而這也是你的命，你從小到大接觸的人聚合在一起，也是偶然中的必然……其實這也是一種傳承啊，就像你認識的人，大多是從我這一輩就開始的交情。」師傅忽然說了一段莫名其妙的話，我卻一時間不能理解。

之前，我是覺得我們面對楊晟勢單力薄的，可是如今，才遇小丁，又上湘西……恍然回頭，我也覺得我身後站著很多人啊，這些都是生命的際遇。

「可是，師傅，真的就在湘西嗎？那個什麼大時代如此之玄，能讓強子都在湘西？」我看著師傅，驚奇的問了一句。

師傅直接踢了我屁股一腳，對我吼道：「玄個屁！強子師從大巫，巫術雖然很多大傳承都斷了，但事實上和道術相比，一樣是博大精深。你以為不要用一生來學習嗎？每年夏初到秋初，強子都會在湘西的深山寨子裡學習巫術的。」

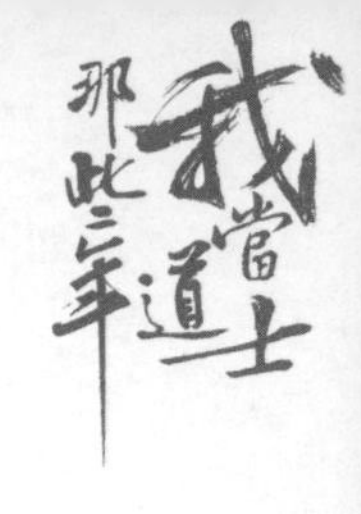

是這麼一回事兒？我有些汗顏，發現我對強子的瞭解真的不如我師傅那麼多。

在這個時候，師傅已經收起了地圖，熄滅了手電筒，對我說道：「走吧，也不知道要在這大山裡行走幾天呢。」

夜晚趕路，白天休息，是我和師傅不得不做出的選擇，畢竟白天視線較好，遠遠的就會看見我和師傅了，兩相權衡之下，我們只能選擇夜晚趕路。

而且，在夜晚趕路為了怕暴露目標，我和師傅還不得不摸黑，只能藉著月光趕路，更是一件「淒慘」的事情。

兩夜下來，對比地圖我和師傅才走了短短的一小段路，按照這樣的腳程，我們走出大山，走到師傅既定的目標，恐怕得十天，虧我之前還想著三天就能走出這片茫茫的大山。

這一天的白天在清晨就下了一場雨，到我和師傅上午找到了休息的地方時，已經是狼狽的全身濕透，被腳下的泥濘滑倒了好幾次。

好在重要的東西都收在了懷裡，就比如小丁給的藥粉，說起來我和師傅匆忙的出逃，身上也只有這個東西算得上重要了。

我們休息的地方是一個枝繁葉茂的樹上，在荒山野嶺的日子根本什麼都不能講究，想要找一個乾燥點兒的山洞都要靠運氣，能有一棵大樹歇腳也算是很好了。

畢竟我們是不敢直接在地面上休息的，萬一遇見了楊晟的人躲都來不及。

這樣的日子多少有一些狼狽和憋屈，可我和師傅卻從來沒有提起這茬兒，就像黎明到來之前都會有最濃重的黑夜，我和師傅有著那麼重的希望，忍耐也變成一種樂趣，又何不苦中作樂，幹嘛老提喪氣的事情？

我們想的最多的只是，很幸運啊，兩天趕路都沒有遇見過楊晟的人。

其實我沒告訴師傅的是，這樣和他相依為命的日子，在失去過後我更加珍惜，哪怕只是亡命天涯一般的逃亡。

我們所在的大樹樹幹很粗，我和師傅分著吃完了一塊小丁給我們準備的肉乾和乾餅以後，就用身上能用的東西把自己綁在了樹幹上。

就算樹幹再粗也註定了我們不能躺著睡，免得睡著了一個翻身就摔了下去……我們只能趴在樹幹上，兩腿夾著樹幹，這樣就相對安全了許多……至少睡著不小心掉落的話，用東西綁著我們一下就會醒來。

「承一，再堅持堅持，走入祕道以後，我們就可以好好休息休息，至少吃頓熱食了。」師傅忽然這樣對我說道，儘管他掩飾得很好，但是眼中的心疼卻是掩藏不住的。

有一句話說，父母對兒女的心思總是綿長的，只要他們在，哪怕兒女也已經是老人，在他們眼裡也是值得心疼的孩子。

我也三十好幾的人了，師傅竟然自然流露出對我吃苦的心疼，這樣的心思就和父母的心思一樣綿長。

我很疲憊，在如此惡劣的環境下也壓抑不住睡意，特別是當感覺到師傅的手習慣性的摸了摸我的頭髮時，那困意更是如同火山爆發一般一下子就包圍了我。

心中帶著師傅關懷的微暖，我迷迷糊糊的應了師傅幾聲「嗯」，竟然這樣趴在樹幹上，就陷入了沉沉的睡眠。

那一刻，我終於理解急行軍時那些士兵為什麼隨地一躺，哪怕五分鐘，都能深深的睡一

覺，甚至做夢！

這一覺我睡得很沉，感覺有好幾次都從樹幹上滑了下去，幸好被綁著，一下子讓我清醒了一瞬，我又會趴好繼續睡，幸福的是有小丁的神奇藥粉，我們灑了一些，在這深山裡竟然沒有任何的蚊蟲來騷擾我們。

原本濕淋淋的衣服讓我有些冷，睡著睡著竟然也感覺到了溫暖的意思，儘管是在深沉的睡眠中，我也恍惚覺得這是太陽出來了。

這趴在樹幹上的一覺，竟然讓我睡出了幸福的感覺。

可是這樣的幸福卻被背上不停推搡的手給打斷了……我有些不耐煩的揮手，可是那隻手彷彿是更有耐心，不停的一直推搡著我，直到我迷迷糊糊的睜開眼，才看見是和我頭對頭睡著的師傅。

此刻的他已經不睡了，而是坐在樹幹上，神情嚴肅而鄭重，而我還沒來得及說什麼，師傅已經給我比了一個噤聲的手勢！

難道……我的睡意全然消失，眼睛也睜開了，刺眼的眼光晃得我眼睛一下子就模糊了。可是眼睛模糊卻不影響聽力，隨著意識的清醒，我一下子就聽見了從樹林中傳來了「窸窸窣窣」的腳步聲，還有那種不經意聊天的聲音。

「算我們這個小隊倒楣，被派到那麼遠的地方！你覺得能搜到那兩個麻煩人物嗎？」這是其中一個男人抱怨的聲音。

「能不能搜到，還是得盡力搜啊。你又不是不知道上面那些大人的能力，咱們不盡心，難保他們不知道啊。」這是另外一個男人無奈的聲音。

「這我知道啊！可是咱們搜到了，說不定小命也沒了，要知道，這倆人可是從劉聖王的手下逃出來的啊。不知道搞了什麼鬼，弄來了漫山遍野的蛇……」說完，這個聲音頓了一下，用一種有點兒怕的聲音說道：「不要說這蛇，看著也是嚇人，不小心被咬一口，後果難料啊！何況這山裡沒被發現過的怪蛇不知道有多少。」

「別說了，好好搜吧。」又一個男人說話的聲音，顯得冰冷平靜了許多。

終究，我們還是遇見了楊晟的人！可是……儘管是有機率遇見，為什麼偏偏就那麼巧合的遇見了，還是有意搜索？

我的神情也變得嚴肅起來，原本吊在樹幹上的腿，也下意識的收了起來。

第三十五章　隱藏的重要資訊

那個聲音有些冷淡的男子說話了，這群人就沒有什麼「唧唧歪歪」的廢話了，開始在這一帶仔細的尋找起來。

我和師傅的位置是在一棵大樹上，是今天早晨費勁才爬上來的，所以視野很好，隨著他們搜索範圍的擴大，我們已經漸漸能看見這群人，而我們在大樹樹蔭的遮蓋下，他們如果不藉助專業的工具，刻意的朝著這課樹看的話，是找不到我們的。

這是一個六人的小隊，每個人都穿著野外服裝，在這麼熱的天氣下，袖口褲腿都紮得很好，看來沒有少受蚊蟲的困擾，他們可能也真的是怕楊晟，搜索也異常盡心，目力所及之處，明明是無人的地方，他們也會把灌木叢和草叢扒開來看看，甚至樹木下也會看一眼，搖晃一下樹木。

這種盡心盡力的搜索，看得我心中焦急，如果是這樣，他們遲早會搜索到我和師傅的。如果說被這群人發現，就算我和師傅不是巔峰狀態也一樣可以脫身，我怕的重點是在於這群人層出不窮的手段，會立刻就把發現我們的消息和具體位置傳了出去。

我和師傅畢竟還是人，靠的是兩條腿走路，就算能潛入祕道，總是要出來的吧？如果楊晟收到消息，把人重點都集中在這一片區域搜索，我和師傅遲早……除非我和師傅像珍妮大姐頭一樣，可以飛起來還差不多。

想到這裡，我忽然覺得形勢很嚴峻，在雨後伴隨著蒸氣而有些悶熱的陽光下，我的汗珠大顆大顆的掛在了額邊。

看了一眼師傅，他的神情也流露出些許的焦慮，看樣子也是沒有想到什麼好的辦法，就像他說的，就算是算無遺策，但是成事在天，我們偏偏就這麼遇上了，能有什麼辦法？

為今之計，只有暫時蜷縮在這樹上不動，期待著能僥倖的躲過，無論如何，這個可能總還是有一定的概率的。

時間一分一秒的過去，這群人搜索得異常仔細，可能大半個小時吧，也不過搜索了方圓幾十米的距離……但漸漸也朝著我們這邊靠近了，而且人員也在漸漸收攏，當他們再次聚集的時候，已經離我和師傅藏身的大樹不遠了。

我不知道此刻的時間，不過抬頭望去太陽已經西斜，看來也是下午要近黃昏的時候了吧，這樣一想這一覺睡的時間也不少了。

「隊長，現在也已經快六點了，咱們搜索了快一下午了，能不能休息一會兒？」在樹下其中一個隊員說道，聽聲音就是剛才勸解那個抱怨之人。

「嗯，休整一個小時。七點鐘，把下一片限定的區域也搜索一次吧，晚上十點我精神比較好，可以加大搜索範圍，不要想偷懶，你們是知道上面的手段的。總之這三天，這一片區域，我們要反覆的搜索。」那個隊長原來就是那個聲音比較冰冷的人，怪不得他一說話，其他人都不敢說什麼了。

我躲在樹蔭後看見那個隊長如此說，那些隊員都流露出苦不堪言的樣子，可是面對隊長

的威嚴這些人也不敢挑釁，只能默默無言的算是默認了。

另外，我還敏感的注意到這個隊長也是一個戴著面具的人，難不成也是楊晟培養的……那種類似於殭屍的怪人？怪不得一到晚上就喊著精神比較好……就像我和師傅一路行來，那些人也總是白天休息，夜晚趕路，不是說白天就不可以活動，而是白天總是沒什麼精神的樣子。

除了劉聖王！這其中有什麼祕密嗎？我一時間還想不透徹！

我都不敢想像楊晟到底培養了多少這種怪物出來，這簡直就是一場災難啊！

說過了休整，這些疲乏到了極點的人一下子都東倒西歪的席地而坐了，只有那個隊長好像很有精神，站得筆直地來回走著，還時不時的扭頭看一看周圍。

或許是因為這樣的穿著實在太熱，在這個時候，其中一個人對那個隊長說道：「隊長，實在太熱了！我們去那棵樹下休息吧。我看那樹下面比較平整，也沒有什麼雜草，我們也好涼快一下。」

聽聞手下的人這樣說，那個隊長抬頭看了一眼我們藏身的這棵大樹，我情不自禁的就縮了一下身體，畢竟有些心虛。

好在那隊長很快就低頭說道：「那好，就去那邊吧。你們不要只顧著休息，趕緊把晚飯也吃了罷。」

說話間，這行人就真的來到了樹下，然後開始了他們的休息和晚飯。

我和師傅簡直是無奈，這就算是運氣壞到極點的遭遇嗎？按照這群人的習慣，會不會我們所在的這棵樹就是第一個被搜索的目標啊？

而這些人暫時還不知道他們的目標就在他們的頭頂，還在若無其事的說著話，其中那個之前抱怨的人，在一邊啃著乾糧，一邊對身旁的人說：「你說咱們這幾天在這裡能找到那兩個人嗎?從昨天開始，咱們就把這片區域搜索了一遍，連地皮都差點兒翻過來了，根本連一點兒線索都沒有。」

「這人是活動的嘛，昨天他不來，不代表著今天、明天他不來嘛。」他旁邊那個人好像有些顧忌那個隊長，反正是比較油滑的說了那麼一句。

「照你這麼說，那也有可能他們前天就離開這一片兒了啊……誰能知道這些?咱們又不是專業的，還能發現個腳印啥的。再說，這荒山野嶺的今天上午又下了一場大雨，有啥痕跡也沒了。」那個抱怨之人有些強詞奪理的意思了。

不過，他倒是亂說對了一點兒事實，那就是我和師傅走得都非常小心，盡量沒有留下活動的痕跡，或許是這場雨幫了我們，但更多的原因在於這茫茫的荒山野嶺，只要有心的小心一點兒，要掩藏活動過的痕跡太簡單了。

我沉默著，而樹下除了那個抱怨之人說話，竟然一時間也沒人開口，好像是有什麼顧忌一般。

可是那個抱怨之人卻是不依不饒，繼續說道：「把我弄到這裡來，真以為是什麼好事兒?說什麼那兩人自詡正道人士，不會輕易殺人，發現了他們也就是大功一件，其實就是在這荒山野嶺當無頭蒼蠅吧?有這閒工夫，我不如跟著我叔父多練練，多學學……」

「第一你可以閉嘴，第二你可以現在馬上就走，你敢嗎?」在一片沉默聲中，那個聲音冰冷的隊長終於開口了。

站在他的角度來說，那抱怨之人說的話的確也是過分了，最少能影響到他手下那些人的

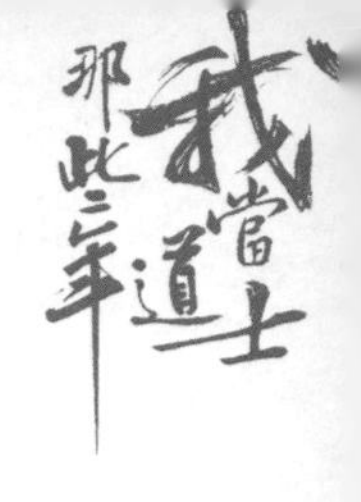

人心了，如果不開口阻止，那才是怪事一件。

「我為什麼要閉嘴？我不閉嘴，你拿我怎麼樣？而且，你讓我現在一個人離開，在這荒山野嶺中，你是想害死我嗎？你什麼居心？」那個抱怨之人毫不示弱地說道。

我是一個局外之人，此刻還處在危機之中，不過看到樹下這一番爭吵，也不禁覺得有些意思，至少再笨也能感覺到這個說話囂張之人怕是有些背景了。

「張正，既然我是隊長，在外的一切決定自然是由我做主。你不要以為你叔父是一個聖將，就能保你的一切。在咱們這裡，規矩是什麼想必你也心知肚明，到時候我說你故意影響人心，破壞搜索行動，你擔得起這個罪嗎？你叔父能保得住你？況且，我有沒有說謊，你以為兩位聖祖會不知道？」那個隊長面對那個叫做張正的挑釁之人，態度也強硬了起來，而且絲毫不留餘地。

我在心中暗想，這楊晟到底是想做什麼，聖主、聖王、聖將的？難不成他還想在修者圈子裡建一個「朝廷」不成？

我在這邊暗想著這些事情，而樹下那個語氣囂張的抱怨之人，也變得沉默了。

或許是這個隊長的話真的威脅到了他，他不敢再多說什麼，可是臉上的表情多少有些忿忿不平，畢竟他的叔父是一個什麼聖將，如果真的讓這個小小的行動隊長給威脅到了，豈不是很不甘？

但那隊長是個聰明之人，我都能感覺到這個人的情緒，他又如何感覺不到，或許是不想太過得罪這個叫張正的人，他忽然開口說道：「張正，你師傅是堂堂聖將，這手下的人又怎麼會不關照你一點兒？你看看我們這個小隊的人，哪一個又不是有點兒背景之人？只不過你的背景最大罷了。你仔細想想，這其中沒有一個原因嗎？」

「什麼意思？」那張正顯然被這個隊長的話挑起了興趣，連抱怨和忿恨都忘記了，一心被這話吸引了注意力。

而我和師傅也同樣對這話感覺到了好奇，我總覺得接下來這個隊長會說出一個非常重要的資訊。

而事實證明我這樣的直覺是對的，在強大的靈覺之下，我的直覺幾乎都沒有出過什麼錯誤，這一次也是。

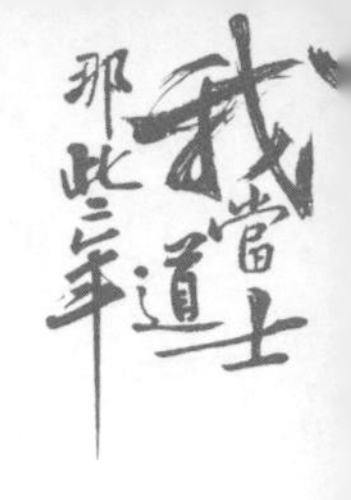

第三十六章　神祕人物

面對那個叫做張正的人，那個小隊長也沒有隱瞞什麼，而是非常直接地說道：「搜索自然是一件苦差事，但是這兩個人聖主非常在意，發現了自然就是大功一件，苦差事中也有大契機。」

「這不是廢話嗎，你就和我說這個？」張正明顯是不滿意了。

「這自然是一句廢話，但是我重點要說的不是這個，重點是我說這片區域，這幾天的時間內，我們幾乎有必然的把握能搜索到這兩個人，你們怎麼想？」這句話無疑是一個重磅消息，炸得所有人都震驚了，包括樹上的我和師傅。

其實我和師傅一直以為他們出現在這片區域，只是巧合，只是楊晟灑開了大網，恰好也佈置了這一片區域而已。

我沒想到一個小隊長吐出了這樣一句話，找到我和師傅是必然的事兒？這背後蘊含的信息量可就大了。

我不相信什麼事情是必然，就算命運還充滿了支流……但偏偏這樣的事情就是這樣巧合的出現在了我的面前。

顯然和我同樣不信的還有那些所謂的隊員，在震驚了以後開始議論紛紛，特別是那個張正，有些懷疑地說道：「你該不會是騙我吧？憑什麼要這樣說，那麼肯定？」

那個小隊長冷笑了一聲，從地上站起身來，說道：「我這樣說自然是有證據的。」

「你該不是說那些安插在他們身上的祕術嗎？那根本就是他們的詭計，因為我們已經先後發現了不少……這只能證明這兩個人還活著。」那個張正也變得有些激動了。

如果說這大功一件看著有些希望，到頭來又變成了鏡花水月，豈不是很讓人失望的一件事情？

「看來你的消失很靈通啊？」那個小隊長並沒有過多的解釋什麼，而是頗有深意的對著張正說了那麼一句。

「我叔父自然也是會叫人關照我，隨時給我一些資訊的。」張正急忙爭辯道，脹得臉紅脖子粗的，看來他還是很在意自己這個身份的。

「可是我要說的證據可不是這個……而是你們都知道兩位聖主之下，有十八位聖王，但是你們不知道的是，在聖主和聖王之間，還有一個人，他的地位可是高於聖王，僅次於兩位聖主的。」那個小隊長的聲音變得神祕了。

「什麼，怎麼可能？有這樣的人，我叔父會不知道？」張正因為激動，聲音都變得有些尖厲，只不過在激動了以後，他稍許的冷靜了幾分，又追問了一句：「再說，這和我們搜索這件事情，有什麼必然連繫？」

「呵呵，你不知道的事情就多了。」那個小隊長來回走了兩步，才望著張正說道：「的確是有那麼一位存在的，而且這位存在在卜字脈的建樹可不是常人可比。那兩個人會出現在這裡，可是那個存在親自透露給聖主的消息。你們現在明白了嗎？」

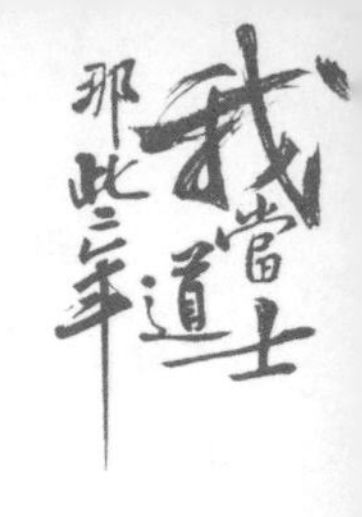

「是真有這事兒？」張正的聲音都變得顫抖了。

而我和師傅則是整個身體都在微微顫抖，看得見的明確敵人自然是可以防備的，甚至知道他們一些性格弱點，可以針對性的想一些對策。

可是這種看不見的敵人，甚至還精通卜算？想起都讓人內心顫抖……而且他是誰？瞭解我和師傅嗎？我和師傅的行蹤出現在這裡，到底是他出於對我和師傅的瞭解，得出的結論，還是通過那卜算之術得出的結論？

但是無論哪一種都對我和師傅是極其不利的，第一條對我們的瞭解就不說了，想想，這種瞭解建立在什麼基礎上？非得是熟悉我們的人才行啊！而隱藏在身邊的敵人不是最可怕的嗎？

如果是第二條，也相當可怕，修者原本就是逆天而行的存在，所以命運在一定程度上是「亂」的，不是說修者就沒有天道給出的命運，而是說修者原本就是想跳脫命運，才選擇修行這條路，所以命運的可能，也就是支流就更多，有時會有細枝末節脫離命運河流也不一定，所以算修者的資訊是普通人難度的至少十倍。

而修行的程度越精深的，那麼被卜算的難度也就越大，我和師傅怎麼說也不是「菜鳥」，再加上李師叔雖然已經去世了，但好歹承清哥也不會完全不做防備工作，我們的命格其實都被承清哥在竹林小築時，抽空用祕術遮掩了一番。

承清哥的功力在命卜二界自然算不上頂級，可是我李師叔卻是鼎鼎大名的存在，所以承清哥在年輕一輩中絕對也算翹楚……

這種種情況加在一起，如果有人用卜算之術算出了我和師傅的行蹤，那不是很恐怖嗎？

此刻已經是夕陽漫天，太陽就快落山，溫差原本就有些大的荒山野嶺也吹來了陣陣的涼風，也不知道是不是因為這樣，我越是想，越是身上發冷，竟然在後背冒出了冷汗。

我下意識的看著師傅，師傅也看了我一眼而若有所思的樣子，卻充滿了不敢肯定的疑惑。

我罕有的看見師傅的額頭也掛著汗珠……相信他也把事情深想了一次，得出了和我相同的結論！只可惜在此刻我們根本不能交流。

相比於我們的擔心，樹下的那些人可就是高興了，他們的話語絡繹不絕的響在耳邊，我和師傅都懶得去注意了，哪知道那個張正又冒出了一句話：「修者的資訊難以卜算，這是公理了！如果真的有這樣的人物，就算沒有戰鬥力，光憑藉這份能力，得到一個高地位也絕對不是難事。我自然是相信有這麼一個人存在，這種賭話你可不敢亂編……可是，為什麼這麼大一個消息，我叔父不知道，偏偏是你知道呢？而且怎麼那麼輕易的透露給我們？」

那個小隊長看了張正一眼，然後說道：「你們一個個都是有背景之人，為什麼偏偏我是這次行動的小隊長？我的消息管道自然比你們廣。至於為什麼敢透露這個消息給你們，是因為這個消息也不用再隱藏什麼了，在不久以後，聖主自然會親自宣佈這個神祕的大人的。知道了嗎？」

這個人要浮於檯面之上了？為什麼，隱藏在暗處不是更有利嗎？我和師傅面面相覷，百思不得其解……可是那個小隊長也知道的夠多了，再多消息他要是知道，我都會懷疑是某位聖王親臨了。

但是，聖王可都是活生生的人，絕對不會把自己弄成這般人不人，鬼不鬼的怪物的……

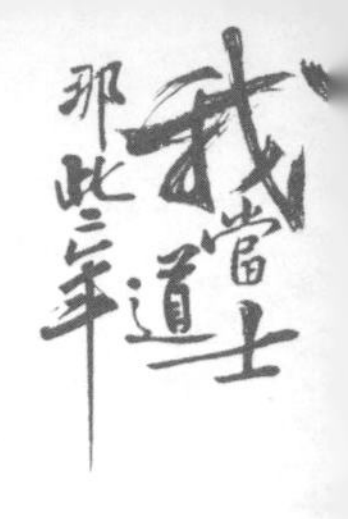

那個小隊長我觀察了一下，絕對不是人了，不是因為面具，而是因為吃東西，他竟然和一路看守我們的幾個人一樣，愛吃生食！

別的隊員都是吃生食，而他吃的竟然是一隻不知道從哪兒打來的血淋淋野兔。

之前，我不理解一路守護我們的幾個人為什麼煮東西都喜歡煮到半生不熟，現在才明白，那幾個人或者在我和師傅面前還特意壓抑掩飾了一下什麼的。

所以，這個小隊長應該不是人，更不會是什麼聖王親臨，只是一個有著深厚背景，卻懂得低調的不簡單人物。

顯然，我想到了這一點兒，那幾個隊員也想到了這一點，看向小隊長的表情就變得不一樣了，特別是那個張正，竟然從囂張變得有些畏懼起來。

但那個小隊長卻毫不介意的樣子，對張正說道：「如果不是想大家賣力，我自然也不會說出這些的。其實背景什麼的都無所謂，自己要有能力和功勞，才能在組織裡站穩腳跟……重要的是，在自己沒有強大之前要學會低調，這是我給你的忠告。」

說到最後一句話的時候，那個小隊長刻意的拍了一下張正的肩膀，顯然是一副不計前嫌，還提點張正的樣子……這個張正一下子就感動了，做出一副哽咽狀，嘰嘰咕咕的也不知道在說些什麼。

我和師傅已經無心去注意這一幕了，也更不在意這個小隊長刻意收攏人心，現在就開始在組織裡培養自己勢力的行為。

在得知了這個消息以後，我們自己就心亂如麻，更重要的是現在就快過去一個小時了，等下搜索開始，要怎麼脫身？就算殺人，也堵不上這些人的嘴，更何況在這些人眼裡，我和師傳已經被定為了不會殺人，只會帶來大功勞的人物。

而在樹下……

「好了，好了，不必過多的在意……」小隊長隨便安慰了張正兩句，然後正色道：「已經快七點了，大家精神點兒，為了大功勞準備出發了吧。」

就要開始了嗎？我全身的肌肉不自覺的開始緊繃，等一下是坐以待斃，還是主動出擊，可能就是我和師傅唯一剩下的選擇了。

畢竟他們如果不靠近這棵樹，我們還有一點點機會；如果開始搜索，他們……我心中苦笑，忍不住隨便的看向遠方什麼的，想緩解一下心中的壓力。

卻不想，在這個時候被我看見了一個意料之外，又是預料之中會有的轉機！

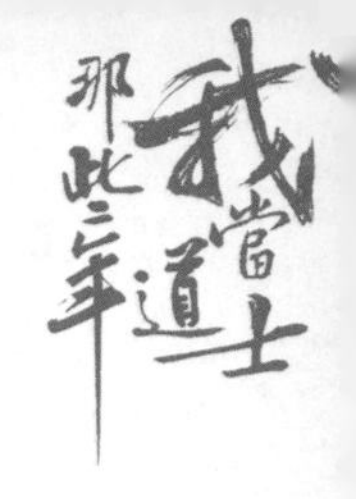

第三十七章　脫困

因為我看見在距離這些人不到兩百米左右的緩坡之上，有一條大型的巨蛇正朝著這邊以正常的速度游動過來。

這條巨蛇的身形是那麼的熟悉，黝黑的蛇皮……那不是曾經我在祕道中遇見過的那一條所謂「性格調皮」的老祖宗嗎？

小丁說過會給我們「保駕護航」，我沒想到他竟然把老祖宗給請來了。

我看見牠心中激動，因為老祖宗給我的感覺都是懶洋洋的縮在祕道裡的，如今忽然出現在這裡，一定就是來為我們解圍的，至於為什麼知道我們在這裡，恐怕只有以後問小丁了。

但同時我又有些微微擔心，因為我們當初逃脫就是依靠蛇群，老祖宗就算為我們解圍了，會不會有些此地無銀三百兩，楊晟還是會重點關照這片區域？

不過，有轉機總比沒有好，在樹下這些所謂的隊員已經開始陸續的收拾，穿衣準備出發了。

師傅和我的面色都有些微微激動，因為我看見了老祖宗，師傅在我小心的提醒下，也看見了老祖宗……我們知道關鍵的時刻就快到了。

「張正，這棵樹這麼大，我們按照老辦法，爬到樹上去看吧。」樹下，那個小隊長已經開始開口吩咐了。

「好！昨天我們也探查過這棵樹，還真是在這荒山野嶺也能算頭一份兒了。」張正在被小隊長收攏一番以後，態度已經殷勤恭敬了許多，讓人不得不佩服這個小隊長的手段，他不是一個簡單的人物。

可是我卻沒有心思去佩服他這個，只是在心中暗自僥倖……我之前還抱著一點點希望是他們會放過這棵大樹，原來對於這種「大型目標」，他們採取的辦法竟然是直接上樹搜索。

是啊，這種枝椏很多又枝繁葉茂的大樹，在樹下能看清楚什麼呢？

樹下，小隊長和張正的一問一答之間，這些隊員已經紛紛開始打開背上的行囊，拿出繩子之類的東西，看樣子是準備爬樹了。

也就在這千鈞一髮之際，一陣巨大的動靜傳來，調皮老祖宗終於現身了！

這聲動靜我覺得應該是老祖宗刻意弄出來的，之前牠爬行幾乎就是一點兒聲音也沒有……我不知道是不是蛇一旦有靈，爬行起來就算如此巨大的身軀，都會如此安靜……總之，我只知道老祖宗是刻意為我和師傅解圍。

這一聲動靜我和師傅在樹上聽見了，樹下這些人自然也都注意到了。

第一個看見老祖宗的人，忍不住驚呼了一聲「啊，蛇！」就再也說不出多餘的話！

這是我第一次直面老祖宗，畢竟在祕道中光線有限，所見的也有限，這時在自然的光源中，我這樣清楚的看見老祖宗，心中也覺得顫抖！

太大了……會不會有五十米？這個長度說出來會不會太過嚇人？說是一條龍，是不是也有人相信？我目測光是牠的腦袋就有半個人那麼大了……而且在牠刻意的「發怒」之下，腦袋

之下竟然出現了類似於「翼」的東西，簡單的說，就像眼鏡蛇脖子是扁的那種造型！

張口的大嘴和鋒利的尖牙，蛇眼中是陰冷而沉靜的目光……讓人看一眼就能感覺到一種莫名的壓力，這和在祕道中「逗」我的時候完全是兩個概念！

我想如果讓我陡然發現身後出現一條這樣的怪蛇，我的表現不會比樹下那個第一個發現的隊員好得了多少。

「快退！」相比於看見老祖宗驚慌失措的隊員們，那個小隊長就要鎮定許多，竟然在這種情況下還能喊出一聲快退。

可是退得及嗎？相比於我和師傅，老祖宗要乾脆果斷得多……在這些人稍微反應過來之際，張口竟然就吐出了一股透明的液體……我不知道這液體是不是毒液，但是在老祖宗噴吐出這種液體以後，空氣中竟然有淡淡的刺鼻味道。

我只是吸了一口，竟然感覺鼻腔火辣辣的疼痛！忍不住捂住了鼻腔。

而這液體的速度極快，在老祖宗的刻意控制之下，異常準確的落在了一個隊員的身上……

「啊！」那個隊員只來得及發出一聲慘叫，身上就開始發出「嗤嗤」的聲音，然後冒出大股大股的白煙，他一下子就開始在地上翻滾，連慘叫都再也發不出來，也不知道是不是嗓子受到了這種液體的「荼毒」！

我一轉頭，有些不忍心看下去，這液體無疑就是厲害的毒液了，我沒想到竟然有類似於「王水」的效果，那個被噴中的隊員竟然就在我們眼皮子底下被這樣「腐蝕」了！

是有些太過殘忍了，那些隊員包括那個小隊長在這種慘烈的氣氛下，都嚇得有些愣住了……在這種時候，不僅是我不忍心看著一個鮮活的生命被毒液迅速腐蝕得都露出了白骨，就連師傅也看不下去，微微別過了頭。

畢竟老祖宗還是蛇類，殺人對於牠來說可能就和捕殺獵物沒什麼區別……可能是因為「修行」的原因，牠不會輕易的造殺孽，避免以後的天劫會來得異常厲害，可是該出手時，牠可沒有人與人之間那種「憐憫心」。

但是又怎麼樣？有的人可能殘忍起來比蛇類更甚，至少老祖宗是乾脆俐落的殺死了這個人。

在反應過來之後，這些隊員開始鬼哭狼嚎一般的發出了慘叫，然後連方向都分不清楚的開始四散逃開，看樣子每個人都恨不得自己長出了八條腿，只要比別人跑得快就行了。

那個張正在這種時候竟然稍微保持了一些清醒，堅定不移的跟著小隊長跑，但是這種清醒恐怕也是他的極限了，他帶著哭腔邊跑邊說：「聽說不少小隊都遭到了蛇襲，我們為什麼也會遇見啊，不是特別的關照我們嗎？為什麼啊？為什麼？」

彷彿只有這樣喊才能緩解他的壓力，但是那個小隊長在這個時候也顧不上收攏人心了，只顧埋頭快速的在這山林中奔跑，可能因為已經不屬於人類的範疇了，他的奔跑速度比起那些隊員快上許多，漸漸就和張正拉開了距離。

而張正卻是哭喊得更加厲害，山林中迴盪著他一連串的為什麼。

不過，他們這樣的情況我和師傅自然是不會去管，可是這個張正的口無遮攔多多少少再次為我和師傅帶來了一些資訊，那就是這些所謂的搜索小分隊很多都遇見過蛇襲。

這讓我和師傅不得不感歎一句小丁的有心了，為了避免某種情況過於「突兀」，他竟然

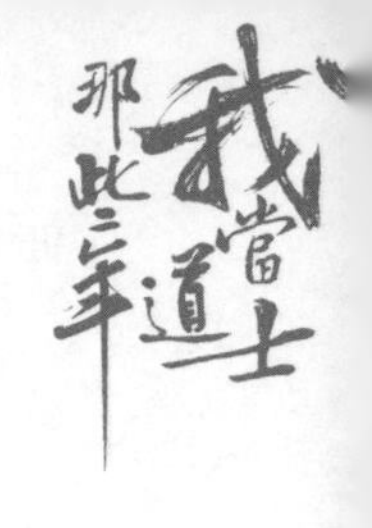

安排了這麼多場的襲擊，全力的保住我和師傅。

看來當年他爺爺對我師傅的承諾，小丁也是在盡心盡力的做！

可能是這個老祖宗故意的，總之在這些人跑了一定的距離後，牠才懶洋洋的開始追擊，這樣做顯然是為了給我和師傅脫身的機會，免得在這茫茫的山林中再遇見這些四散逃開的人。

其實牠可以果斷的將他們全殺了，但到底是一條修行已經到「蛇靈」級別的大蛇，果然還是不想造太多的殺孽。

只是簡單的行動就可以看見這老祖宗的智慧，我相信在那之後，牠一定會刻意的驅趕，將這些人趕出我和師傅將要行進的路線吧。

我和師傅在樹上等待著……這時太陽已經完全下山，天空漸漸變得灰藍，剩下最後幾絲白天的光亮，而剛才還喧鬧的山林也變得漸漸寂靜下來。

「走吧，承一。」師傅長吁了一口氣，大致確定了一下情況之後，這樣對我說道。

「那老祖宗真是厲害。」在緩過來以後，發現我只能說出這樣一句話了，這種毒液連樹下這個修者都沒有一點點抵抗能力，而且噴出之間又那麼迅速，不是厲害又是什麼？

「想想不管是我華夏的龍，還是西方的龍，在描述中都能噴吐一些什麼吧，華夏的龍可以吞雲吐霧，西方那個叫龍息！這條蛇靈的毒液帶有如此濃重的氣味，聞著都覺得火辣辣的，怕是……至少要到真正成蛟的範疇了。而且不是一般的蛟，蛟也分三六九等的。」師傅只是這樣給我解釋了一句，然後率先朝著樹下爬去。

我也趕緊朝著樹下爬去，蛟也分三六九等嗎？我想起了月堰苗寨的護寨之蛟，又想起了很多很多，真的發現這個世界太大，而我的眼界太小……

此時夜色漸漸濃重，師傅已經在樹下等我了，我跳下樹去，兩師徒再次在茫茫的夜色中出發，朝著未來的路上繼續的腳步不停。

但願，這種陪伴能夠持續到我時間的盡頭。

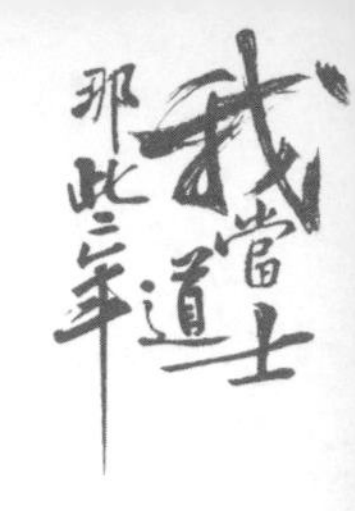

第三十八章　他出現了

在山林中穿行的日子，所受的苦也就不必一一細言了。

不過，換個說法，我和師傅也應該感恩，至少有了小丁的特殊藥粉，我們沒有受到山林中最常見的蛇蟲鼠蟻的騷擾，應該說光是這樣在山林中穿行的苦楚就少了一半。

而在老祖宗為我們解圍一次過後，我們也再沒有遇見什麼搜索小隊，我估計是我們大部分時間穿行在祕道的原因吧，是的，除了前五天，後面將近一個星期的行程，我和師傅幾乎都是在祕道中穿行。

至於這最後一次我們在祕道中待了幾乎兩天，才走出這條長長的祕道。出來的一瞬間，外面刺眼的陽光幾乎晃得我眼睛都睜不開，到底是流了好久的眼淚，我才適應了這種刺眼的陽光。

看看周圍，再次來到了一個陌生的地方，而師傅在我身旁打量了半天，忽然開口說道：「是了，差不多已經快走出來了。」

「師傅，你還沒看地圖，怎麼就那麼肯定？」說話間，我抓了抓臉，這將近小半月的時間，我和師傅都在山中穿行，吃上一頓熱的熟食都是一件奢侈的事情，更別提什麼洗漱的問題了，那是想都不敢想的事情，我們只想快點兒走出這深山。

所以，現在我和師傅的形象應該比乞丐還要糟糕，頭髮打結，滿臉鬍子，衣衫也破破爛爛，就是因為這種野人日子過太久，我感覺全身上下都癢癢。

「傻子，你看植被啊……靠近人煙的地方，植被總是要稀疏一些的，這是經驗之談。」師傅說話間也拿出了地圖，不是很肯定的樣子，也不知道他這經驗之談是不是扯淡？

「唔，不錯，翻過這匹山頭，咱們就應該到地方了。山下就是大路，就是我們的目的地。」師傅收起了地圖，忍不住一邊笑一邊說道，畢竟在山林裡穿行了太久，還是很想念人間煙火，這是人靈魂裡的本性，想要擺脫，太難。

師傅笑著，我也開心，忍不住跟著師傅傻笑……而我心底太渴望能吃個炒菜，洗個澡什麼的，一邊笑著一邊就拉著師傅朝著前方快速的走去。

這半個月習慣了翻山，所以就算沒有路的山路對於我和師傅來說也等若平常了，在刻意加快腳程的情況下，我們很快就翻過了這座山頭。

山頭下方就是一個緩坡，坡下是一條蜿蜒而行的公路，在公路的另外一旁是稍微緩和的窪地，間隔著稀稀拉拉的農家房屋。

我和師傅站在山頂上，見到這一幕就忍不住激動了，畢竟是久違的人間煙火啊。

激動的對視了一眼，我和師傅立刻就朝著山下跑去，至於跑下去要做什麼，到底是在公路上攔一輛車離開這裡，還是去農家小院休整一下，幾乎是全無計畫。

因為跑得太急，我和師傅都先後摔倒，然後順著緩坡翻滾了好幾次，要不是緩坡上的樹木擋著，我覺得我和師傅能一路摔到公路上去。

一切看起來都如此順利，可是在我心中卻莫名有種危險的預感，越是接近公路，越是如此，所以在我們要徹底出山之前，我一把拉住師傅，心中猶豫了！

「怎麼了？」師傅轉過頭，有些疑惑的看著我。

「師傅，我是因為靈覺出色，你才收我為徒的吧？」我很嚴肅的看著師傅說道。

「怎麼忽然提起了這個？」師傅原本想要與我說笑兩句，但是看見我嚴肅的臉色，知道我不是在開玩笑，他的神色也變得鄭重了起來。

「雖然這裡很安靜，我就是直覺很危險，師傅……在你離開以後，我的靈覺越來越靈驗，怎麼說……就是直覺危險的時候，沒有一次不應驗！師傅，我知道你計畫了很多事情，我們也快……」我也不知道怎麼和師傅說這種玄而又玄的感覺，只能著急的解釋，總之我的感覺就是不能靠近那條公路。

而且這種危險的感覺是越來越重。

卻不想師傅卻大手一揮打斷了我的解釋，很平靜的對我說道：「不用和我解釋那麼多，你是我徒弟，不管你靈覺是否出色……你說什麼我都是信的。如今，你說怎麼做吧？」

在那一瞬間，我心中忽然有了一種被師傅依靠的感覺，我也不再猶豫的對師傅說：「暫時不要靠近那一條公路，我們退一些，等！」

師傅竟然沒有反對意見，轉身就往回走，要知道此刻這條安靜的公路就在眼前不遠的地方，只要出山了，我們就能想辦法去湘西，師傅卻毫不猶豫的就退回了這個讓我們走到「吐」的荒山。

我很感激師傅這種無言的信任和依賴，只是這麼一個小小的言行，讓我心裡就像瞬間成熟了十歲，感覺到了肩膀上某一種重重的責任，而我終究擔負起來，或者這是比師傅身上更重的責任。

我們一路快速的後退，直到退到幾棵小樹和一叢亂草的凹陷處，我的內心感覺才稍安了一些。

「師傅，我們暫時藏在這裡吧。」我很果斷的對師傅說道，其實在這緩坡上，到處都是樹木的遮擋，根本就沒有藏身的必要，可我下意識的就這樣說了。

面對這麼「滑稽」的要求，師傅竟然也沒有半句反對的意見，很平常的就藏身在亂草叢中，也跟著鑽入亂草叢，然後趴下了，然後目不轉睛的盯著那條公路，下意識就告訴我應該這麼做。

說是亂草叢其實裡面還是荊棘叢生，雖然沒有蚊蟲騷擾我們，但那些荊棘的小刺扎在肉裡還是麻麻癢癢的，所以趴在裡面的感覺其實很難受。

但是我一直盯著公路，沒有任何的動作，師傅也就耐心的趴在我的身旁，頭頂的太陽毒辣辣的，六月的天，下午三、四點鐘的光景，汗水漸漸就從我們的雙眼滴落。

我很感謝師傅沒有問一個為什麼，而時間也沒讓我等待太久，大概十分鐘以後，一陣汽車行駛的聲音就傳入我的耳中。

聽見這個聲音我的心跳忽然加快……也不知道為什麼，這種心跳加快讓我有一種莫名的緊張，忍不住抿了抿嘴唇，手下意識的就抓緊了一叢亂草，握緊了它。

「怎麼了？」一直很沉默的師傅，看見我這個樣子，終於非常小聲的開口說話了。

「師傅，聽見汽車的聲音了嗎？我覺得只要那輛汽車一出現，那危險的感覺是什麼就有答案了。」這句話是我憑藉本能說出來的，但說出來以後就變成了一種肯定。

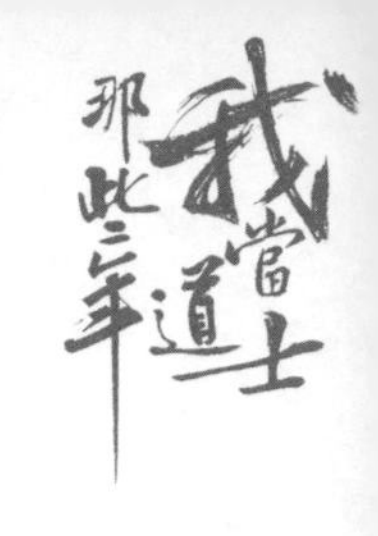

「嗯，應該是這樣。」師傅也給了我一種肯定的信任。

而那一輛汽車好像開得很慢，早就聽見的汽車聲，直到我和師傅簡短的交談完畢以後，這輛車子才出現在我們的視線中……一輛改裝過的大型黑色敞篷越野車。

當它出現在視線中，我的心跳就快到了一個臨界點，一眼就看見車子上坐了八個人，其中兩個人分別舉著望遠鏡，朝著這山上山下仔細的探查著，而另外幾個人看似無所事事的，但身上都散發著一股不尋常的氣息。

其中兩個我認得，應該是跟在吳天身邊的十大打手，不，現在應該是聖王了吧？這兩個人中，其中一個就是那個喇嘛，我記得吳天好像也很看重他，那一次出現，他僅僅站在吳天身後半步的位置。

另外幾個我不認得，但身上那種危險的氣息，僅僅是出現在視線中，都感覺雙眼被刺得生疼……當然，這其中少不了面具人。

如果說這些人我都不在意的話，那麼坐在副駕駛那個人，我卻不得不在意了，不要說別人，就是他一個人出現，我也會因此心跳加快的……因為坐在副駕駛那個人雖然用圍在領口的圍巾包住了臉，戴上了一副墨鏡，但是我怎麼也能認出他來——楊晟！

我沒有想到楊晟竟然親自出馬來到了這個荒僻的地兒，看起來我和師傅的面子還真大啊。

我的臉上忍不住浮現出一絲冷笑，而在公路上，楊晟忽然手一揮，車子竟然停了下來。

毒辣辣的日頭下，充滿了鳥叫蟲鳴的山林間，我聽見了自己「噗通」「噗通」的心跳聲！

第三十九章 應對之策

這樣的心跳聲只能說明了一個問題，那就是我很緊張，原本就很炎熱的天氣，在這樣緊張的氣氛下，我的汗水幾乎打濕了全身，已經非常髒的衣服貼在身上，讓全身上下更癢，可是這種情況下，我感覺到異樣的壓迫，別說去抓一下癢癢，就是連動都不敢動。

在這個時候，我感覺到了一道目光，眼角的餘光掃過，是師傅的目光，這目光中是徵詢的意思，就像要在我這裡求到一個答案，求得一個安心。

曾幾何時，不……就是不久之前，這樣的目光常常是我在無助的時候望向師傅的，我沒想到有一天，在這樣的情況下我也能感受到師傅這樣的目光。

這樣的目光就像在我肩膀上壓下了千斤重擔一般，卻又激發出我內心最堅定的意志，讓我瞬間冷靜下來，我覺得我長大了，師傅老了，終有一天，我將是中流砥柱，成為師傅的依靠，就像師傅那樣每一次都沒有讓我失望過的依靠。

幾乎是下意識的，我長長的吐了一口氣，手掌輕輕放在師傅的背上，我沒有回頭，小聲的對師傅說道：「他們會離開的，我肯定，現在重要的是，我們不要輕舉妄動。」

「不離開？退回祕道裡會不會更加安全一些？」師傅並沒有否定我的話，而是徵求性的給我提了一句意見。

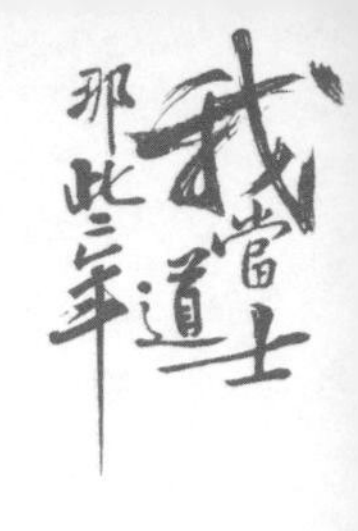

而我沒有立刻回答師傅，在最冷靜的思考以後才說道：「就在這裡吧，如果現在離開，反而是打草驚蛇的舉動，他們之中一定有人會發現。按兵不動倒是最好的選擇。」

「承一，你長大了。」師傅輕聲的說了一句，聲音甚是欣慰。

幾乎同時，我和師傅開始收斂了氣息，道家氣功最高的境界自然是胎息之境，我和師傅做為以術為重的老李一脈，根本不可能達到這個境界，就連龜息之境我們都不能長久的堅持。

所以我一直沒搞懂，在那個神祕的鬼打灣，師傅他們是如何做到入定那麼久的。

但是現在，我和師傅卻是同時選擇了龜息之術來收斂自己的氣息，在這樣的氣功之下，心跳、呼吸，甚至血液的流動都會變得異常緩慢，有功力的人自然還可以保持思維的活躍，不過初入門之人是絕對做不到這一點的。

我和師傅都不是菜鳥，自然還可以保證思維是「活」的，我們的氣息變得分外微弱，微弱到我們身上本來有藥粉的氣息，蛇蟲鼠蟻不近身，但在這個時候，一條慌不擇路的細蛇兒竟然從我和師傅的身上匆匆爬過，估計只是把我們當做了一塊有著難聞氣息的冰冷岩石吧？

我的目光緊緊的盯著楊晟，在我和師傅小聲交談的時候，他就已經跳下了車子，在車子旁邊來回走動，目光也時不時的轉頭朝著山上望一眼，然後他轉身對車上的人說話，由於距離太遠，我也聽不見他說些什麼。

總之，在他說話以後車上下來了兩個人，是那兩個舉著望遠鏡的人，開始用望遠鏡在山上搜尋，我下意識就埋下了頭，一下子把師傅的頭也摁了下來。

這樣躲在草叢中，我的眼睛除了眼前的雜草看不見任何的東西，龜息之下，我身上的熱度由於心跳的減緩，也慢慢散去……我心知肚明道術神奇，有人可以通過神念來探查人的氣息，我只是但願楊晟這一行人中，沒有這樣的人存在。

時間一分一秒的過去，我心中危險的感覺依舊沒有減弱，可是直覺告訴我是可以抬頭了，我讓師傅別輕舉妄動，然後自己慢慢抬起了一點兒頭，然後通過雜草的縫隙，看見那兩個舉著望遠鏡的人此刻正放下望遠鏡，走向在公路邊上正在來回踱步的楊晟，然後搖著頭，正在恭敬又小心的彙報著什麼。

楊晟的臉被圍巾包裹著，又戴著墨鏡和帽子，我根本看不清楚楊晟是什麼表情，會有什麼樣的情緒，但是我看見他好像在聽完兩個人彙報以後，看似隨意的踢了一腳車胎，那個車胎竟然被直接踢穿然後洩氣，一下子癟了下來……車身開始往一邊歪斜。

看起來楊晟是很火大的樣子。

這個時候那兩個人戰戰兢兢的，生怕楊晟的怒火蔓延到自己的身上，但楊晟好像沒有發怒到需要殺人來緩解自己的憤怒，只是好像吩咐了一句什麼，這兩個人就去拿車後的備胎去了。

然後楊晟轉身對著車裡的人說著什麼，那車上的人紛紛跳下來，目光都望向這座山上，看樣子是想到山裡來搜尋。

我輕輕吞了一口唾沫來滋潤乾渴的喉嚨，難不成第一次師傅這麼放手的依賴我，我就做出了一個錯誤的決定，那一刻我幾乎頹廢得想放棄！

是，這片山坡的面積是不小，搜索起來的工程量簡直可以無限的延伸，但是這也要看來搜尋的是什麼人？在楊晟的帶領下，還有兩個聖王，加上幾個其他全身上下充滿了危險氣息的人，這樣的隊伍一旦上山，找到我和師傅只是遲早的事情，而面對這樣的陣容，我和師傅就算

強拚，獲勝的機率又有幾分？

所以，這樣的情形我怎麼可能不自我責怪，外加有些頹廢？但師傅在我旁邊非常安靜，出於對於我的信任，他甚至連頭都沒有抬起來。

我強迫自己冷靜下來，沒有說任何的話，既然已經做出決定，我必須要相信自己按兵不動是最好的選擇。

在這樣的堅定意志下我的情緒終於稍稍緩和了下來，呼吸再次變得平穩，目光依舊輕輕落在楊晟一行人身上。這時，我看見之前一直在車上安坐不動的那個喇嘛下車了。

他緩緩踱步到了楊晟的身邊，然後附在楊晟耳邊說些什麼，他好像也是比較尊重這個喇嘛的意見，在喇嘛說了幾句之後，他竟然叫回了所有的人手。

在那一刻，我幾乎懷疑這個喇嘛是老天派來幫助我們的了，可是下一刻，我還沒有來得及鬆一口氣，就看見那喇嘛盤坐在車子的旁邊，然後雙手怪異的點向了兩旁的太陽穴，整個人忽然就如同老僧入定一般沉寂了下來，恍惚一看彷彿不存在於這天地間。

這是要幹嘛？我一時間猜不透，可是注意力全部在這喇嘛身上，一個意識彷彿在告訴我，閉上眼睛來感受。

我下意識的就遵從了自己的意識，心思全部放在那個喇嘛的身上，然後緩緩的閉上了雙眼……我以為自己需要開天眼，在這種時候卻感覺自己的眼前先是一黑，然後靈覺變得分外敏銳。

我知道如果開天眼就會破壞這份靈覺的敏銳，所以盡量保持平靜的心態慢慢去感覺，漸漸在靈覺的思感世界裡，我好像感覺到了那個喇嘛的存在。

我感覺一股股的神念從他的身上分離而出，然後蔓延成一片片的，最終形成一個十平方米左右的「神念之觸」，緩緩的朝著這片山坡探尋而來。

竟然真的讓我遇見了這樣的事情？我猛地一下睜開了眼睛，原本就彙聚在額頭上的汗水，終於形成了一顆顆的汗珠，滴滴滾落在了身下的泥土裡……我原本應該欣喜，我第一次這樣運用靈覺，可是這糟糕的處境如何讓我欣喜得起來？

有了第一次這樣的開發，靈覺好像變得更加敏銳了一些，這下我甚至不用閉上雙眼，都能感覺那個喇嘛的神念開始一點點的探尋著這片山坡，進行到了什麼地方。

從施展這個祕術以後，這個喇嘛的神情也變得有些嚴肅吃力的樣子，這種祕術在輝煌的上古修者年代，被描繪得神乎其神，就是強大的修者在瞬間就可以釋放神念，搜索一片地域，根據功力的強弱，搜索的地方可大可小。

我知道歷史從來不乏誇張和人為的主觀意識，但我至少也明白，這個喇嘛施展這種祕術還是非常吃力的，趕上古的修者差遠了。

可是那又如何？我很懊惱，就算這是半吊子的祕術我也無法破除，要怎麼解決如今的困局？

但在這時，在我的意識深處卻響起一個冰冷的聲音：「哼，如此強大的靈覺，竟然怕這四不像半吊子的祕術，真是讓人失望。」

這冰冷的聲音我太熟悉了——道童子！

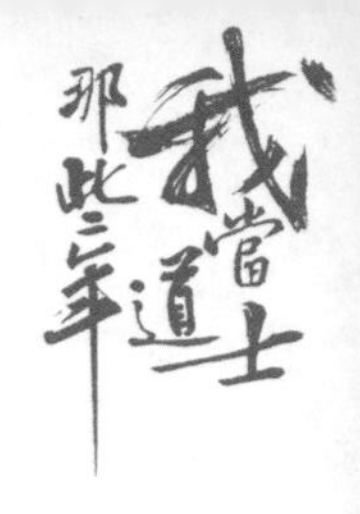

第四十章　道童子的術法

我對這個道童子沒有半分討厭的感覺，即便知道如果他徹底出現的時候，就是陳承一本來的意識灰飛煙滅的時候，我也生不出什麼討厭的感覺。

因為他說話雖然討厭甚至有些不近人情，但事實上他每一次出現都是在幫我，我甚至有些明悟，在竹林小築恢復的日子，我差點就死掉了，在那關鍵的一瞬是道童子的意志拉回了我。

從根本上來說，他其實就是我，我亦是他的另外一個折射，所以從這一點上來說，我也很難對他有什麼負面情緒，就像人要真的討厭自己，很難很難，就算做錯了什麼事情，對自己責怪，也很多時候是一時的情緒。

道童子對我說話沒有客氣過，一開口那意思不是諷刺就是責怪，總之變著花樣覺得我無能。

他這麼輕描淡寫的一說，我很想大罵一句，你行你來啊……但到底自己罵自己很奇怪，也就忍著了。

可是我忘記了一點，道童子的意志一旦出現，就是融於我的靈魂，什麼話我不說，就是在心裡想，他也知道……所以我這種忿忿不平的想法，他當下就知道了，很是輕蔑的「哼」的一聲。

刺激得我……沒辦法，只能把手中的雜草握得更緊了一些！

「在當世的修行，很少有神念修行的概念了，所以涉及到神念的術法，總以為是什麼了不起的事情。可是你做為我的後世，在這世間不說是靈覺第一人，但也絕對是頂級人物。從某一個方面來說，靈覺就是神念的基礎，你如何要怕他那個半吊子法術？」因為深知道童子的秉性，我索性不和他做口舌之爭，果然他也就很快說出了他的答案。

我其實也不知道我為什麼會深知道童子的秉性，我們這種「接觸」，應該算是接觸吧，根本就沒有幾次，但我就是那麼肯定。

而道童子果然也是按照這個步調說話的。

「你既然知道很少有神念修行的概念，那你說什麼廢話？靈覺再出色，也還是靈覺，難道還能當做神念用？而且我不會任何神念的法術！」這種熟悉的親切讓我和他說話也是毫無顧忌，他說得倒是輕鬆，可是關鍵是要做到什麼啊。

「哼，無知！」道童子輕鬆的甩了一句這種話出來。

我乾脆以頭撞地，直接發洩了一般，忍住了心中想要大罵他的想法，能不能不這樣啊，先裝逼裝夠了，才說個解決的辦法？

道童子估計也是站在制高點的位置站爽了，這才說道：「如此出色的靈覺是可以當做神念來用的，臨時磨刀的辦法雖然不至於讓你的神念就出色了，但是集中一點兒來抵擋他這種半吊子的神念感應術是完全可以做到的。」

道童子一副不屑的口吻，我想我已經習慣了，稍微感應了一下，感覺到那個喇嘛的神念

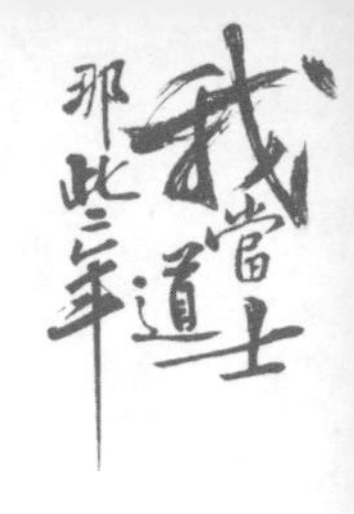

搜索範圍已經離我們很近了，我終於是急了，在心裡大喊道：「怎麼辦你倒是說啊，不知道救人如救火嗎？」

「救人不救人與我有何關係？這人要是活得下來，是自己的緣法，非我去救，這人要是活不下……」道童子的聲音越發平靜，可是在我看來也是越發裝逼。

「你能不能不囉嗦，你理解的道法自然就是這樣？我覺得要放現代社會，你就一個死讀書的破孩子，虧還說自己對道的追求到極致……我看你根本就是不懂自然的含義，你去救也是他的緣法，你可懂？算了，現在解釋不清楚，快說！」我忍不住破口大罵了幾句，在這個時候，我忽然有些明悟前世的我為何會有今生的輪迴，顯然對道這一詞的理解，無意中走上了一個偏激的極致，刺激得我忍不住破口大罵。

就因為他是我自己，說出這種看法，在這危機的極致我也是忍不了。

我以為道童子又會來不屑的辯駁我，卻不想他此刻卻分外沉默……過了一會兒，我竟然腦中自然就有了應對的辦法，如何運用靈覺來抵擋神念的搜索。

這種不需要我仔細去讀，就像自然刻畫在我腦子裡的。

我太明白這種事情也不是我「取巧」了，因為道童子就是我的前世，就像他賦予了我前世的記憶，我會這樣一個術法，就是自然的事情。好比，前世是個音樂天才，後世對音樂的理解和掌握自然就異常快。

簡單的再說就是，這是記憶，甚至不需要我去研讀學習。

在知道這個辦法以後，我的臉色瞬間就變得古怪了……靈覺竟然可以這樣運用，這不是自欺欺人嗎？可是神念的搜索距離我和師傅已經不到一百米的距離了，按照這個喇嘛搜索的速度，最多不用一分鐘就要過來了。

我只能一把拉住師傅，小聲跟他說道：「師傅，無論發生什麼，不要反抗也不要動。」

說話間，我就按照道童子所給我的方法，開始慢慢釋放自己的靈魂力，均勻覆蓋在我和師傅的身上，在師傅那裡，靈魂力甚至要微微入侵他的靈魂，覆蓋到表面一層。

這也就是我叫師傅無論發生了什麼都不要動的原因。

按照道童子所教授的辦法，靈覺這種東西如果不按照神念這個方向去修，單獨剝離是很困難的，但是萬變不離其宗，靈覺是蘊含在靈魂力一種的一種力量，我首先做到的就是要釋放它。

接下來，配合上特殊的口訣，我需要存思……這個存思，就是讓我面色古怪，然後覺得是自欺欺人的想法來源。

因為必須配合想像，想像自己是一個什麼。

說白了，道童子教我的辦法，是一種利用靈覺掩蓋自身的辦法，原理就是靈覺強大的人可以很大程度的影響他人，就好比在現實生活中的普通人，如果是靈覺稍許強大一些的，很容易就把靈覺一般的人帶入自己的喜怒哀樂，很多人是有過體會的。

而修者的靈覺普遍都比現實中的普通人強大太多了，倒不是上天眷顧修者，是因為修者是要修靈魂力的，在這其中靈覺就會跟隨著不知不覺的強大，所以這種帶來的影響更大一些。

就好比靈覺本質是一種強大異樣化的精神力，和精神力不同的是，它有著對未知的特殊感應……但又沒有消除精神力對他人影響的本質，甚至更加強悍。

精神力不能化為靈覺，但靈覺從某種程度上來說是更為強大的精神力，只不過它是朝著

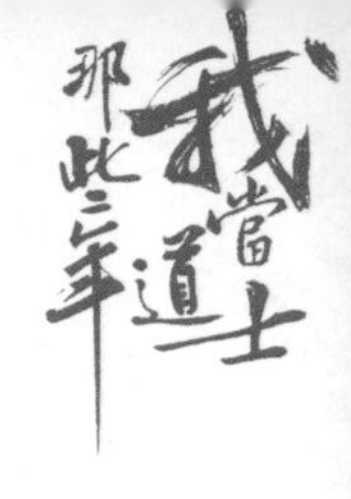

神念方向去修的，這個幾乎已經失傳。

我必須用我的「存思」去影響他人，這就是這個術法的本質。

我在心中暗自的腹誹著，但在下一刻絲毫不敢馬虎，配合著特殊的口訣，在我的存思世界裡，我不停的想像著我和師傅都是一塊雜草中的岩石。雖然我自己認為這也有點兒扯淡。

漸漸的，我就感覺到我和師傅真的化為了兩塊雜草中的岩石，寂寞卻也不懂寂寞，只是滄桑孤獨的立在這裡。

慢慢的，那個喇嘛的神念接近了，而我在存思的世界裡絲毫不受影響，只是覺得坦然的在面對，我就是一塊岩石，那個喇嘛的神念已經接觸到了我和師傅。

師傅只是紋絲不動，他沒有我這種靈覺，自然是感應不到喇嘛神念的靠近，只是本能的聽我說的，發生什麼都不要有動靜。

而我感覺到那股神念掃過身體，卻也只是覺得稀鬆平常，我甚至能感覺到那股神念其實很薄弱。

也不知道是過了多久，一分鐘還是兩分鐘，那股神念漸漸就遠離偏移到了其他的地方……我才按照這個術法解除的咒語慢慢退出自己的存思世界。

因為道童子留給我的記憶特別說明了，不能強行退出術法，人會受到比較強烈反噬，最糟糕的結果就是真的把自己當成什麼了，簡單的說，就像精神病院裡的病人，會老覺得自己是隻貓，或者是個什麼一樣。

待我完全解除術法以後，我長長吁了一口氣，感應了一下，那股神念已經遠離了我們將盡兩里，看看山下，那個喇嘛全身都開始抽搐，估計已經快到他的極限了吧。

「師傅，這一關我們混過去了。」這也算是徹底的解除危機了，我小聲的對師傅說了一句。

「嗯。」師傅的表情平靜，他相信我是真的做到了，然後卻還是忍不住追問了我一句：「你是怎麼做到的？」

「是道童子……道童子忽然又出現了。」我對師傅自然沒有什麼隱瞞的，但是說起這個的時候，我也面色古怪，只因為那層薄膜出現以後，我一直能在靈魂裡感應到。

那薄膜明明就還在，也沒有任何的裂痕，道童子是如何出現的？

「道童子？」師傅的臉色一下子變得異常難看，然後下意識的抓住我手臂，說了一句：「承一，你……」

說完這句話，師傅就再也說不出多餘的話了，因為這個時候連他的手臂都在顫抖。

「師傅，我是陳承一，好好的陳承一！這事兒太奇怪，現在不是說話的時候，我到時候給你詳細說吧。」的確，儘管已經混過去了最危險的一關，但楊晟他們還在這裡，現在不是說話的時候。

師傅看了我半天，終究還是妥協的點了點頭，然後和我一起注視著下方。

在這時，那個喇嘛終於熬不住了，悶哼了一聲收回了術法，然後一個起身站起來，就扶著車子開始嘔吐，不管是靈覺、神念、精神力都和大腦有關，這種事情是會給大腦造成極大負擔的，嘔吐是再正常不過的事情。

楊晟就等在那個喇嘛身邊，等喇嘛稍微好了一些，楊晟開始和他談話，喇嘛對楊晟說著什麼，楊晟不停的轉頭朝著山上看來。

最後喇嘛好像比劃了一下，大致應該是他搜索的範圍，然後就坐上車去休息了，而楊晟則是站在車下，久久的看著山上，也不知道是在思索著什麼。

這個時候我反而沒底了，難道還沒有混過去，楊晟發現什麼了？

第四十一章 英雄漢的尷尬

我的心情又陡然緊張了起來，但安慰的是心中那股危險的警兆卻是慢慢淡去了。

而在山下楊晟起碼停留了五分鐘，一直在朝著山上張望，他的臉都看不見，按說我也不知道他到底是什麼情緒，但是我分明就感覺到他在張望的過程中充滿了某種疑惑猶豫的情緒。

最終，楊晟還是一個轉身上車走了，但是在上車前的瞬間，他忽然又轉身，朝著山上望了一眼，這一眼讓我心驚膽顫，因為我感覺他分明就是朝著我和師傅藏身的地方看了一眼。

在那一刻我心中危險的警兆也大起，頭也忍不住低了一低。

但楊晟到底轉身上車了，已經換好了車胎的車子再次啟動，朝著公路的另外一頭駛去，而車上那兩個帶著望遠鏡的人依舊在舉著望遠鏡四處張望。

這是一條蜿蜒曲折的路，我和師傅所在的位置是制高點，我一時間根本不敢輕舉妄動，直到車子轉過了一個大轉角，根本就不可能再看見我們之後，我才從草叢中站了起來。

師傅看我站了起來，也跟隨著我一起站了起來，拍打著身上的草屑，問我：「安全了？」

我心中一片平靜，根本沒有任何危險的預兆，於是對師傅點了點頭。

我們沒有多餘的廢話，不約而同的朝著山下衝去，畢竟楊晟一行人是開著車子，應該是

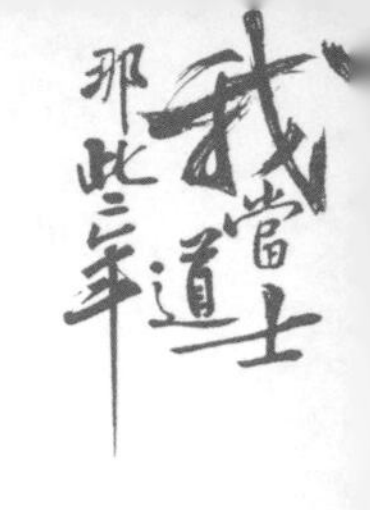

在這一帶搜索，保不定什麼時候會回來，我們必須抓緊時間。

「師傅，我覺得我們暫時不能在公路上走，先去那戶人家吧。」我指的是山對面那片窪地，稀稀拉拉的房子中的一棟。

「好。」師傅回答得分外簡潔。

呼呼的風聲從我們的耳邊吹過，而我和師傅比之前更加狼狽，幾乎是連滾帶爬的下山，而我乾脆是直接跌坐在公路上然後再爬起來，一刻不停朝著那片窪地跑去。

這樣讓我難免心中苦笑，看看吧，我們被楊晟逼成了什麼樣子？而終有一天，我們還得最終面對他。

那片窪地的路比山坡上好走多了，畢竟有人煙，就有那種不規則的小路，但是我和師傅跑得更加緊張，因為這裡不像山坡還有一個遮擋物，我們生怕在跑動的過程中，楊晟一行人一個調頭，又開著車子回來了，那是一種無法形容的緊張。

好在一路有驚無險，我和師傅終於跑到了那棟房子面前，我們一個閃身轉到了屋後，按照我們的身體素質，在這樣瘋狂的奔跑下，都忍不住「吭哧」「吭哧」的大喘氣，累到雙雙呈大字型的躺在地上，話都說不出來。

這樣過了幾乎快三分鐘，我們才稍許恢復了一些，然後同時坐起來，忍不住笑了起來，但是怕驚擾到屋子裡的人，不敢盡情發洩這樣的情緒。

只有經歷過一次次危險之後逃生的人恐怕才能體會到這種喜悅。

笑過以後，師傅的神色卻是在第一時間變得疑惑起來，低聲地說道：「按說楊晟應該是殭屍，接近或者已經屍王的身體了，而靈魂一向是殭屍這種東西的弱點，還需要特別的養魂，可是這一次……」

師傅的眉頭緊緊皺了起來，是在思索。

而我毫不猶豫的接口：「師傅你是想說，可是這一次他好像靈覺很強大的樣子，對不對？我也有這種感覺，就是楊晟察覺到我們躲藏在那片山坡，才會搜索得那麼認真。因為後來車子離開，經過了那麼大一段距離，反而他們是慢慢開過去了。」

「是啊，這感覺太過奇怪了，楊晟在之前的接觸中，我也沒有感覺到他有這本事啊。」師傅拿出旱菸，想抽兩口，可惜他身上已經沒有菸葉子了。

我習慣性思考的時候想摸出香菸，卻也發現身上哪裡還有什麼香菸，在山裡待了那麼久早就沒有了。

「嗨……」師傅歎息了一聲，收回了旱菸，我也只能訕訕的收回了手，吞了一口唾沫說道：「可是，師傅你不要忘記了，楊晟身邊有一個神祕的精通卜算的人啊。」

我只能把原因歸結為這個，但師傅搖頭說道：「不是卜算，絕對不是卜算。如果說卜算出大概，讓他親自在這條路上巡邏，我還信，畢竟異常精確的卜算修者的事情，這簡直是不可思議的。但是，你沒發覺楊晟那情況好像是自己有感應嗎？那這就說明了他靈魂強大起來了，他……」

師傅的聲音漸漸變得低沉起來，慢慢就低不可聞了，而我也抓著腦袋，陷入了思考……忽然我和師傅同時抬頭，幾乎是異口同聲地說道：「天紋之石。」

事情的關鍵當然不是天紋之石，而是天紋之石裡鎖著一個昆侖殘魂，如果說楊晟的靈魂變得強大了，一定是與這個有關吧。

但具體是怎麼有關係，我和師傅卻是想不出來。

有時覺得世事是異常神奇的，像是科學解決證明不了的問題，就比如說精神力、心靈的力量，甚至是靈魂，玄學之人卻能具體感應到，甚至去解決這一方面的問題。

而像昆侖留下的一切，至少修者圈子裡的人不甚在意，就算在意也不知道怎麼運用，竟然被楊晟利用科學這種學術，然後……其實我也不知道是然後怎麼了，至少楊晟做到了我們不敢想像的一幕。

我想起了路山給我講的那個故事，地下的實驗室、神祕的蜥蜴，然後變異的科學家……楊晟手中還有他老師的筆記，一定極其珍貴吧。

「算了，不要想了。我們這個樣子恐怕要想辦法解決一下了。還有……」師傅看著我，面色變得有些古怪起來，還頗有些不好意思的樣子。

「什麼？」我抓抓有些癢的頭髮，能明白師傅指的是我們這個樣子，到哪兒都會被認成是乞丐吧。而藏區茫茫之路，我們總不能一直這個樣子去吧？

至於師傅不好意思說的事兒，我確實不知道是什麼。

「那就是，承一，你身上有錢嗎？」師傅憋紅了臉，才說出了這一句話。

「啊……」我下意識的在身上翻找起來，可是哪裡有錢的影子。其實大家在一起還好，就像承清哥、承心哥，特別是承真師妹，他們都是「圈錢」機器，我們以前為尋找之旅弄來的錢大多就是他們賺的，甚至現在還剩下不少。而我是不管錢的，而這次和師傅出來，是在那樣被逼迫而且還沒收拾行李的情況下，我身上怎麼會刻意的裝錢？有也是一些零錢……可是這些零錢也神奇的失蹤了。

說是神奇，其實也不難想，我們在山裡奔波了那麼多天，錢在什麼時候失落了也不一定……而且我們衣服破破爛爛，衣兜都不知道什麼破了，這也是錢會掉的一些原因。

不過掉與不掉，關係都不大，因為也就是幾十塊錢零錢……無論如何也支撐不到我和師傅去到藏區！何況雪山一脈隱藏得那麼深，至少我知道要走一段無人區的路，我和師傅該怎麼去？

如果是一路乞討過去，這需要花費多長的時間？我的臉也一下子脹紅了，這些年四處奔波，我根本就沒怎麼考慮過錢的問題，總覺得這個與我基本上沒有多大關係，如今和師傅面面相覷，才知道一分錢難倒英雄漢。

「哎。」師傅歎息一聲，站了起來，對我說道：「無論如何，問人家討口水喝，討點兒飯吃吧。運氣好，看能不能弄兩身舊衣服，也好過現在這野人一樣的樣子。」

「嗯。」我也跟隨著站了起來，卻覺得這屋子清靜得要命，總之我在心裡打定主意，這種開口求人的事情還是交給師傅吧，他經驗十足，以前小時候在我們村，他就這副「德性」了。

師傅已經朝著屋子的院子走去，我跟在師傅身後，可是剛走兩步，我忽然感覺到天旋地轉。

第四十二章　再現

忽然的天旋地轉並不是因為我要暈倒或者別的什麼，而是因為靈魂忽然傳來的劇痛，這種痛來得太過猛烈，我又在走動當中，自然覺得天旋地轉。

這種劇痛我並不陌生，因為在上次在深潭旁邊我就體會過了一次，我還記得那一次在劇痛中好像還看見了莫名其妙的幻覺。

我並不知道為什麼會出現這樣的情況，一下子弓下了身子，就算是這樣，我覺得身體也不足以支撐我站著，「噗通」一下趴在了地上，但還是下意識叫了一句：「師傅……」

劇痛讓我的視線模糊，我看見師傅一下子轉身……接著意識都因為劇痛而一片模糊，什麼都不清楚了。

再一次，我感覺自己身處在了一個陌生的環境，好像是站在一個類似於古時候書院的建築之外，目光所及之處是一片蒼翠的青山，我模糊的知道是在半山腰的一片建築當中。

在耳旁，悠悠的鐘聲餘音尚在，我竟然清楚自己是剛做完了必做的早課。

我覺得這個類似於古時候書院的地方，有一種特別的韻味，和現代的道觀也不同，裡面特別供奉有三清泥塑，或者是別的神仙……就是一個非常簡單的飲食起居，清修的地方。

至於為什麼知道這些，我沒有去深想，只是感覺到這裡空氣微微有些冷冽，但是卻充滿了一種異樣的靈性。

我很想去那類似於書院的道觀看看，卻發現身體並不受我的控制，只是在書院門前站了一會兒，就邁步開始前行。

我能看見的只是這是一個清新的清晨，薄霧藹藹……東方暈開的微紅，空氣中已經有陽光的味道。

山路蜿蜒曲折，我身穿青袍踱步其中，而隨著山路的每一轉，風景都各有不同，時而是奇峰險峻，時而是小溪潺潺，時而是瀑布激騰，再時而雲霧混合著霧靄，似乎是仙鶴的鳥兒飛過，讓人眼睛也看不夠。

我心中認為這才是華夏應該有的山水，鐘靈毓秀，而山腰上的那些華夏古風建築物才真正的和這些山水相形益彰，我其實特別不懂為什麼華夏人會放棄古風建築，我覺得那才是華夏的味道啊。

這裡莫非是仙境？越走越我是發現，我是多麼的嚮往這個地方……可是，走著的那個我卻淡定非常，只道是尋常。

我也不知道「我」到底要走多久，直到大約走了大半個時辰，我終於停了下來。

這是一片山谷平地，綠草茵茵，一條清澈的小溪穿流而過，在整塊草坪上有一棵鬱鬱蔥蔥，看起來充滿了靈氣的大樹……非常清新淡雅的地方，而我就停留在這裡，然後若有所思。

我根本不知道自己思考的到底是什麼？因為我根本理解無能……只能從那速度快得不可思議的思考中，我能大致知道是一個高深的道術，僅此而已。

搞什麼，跑到這裡來思考道術？我這樣想著，那個我身形卻已經動了起來，行雲流水，

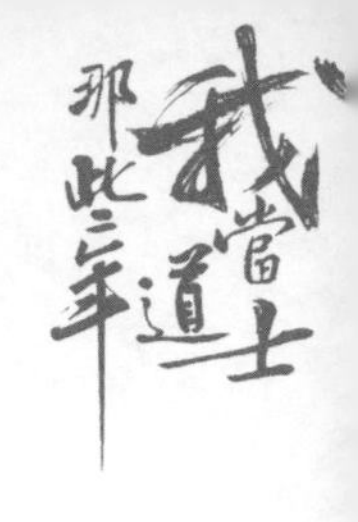

飄逸靈動，步伐之間絲毫生澀都沒有，我再傻也能感應到這是在踏動步罡，我只是沒想到步罡竟然還能踏成這樣，瀟灑而帶著一種奇特的韻律之美。

其實，就我個人來說，老覺得踏步罡的動作只要稍微一誇張，就很像跳大神！民間提起道士就覺得是跳大神，恐怕就是這麼來的。而我又很不想說，跳大神是巫家之術。

但這樣的胡思亂想我很快就停止了，只因為隨著步罡的進行，我做為一個道家的弟子也很快被這高深的步罡所吸引了，沉浸其中，雖然我不知道這步罡所對是何術，但只是感受到這種踏動步罡的節奏，都讓我覺得受益匪淺。

「唔……」就在自己感應到這步罡快要踏動到一個極致，就等著爆炸開來，引動術法的時候，「我」自己忽然停了下來，再次陷入了某種思考。

這讓我非常著急，就像是砌一棟房子，已經砌好了全部，只等著上漆，就能看見一棟嶄新的房子了，卻忽然停了下來罷工的感覺，這感覺能讓人舒服嗎？

所以這一次，「我」思考的時候，我也靜靜的，儘管不懂，也完全沉浸於術法之中，只想等待著有一個結果。

這思考是那麼的入神，直到身後響起了一聲輕微「咦」，我才猛然回過神來。

記憶中彷彿又蔓延起了層層的霧氣……在霧氣之中，一個身影施施然朝著這邊走來，儒衫白裙，臉上蒙著一層輕紗，一雙眼睛卻分外明亮，充滿著打量的好奇，看起來來人並不想掩飾這種情緒。

是她？在對視的一瞬間，我就想起了這雙眼睛，因為我想起了那一場我以為是幻覺的情景，那一雙哀傷絕望到極限的眼睛，不就是此刻這雙眼睛的主人嗎？

只是此刻的她充滿了好奇，而這種情緒卻反而顯得她的眼神更加乾淨，因為只有孩子才會毫不掩飾自己的情緒，可是來人顯然並不是孩子，這一次我看清楚了她是一個女人。

忽然的發現讓我想驚呼一聲，上一次不是要鬥法嗎？這一次為什麼會充滿好奇的出現在這片草坪之上？我覺得我有很多的話想說，對這個女人有一種天然的好感，可是那個我卻是微微不耐的皺了皺眉頭，心中的情緒顯然是不滿思考術法被打斷了。

可是那個我儘管心中不快，卻是不忘禮節的，似乎是分辨出來來人並非「惡」人，所以點頭施禮，卻是做得極好。

但來人卻是沒有還禮，反而繼續好奇的打量著我，她彷彿無視了這個禮節，只是忽然開口：「看你的打扮，應該是那邊道觀的童子。怎麼是跑到這裡來了，這裡是屬於我們的地方呢。」

她說話也是極為直接，沒有什麼多餘的禮數，感覺是想問什麼就問了，但是是人都能感覺到她沒有惡意，有的只是自己情緒單純的表達，好奇而已。

而我卻又是讓人不察的微微皺眉，然後平靜地說道：「不知冒犯，小道退去便是。」

「喂，但是你還沒有回答我，你來這兒幹什麼呢？」來人似乎不依不饒，總是想知道問題的答案才甘休。

可我似乎已經不怎麼想回答，但又覺轉身就走有失道觀顏面，只能耐下性子說道：「小道天一子座下童子，來這裡只是因為這裡清幽，悟道習術不會被過多打擾。卻不想，無意踏入了慈心齋的地界，小道這便退去。」

說完我有一種如釋重負的感覺，匆忙施禮轉身就要離去，卻聽見身後噗嗤一聲笑聲。

不知道為什麼，我習慣性的就歎息了一聲，在這如夢似幻的場景裡，我彷彿從這聲笑聲中就聽見了某種叫做糾纏的東西開始蔓延，如果不想要這種糾纏蔓延，我下意識的覺得應該邁步快速離開。

卻不想一向冷靜淡漠的那個「我」卻微微有一絲很小的氣惱，偏偏是停住了腳步，轉身，語氣稍微有那麼一些不淡定的問道：「妳笑什麼？」

「我笑你啊，我只是問你在這裡幹什麼，你卻連你是誰，是誰座下都說個一清二楚，你說是好笑不好笑？我就說呢，這隔山的道觀弟子一個個嚴肅得緊，一舉一動都一板一眼，怎麼會跑到別人的地界上去，看來果真你是不知道，也跟一塊冷冰冰的石頭似的。」那個女孩子說這話的時候，眼睛真的瞇了起來，眼神就盡是快樂的光芒，純淨得沒有一絲雜質。

「那便就是石頭。」「我」古井不波的心中，不知道為什麼卻是一再被這個女孩子挑起些許的情緒，儘管這個情緒只是小小的氣惱。

「呵呵，你是生氣了嗎？真好玩兒……既然你都那麼坦白，我也告訴你吧，我叫魏朝雨，慈心齋一蓮上師座下弟子。你還會再來這裡嗎，小石頭？」她的眼睛還是笑咪咪，快樂依舊是那麼直接。

我卻不知道為什麼，瞬間就被一股劇烈的心痛攪動著心臟，連呼吸都不順暢了。

我叫魏朝雨……我叫魏朝雨……你還會來這裡嗎？你還會來這裡嗎？

我的耳邊反覆縈繞的彷彿就只剩下這些，然後眼中的幻境竟然開始片片的碎裂開去……

而師傅的聲音開始出現在我耳邊：「承一，承一……」

第四十三章 出行

師傅的聲聲呼喚到底是把我從那夢的幻境中喚醒了過來，而在我迷茫睜眼的剎那，我的眼前彷彿還飄動著一片片破碎的記憶碎片。

記憶碎片，原本多麼抽象的四個字，如今卻那麼真實的破碎在眼前，就算清醒，都能看見它們零落的樣子，這種抽象的體驗根本無法與他人細說，就包括師傅。

我的靈魂此刻已經擺脫了那種劇痛，但就像強烈的劇痛過後，總還會餘下一些淡淡的抽痛，時不時的讓我難受一下。

不過和上次昏迷之前那種強烈的劇痛比起來，這種時不時的小抽痛已經算是幸福了。

我的意識漸漸開始清醒，在這種時候，我還以為看見的是幻覺那就是傻了，這應該是道童子的記憶吧，為什麼他的記憶中總是會伴隨著那雙眼睛的主人，就是那個叫做魏朝雨的女人？

他是有意的讓我看見這段記憶嗎，還是什麼別的意思？而夢中的地方又是什麼地方，傳說中的仙界？

我想不明白這些事情，索性就不想了，今生都是麻煩不斷，如今更是狼狽，誰又有心思去管前世的事情？況且我還和師傅陷入了最世俗的問題——錢的問題。

鼻端傳來的是一股股的黴味，我這時看見的是師傅關切的臉，還有就是周圍顯得灰塵氣味很重的背景，陽光斜斜的照進來，我還能看見灰塵在陽光中飛舞……

「師傅，我們在哪裡？」我開口說話了，至少能思考，能說話，就是在給師傅傳遞一個資訊，我現在沒事。

「剛才怎麼回事兒？」師傅沒問我現在沒事兒嗎？反而問我剛才怎麼回事兒，就顯然收到了我傳遞的資訊，這是一種默契，不用囉嗦的言明。

「我要是能知道就好了，應該是每次道童子出現的後遺症？」其實我也不敢肯定這種說法，上次在深潭邊至少就不是因為道童子出現了，而是……而是因為我想起了如雪。

提起如雪我又一陣恍惚，連師傅在身邊忍不住歎息一聲都給刻意忽略過去了，聽見師傅在說什麼，這事要好好的對待，恐怕要和陳師叔商量什麼的了，可是我半晌都沒有接話。

「啪」的一下，師傅又習慣性的打了一下我的腦袋，才讓我從恍惚中清醒過來，師傅叼著已經沒有菸葉的旱菸，擔心又責怪的看著我，問道：「你一點兒都不擔心你自己的這個問題，又在想什麼呢？」

「我沒有感覺到我那個前世的意志有什麼危險，我覺得我不擔心。」我沒有回答師傅我在想什麼，而是異常直接的說了這麼一句話，這確實就是我內心的感受。

師傅聽我這樣說，目光閃爍不定，也不知道在想些什麼，又是過了一會兒，他才對我說道：「也不知道是我們幸運，還是我們不幸，沒發現嗎？這是一間無人的空房。」

「啊？」我忍不住輕呼了一聲，不過在這個年代的農村裡出現這樣這樣的空房也實屬正常，外出打工甚至全家出動的不知道有多少，何況是這種偏僻的地方，看地勢也不太適合農耕……

我之所以輕呼，倒不是因為這房子沒人，是因為在山裡穿行了那麼久，我實在太想念一頓熱飯熱菜，外加想好好打理一下自己，開口求人難，甚至會被拒絕，但如果要是沒人的話，那豈不是這一切都泡湯了？我和師傅還得這麼「將就」著。

「一開始我也失望，但當時你那情況我又顧不上其他，疼得臉色都蒼白了。不過，到後來，你的呼吸和脈搏都漸漸平穩，我知道你已無大礙，所以四下翻找了一下，我覺得這屋子的主人也應該是舉家走了沒多久那樣子，屋子裡雖然沒有什麼值錢的東西，但到底有我們急需用得上的一些東西。」師傅不疾不徐地說道。

我苦笑了一聲，這可真夠狼狽的，我和師傅闖進別人的屋子，然後在別人人不在家的情況下拿別人的東西，這其實本質上就是「小偷」的行為，這楊晟逼得我們要從道士變成小偷嗎？

說話間，師傅已經從身後拿出兩套有些潮潤，陳舊的樣式也過時的男士衣服放在了我面前，接著說道：「柴房裡還堆著一些柴禾，受潮了，看想想辦法能不能燒些熱水用吧。不過得晚點兒，至少也得讓我看見楊晟他們的車子再經過這裡。」

這的確就是我們急需的東西，洗個澡和換一身衣服……想必師傅翻找出來的衣服就是這家男主人的，而師傅說話的意思我也理解，大概就是楊晟的車子去了別處，總會還回到經過這裡，為了以防萬一，現在還是不要搞出什麼動靜。

我自然是贊成師傅的，而我注意到身下是一張鋪好的床，也不知道是不是師傅翻找出來床單被套給我鋪好的。

我已經懶得去思考這無人的房子師傅是怎麼進來的，靈魂的劇痛換來的就是靈魂的疲

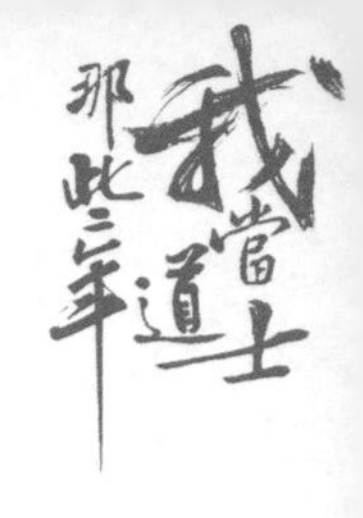

憊，這種疲憊很快讓我陷入了沉沉的睡眠。

第二天上午十點的樣子，我和師傅離開了那間無人的空房，鬍子我們已經刮了，是在房間裡找了一把刀子磨了一下將就用的，代價就是我臉上多了幾個血口子。

身上在用光了幾大鍋熱水的情況下，也總算洗了個乾淨，穿在身上的是這家男主人留下的衣服，只能說將就著穿，總之穿在我身上是袖子短，褲子短的，穿在師傅身上則是有些肥大。

好在我們現在也就是偏僻農村村民的形象，我把褲腿袖口挽了一下，倒也說得過去。

我們昨天是輪流睡覺的，為的就是觀察楊晟一行人是不是刻意的在這一代尋找我們……發現真的是這樣，總之那車子每隔幾個小時就會出現一次，時間也不固定。

為了穩妥，我和師傅這一次出發，刻意是選擇在他們車子離開了大半個小時以後才出發的，這個時間段怎麼算也是安全的。

我們從窪地走上了公路，然後兩人就並行著走在了公路的邊上，這條公路比較偏僻，車輛來往真的不多，我和師傅的打算是攔車離開這裡，也只有邊走邊等了，如果實在倒楣很久都不遇見車，我們還得估算著時間上山躲藏，預防再次遇見楊晟的車。

還能再辛苦一些嗎？但那也只是最壞的情況，這條公路雖然偏僻，但也不至於幾個小時都沒車，我們只是盡可能的把一切小概率事件計算在其中。

「師傅，你覺得那家人回來以後，會看見我們的留字，和在意我們留下的東西嗎？他們應該不會相信那藥粉的價值吧？」走在路上也是無聊，肚子也非常餓，為了轉移注意力，我就和師傅隨意聊起了這個。

「總之我們拿了別人的東西，用了別人的東西，住了別人的房子，就是已經種下了一個欠的因，不管還與不還，這個果多麼的微小，甚至別人都不在意，我們還是必須了結這段果。就像水滴匯流成河，一個人的身上還是不要纏繞太多的因果，有時往往很多小因果就會彙聚成大糾纏……影響就遠囉。」師傅背著雙手，走在我的身側，語氣也是淡淡的。

是的，走的時候，師傅把小丁送與我們的蛇藥留在了那無人的空房裡，並用燒過柴禾在顯眼的房間地上留了幾句話，大意也就是說明一下情況，然後又說明留下了一個什麼東西，有什麼用。

對於師傅這個說法，我自然是贊同的，我也非常相信小因果會聚成大糾纏，所以古人才會說莫以惡小而為之……更不要覺得欠別人的一絲情，一分錢就不叫欠，世人有些因果是關係人情，那是由不得自身的錘煉，而有些惡因惡果卻是實在沒必要，唯有端正己身才是最好的做法。

這樣說著話一路走著，不知不覺就已經走了二十幾分鐘，車子是沒有遇見，但是肚子已經餓到不行，加上昨天，我們幾乎快一天沒有吃東西了。

我咽著唾沫對師傅說道：「我現在覺得身上要有兩塊錢也好啊，可以買四個大饅頭，這樣就可以吃飽了。」

「沒錢的時候，一分錢都是奢望，你還想要兩塊錢？」師傅沒好氣地說道。

「實在不行，我們只得回到山上去，再抓一個兔子什麼的吃吧，不過希望在抓到兔子以前，我還沒被餓死。」因為饑餓，我的腳步都變得沉重。

而在這時，我們身後遠遠的響起了汽車特有的聲音……

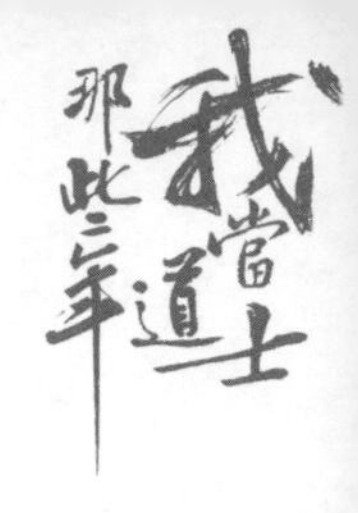

第四十四章　又一個熟人

我們最終是坐上了這輛汽車，師傅說不能再等了，非坐不可。

那只是一輛拉貨的小貨車，僅僅比雙排座大一些，師傅為了攔住它，直接站在了公路中央，張開了雙臂，當車子緊急剎車的時候，距離師傅只有五米遠。

「我們不能再等了，早一步離開這裡是最好，但是在這種偏僻的路段，司機一般都不願意停車載人，所以……」當我們看清楚身後那輛小貨車時，師傅就對我說了這樣一句話，接著就衝出了公路，在我目瞪口呆之下，硬生生的攔截了這輛車。

接著在師傅的指使下，我們幾乎是半強迫的拉開了車門，上了別人的車，那司機一臉慘白，還以為遇見了搶劫的。

但我們搭上了這輛車，最終沒有去湘西，反而是朝著川地的省會成都駛去。

師傅說這就叫人算不如天算，自己一開始打算的計畫，就沒有考慮錢的因素，如今只好臨時改變計畫，先去成都，為的就是錢。

而我卻說，師傅當「不食人間煙火」的道士太久了，任何周密的計畫，卻沒想到是因為錢的因素不得不做出改變。不過，這些卻是後話。

在路上的過程就不必多說了，總之那一個司機原本不是去成都的，而是開著空車去湖南，但在師傅的「忽悠」之下，臨時改道去了成都。

我不得不承認師傅很會說，他在「花言巧語」之下，竟然許諾給別人司機兩千塊錢的報酬，那之前還以為被搶劫的司機，竟然聽信了師傅的話，真的就去往了成都。

在那個年代，兩千塊錢是很多白領一個月的月薪了，很不少了。

我一路被追殺的忐忑，但都沒有師傅給別人說下這話的時候忐忑，我們連兩毛錢都拿不出來，更何況兩千塊錢，而且那司機看我們這穿著也信？

可是那司機不但信了，還把自己的手機借給師傅打了一個電話，我問師傅這是打給誰，師傅直接說道：「祕密。」

我無奈的看著窗外，其實心知這是因為司機在，師傅不好說話，不過我已經不在乎這個了……肚子餓得我都已經麻木了，只不過劫後餘生之後，從車窗外吹來的風，都讓人心情那麼的愉悅。

車子在行駛一天之後，終於到了成都。

在這一天之內，我總之是默默的跟著師傅，跟著那司機「混吃混喝」，師傅說了，雙倍結算飯錢給別人，言語真誠。

總之，一天之內我默默算了一下，我們不僅身上半毛錢沒有，還倒欠了估計兩千五百塊錢，我心裡都快哭了，但是饑餓的人哪裡能經得起飯菜的誘惑，和師傅吃得那叫一個狼吞虎嚥，直接把那司機看呆了。

估計看著我們吃相的那一刻，這個司機在心裡肯定默默的懷疑了一下，但是無奈已經投入了，只能繼續選擇相信。

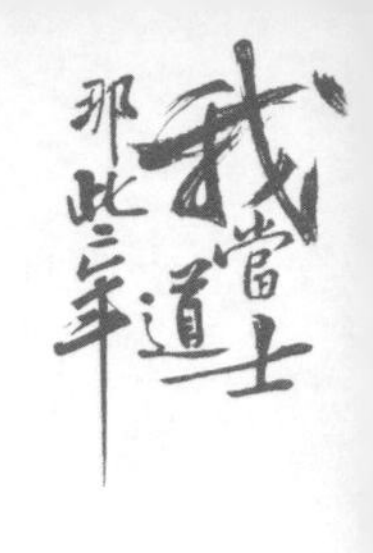

成都，這個城市我不僅不陌生，相反還非常熟悉，因為我臨時的家就在這裡。

但是多久沒回去了我也不知道了，相信一切都是酥肉幫我照看著。到了這裡，我有太多的辦法可以弄到錢，就包括回家說不定也能翻出一張有錢的存摺來，可是因為楊晟的關係，我根本就不敢回去。

至於酥肉則是更有錢了，在竹林小築的日子，連他自己和我閒聊都說不知道有多少錢了，感覺那誰誰說得對，錢到了一定的程度，就是一個數字而已了。

那誰誰反正我忘記是誰了，只是酥肉再有錢我也不敢去找他，原因自然不消細說。反而我還擔心他，那天匆忙逃離，酥肉到底是跟著他們一行人，還是回歸了正常生活？我現在一點兒消息也沒有，唯一有把握的就是，楊晟不敢弄酥肉，畢竟他只是一個普通人。

總之，在靠近成都的時候，我的想法就亂七八糟，也實在搞不懂在熟人都可能被監視的情況下，師傅還來成都做什麼？

在胡思亂想之間，車子就已經接近了成都市區的邊緣，這裡比較清靜，但我卻遠遠的看見有一輛看起來很低調的豪車停在路邊上，之所以認出來是豪車，是因為平日裡無聊也多少對車有些興趣。

這車停在這裡幹什麼？我還在疑惑的時候，我們的車子就已經接近了那輛豪車，而那輛豪車的車門已經開了，從上面下來一個人，直接就揮手示意我們停車。

那個人人高馬大的，這麼熱的天氣也是西裝革履，不過我看了一眼，卻發現根本不認識這個人，倒是師傅淡然的喊了一聲：「停車！」

那司機有些疑惑的停車了，那個年代，私人轎車遠沒有現在普及，就算司機認不出來這是一個什麼車，但肯定也沒聯想到我們會和這樣看起來就覺得有錢的人來往。

車剛停穩，師傅就下車了，那個人高馬大的人倒是退到了一旁，從車裡卻是出來一個拄著拐杖的老人，見到我師傅就施施然躬身抱拳，開口就是一句：「姜爺！」

師傅扶住他，擺手示意不用那麼客氣。

那個人又轉頭望向我，然後忽然就衝我笑了，說道：「這樣說起來，我和承一接觸還多那麼一些。第一次他還是個小娃娃，我都還記得那個時候他穿著一身兒土黃色兒的衣服，他……」

在這個時候我已經認出來這個人是誰了，趕緊上前一步喊了一句「雲叔，好久不見」打斷了他的話，那土黃色的衣服簡直是不堪的回憶，驗證了師傅那奇葩的欣賞能力，是欺負我小時候不懂事，不懂欣賞吧。

我很難回憶那個時候穿上是什麼感覺，但願別人不要以為我是一個移動的土疙瘩。

原來師傅要找的是他啊，雲小寶，我自然記得他，我第一次進省城，給我留下了深刻印象的賣玉事件，就是和他接觸的。再後來，我記得我和酥肉去揭穿了一個騙錢的假道士，也和他接觸了一次。

曾經，第一次見面的時候，他還是一個中年漢子，如今也已經是一個老人了，讓人不得不感慨時光的無情，很多事情只是一晃眼，就已經物是人非。

「姜爺、承一，既然已經等到你們了，那就走吧。上車，上車，這一次我們要好好的一敘。」雲小寶分外熱情，但在這個時候，卻有人不合時宜的咳嗽了一聲。

我一看，不就是我們的大債主，那個其實為人還不錯的司機嗎？

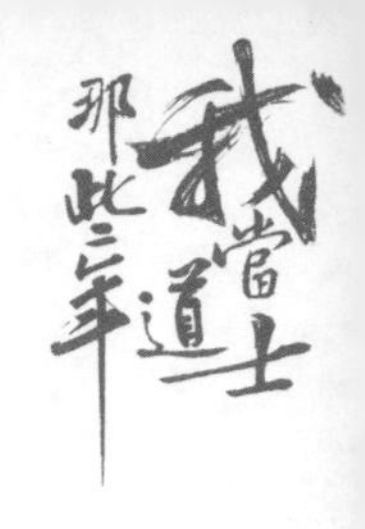

雲小寶是何等人物？可能看我和師傅的穿著就已經猜出了一些我們處境狼狽的事情，不用等我師傅說什麼，他就衝著那個人高馬大的人使了一個眼色，那人從隨身夾著的包裡直接拿出了紮好的一疊錢，就用一種禮貌的態度塞到了司機的手上。

那一疊錢是標準的一萬塊錢，司機陡然拿著那些錢有些楞，雲小寶卻是朝前走了兩步，語氣溫和而禮貌地說道：「這兩個是我們家重要的朋友，可稱之為貴客，真是感謝你一路照顧。錢不多，搆不上你的情誼，但你好歹也收下吧，是我的一個小小謝意。」

司機還有些傻乎乎的，師傅卻是大剌剌的拍了拍他的肩膀，哈哈一笑，說道：「那你就收著吧。比起錦上添花，雪中送炭才尤為可貴，雖然我一開始嚇到了你。」

司機這才有些慢慢反應過來，小聲說了一句：「難道我是遇見了有錢人微服私訪？」

我和師傅卻沒有再多話，我也上前對那司機說了一聲謝謝，就和師傅一起上了雲小寶的車，我不得不佩服，雲小寶的處事很有一番手腕，這種手腕連酥肉在他面前都顯得稚嫩。

我以為師傅只是想找雲小寶解決一些經濟上的難題，畢竟他們也只是普通人，但我沒想到的是……

第四十五章 疑惑

車子平穩的開在路上，可能是因為奔波的疲憊，也可能是因為這車子的座椅太舒服，而且又太平穩，所以我上車不久以後就迷迷糊糊的睡著了。

不過睡得不是太安穩，一直聽著師傅在和雲小寶唏嘘的說起一個人，好像叫什麼雲春什麼的……我對這個人應該是有印象的，那一年賣玉和鑒定靈玉的不就是他嗎？對了，他也就是雲小寶的父親吧。

之所以唏嘘的說起他，是因為他已經過世那麼久了，我好像隱約記得那一年我「打假」的時候就知道這事兒，又好像不敢肯定。

只不過這老爺子和師傅是平輩人，壽命到底和修者比不得，就像我師傅如今接近百歲的高齡，竟然還在和我亡命天涯，甚至生死戰鬥。

想想，人生真是不可思議。

車子最終停在了一個山清水秀，鬧中取靜的別墅區，雲家別墅在特別的一個地方，非常大，周圍都沒有打擾。

聽他們談起，才知道他們是直接買這塊地皮，特意為自己修了一棟這樣的別墅，其餘的賣給了他人。

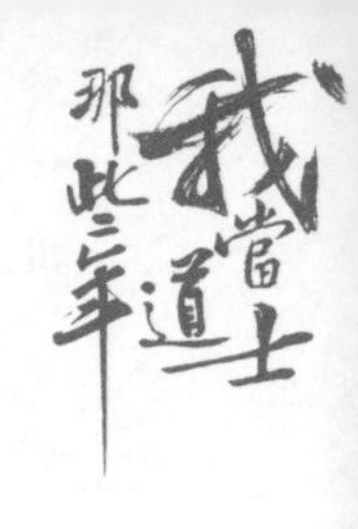

我是不懂這些生意經，只是覺得這雲家越發富貴，我和師傅經過那大大的庭院，一路上有些來來往往過路的傭人看我們的眼光都很奇怪。

這是一個別墅群，有三棟副樓的樣子，雲小寶直接把我們帶進了主樓。那是一棟豪華的五層別墅，而走進去自然也是富麗堂皇的，卻不顯庸俗。

而我四處打量，對別的沒有研究，到底卻懂一些古玩的知識，細細看去，卻是讓我想起一個人——葛全，因為他的家裡也擺滿了價值連城的古玩，這雲家的擺設倒是可以和他家一比。

一進入屋子，雲小寶就熱情的招呼我們坐下，而家裡的傭人就立刻擺上了茶和點心。

雲小寶端起茶來喝了一口，就立刻發怒地說道：「這是什麼茶葉，竟然用來招呼我重要的客人？去換最好的茶葉。」

師傅一聽這話，立刻擺了擺手，說道：「小雲吶，你知道我生平不喜欠人人情，來找你，恐怕也是一次錢貨兩清的交易，這些細節你也不用太在意。你這樣叫我如何承受？」

「可是姜師傅……」雲小寶還想說點兒什麼，卻被師傅執意的阻止了。

是啊，我們和雲家說起來關係奇特，於我們這邊來說，算不上是很深的交情，何必來到這個地方擺譜？未免顯得有些那啥了……到底是哪啥我也說不清楚，反正我贊同師傅的做法。

而我也覺得相比於二十幾年前，雲家越發有錢以後，反倒沒有以前隨和了，架子是有了。

但是那是別人的生活方式，賺錢享受甚至擺譜也是別人願意，多的我倒不好評價什麼。

「也罷，姜師傅如果不喜歡這一套，那就隨意吧。君子之交淡如水，和姜師傅、承一這樣的人物在一起，哪怕是喝白開水也是有滋味的。」不得不承認，雲小寶非常會說話，三言兩語化解了尷尬，而且讓人心底受用。

「我……」師傅還是那個開門見山的方式，可能開口就想又和雲小寶來一個什麼交易，卻不想這次卻被雲小寶打斷：「姜師傅，你遠道而來，接到你的電話我就欣喜萬分，你這次來一定要多待幾天。」

可能雲小寶也意識到我師傅是想要開門見山的交易，直接提出了讓我們留幾天的想法。但那怎麼可能？成都於我們是一個危險的城市，畢竟我曾經住在過這裡，我的朋友極有可能在這裡，現在的楊晟好像又有強大的靈覺，想想無論如何也是不能留在這裡的。

我的想法自然也是師傅的想法，幾乎是沒有猶豫的，師傅就婉轉的拒絕了雲小寶，並且用一種特別的方式提醒了雲小寶我們這次的行蹤需要異常保密的。

雲小寶面露遺憾，過了好半天才說道：「那姜師傅你們一路風塵僕僕，不介意在這裡洗漱一下，讓我為你們準備一點兒行裝，順便再吃個便飯吧？就在家裡吃而已。」

這雲小寶簡直是人精，從我和師傅身無長物的情況來看，就知道我們最需要的是什麼，這些要求我們簡直無法拒絕，只能點頭答應。

在這裡，我終於痛快的洗了一次熱水澡，不必擔心熱水不夠，不必擔心燒水的動靜太大，當我痛快的洗了將近一個小時以後，出來就發現一套包括內衣在內的嶄新衣服放在了門前。

這衣服什麼牌子的我不知道，穿著卻很合身，舒適，也不張揚……等我走出偌大的無人房間，卻發現有一個什麼理髮師等在了門口要為我剪頭髮，看來在奔波的日子裡，我瘋長到脖

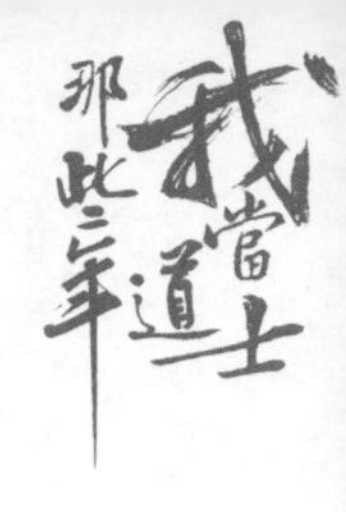

子的頭髮，雲小寶也注意到了，非常貼心的為我和師傅準備了一切。

所以說為什麼雲小寶那麼有錢，那麼成功，其實不是沒有道理的，雖然我聽說他們的出身是盜墓什麼的。

收拾了一番，人也神清氣爽了……出來以後，一個傭人就帶領著我走到了別墅的大露臺上，在這裡早就擺好了一桌宴席，在桌上坐著的就只有兩個人，我師傅和雲小寶。

我也走過去坐下了，傭人非常安靜的就離開了，因為雲小寶吩咐，我們自己吃喝就好，不用他們伺候著了。

在這裡我不禁感慨雲家是不是人丁稀少，因為來到這裡除了雲小寶，我就沒有見過別的人，甚至連雲小寶的夫人我也沒有看見，可是我依稀記得，他以前買那塊靈玉不是給唯一的兒子戴的嗎，怎麼沒見他兒子？

當然這是別人的家事，在我腦中就一閃而過了，我也不感興趣，只是坐下來看著那些菜，肚子感覺到很餓，畢竟和那司機在一起也只是粗菜淡飯，為了趕路有一頓沒一段的。特別是那司機對我們多少有些懷疑以後，連飯錢都非常省了，當然這也不能怪別人，別人能為兩個陌生人做到這個程度已經非常了不起了。

而雲小寶這裡，雖然只是一頓他所謂的家常便飯，卻是每個菜都準備得非常有心，甚至還搭配了一壺好酒，因為我師傅好酒，而我在經過強尼大爺的「洗禮」以後，多少也愛上了喝酒。

所以，當雲小寶招呼我們吃飯以後，我就開始埋頭大吃，也顧不上什麼所謂的優雅，所有的一切自然都交給師傅處理。

至於師傅也吃得很快，不過他倒是有本事，一邊吃一邊喝，一邊和雲小寶愉快的交談，沒有什麼重點，就是天南地北的聊著，雲小寶講一些祖輩「盜墓」的奇聞異事，而師傅可以講的也就太多。

酒至半酣，飯至飽足，桌上還剩下了一半多的菜，而這時雲小寶卻放下了杯子，對我師傅正色的說起了一句話：「姜師傅，我雲小寶這一世過得富貴，家道在我手中不但沒有中落，反倒越發興旺了，可是我卻……」

說起這個，也不知道是不是因為酒精的原因，雲小寶莫名的眼眶卻是有些泛紅。

師傅的臉色也跟著變得嚴肅了一些，可是口中卻是不動聲色地說道：「你說人這一輩子，哪能十全十美呢？你這樣的生活別人還羨慕不來，你就莫要多想了。」

這句話師傅確實說得高明，從某種方面來說，根本就是不接雲小寶的話茬，其實師傅對於雲家一直就是這種態度，銀貨兩訖，這倒不是看不起或者刻意的生分，畢竟別人不是修者圈子的人，真的沒必要牽扯太深。

而且，人都有一種不滿足的心理，就好比秦始皇坐擁天下，卻一心想要求長生了，這些有錢人家如果能接觸到一些玄學人士，特別是靠譜的，或者想法也很多。

我們老李一脈多少也算半個隱修一脈，習術的目的絕對不是靠著它們行走於紅塵混個飯吃，所以師傅這樣不動聲色的拒絕也是有道理的。

但雲小寶卻是像沒聽懂師傅話裡的意思，又給自己倒了一杯酒，繼續說道：「姜師傅，這家財萬貫卻又如何？如果可以，我倒願意散盡這家財，過一些飽足的日子，換一個兒孫滿堂就可了啊。」

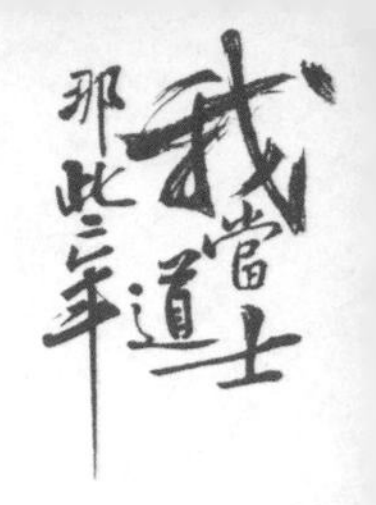

師傅眉頭一皺，忍不住說道：「你不是單傳，有個兒子的嗎？我記得叫什麼寶根？」

這一次，不但師傅疑惑，連我也疑惑了。

第四十六章　隱劫

說起這個，雲小寶有些沉默了。

我師傅禁不住臉色一變，聲音也變得有些沉重，說道：「難不成你家的寶根出了啥事兒？」

就算不想和普通人有太深的牽扯，師傅這沉重卻是真的，畢竟據我們所知，那雲寶根是雲家的單傳，如果真的出了事兒……畢竟，師傅對雲家也是有些情誼的，不然也不會選擇雲家上門交易了，甚至可以說是有些幫忙的性質。

雲小寶聽聞了這句話，重重的放下了手中的杯子，歎息了一聲，眼裡竟然落下兩行淚來，他聲音略微有一些哽咽地說道：「如果寶根真的出了事，我還活不活了？可是……」

說到這裡，雲小寶可能覺得略微有些失態，摸出一張手絹先把眼淚擦了，平靜了一下情緒之後才說道：「姜師傅，不用相瞞，你也知道……我們家以前是土夫子，也就是盜墓起家的。人們常說做這個營生，斷子絕孫什麼的，再不濟也難保富貴，甚至會落得個晚年淒慘。所以，自從我們祖上收手不幹這個營生以後，憑著心中的悔意和害怕，也就盡量的與人為善，多做善事，為的就是抵消以前造的孽。」

說到這裡，雲小寶給自己再次倒了一杯酒，微微的咂了一口，然後才說道：「其實我們

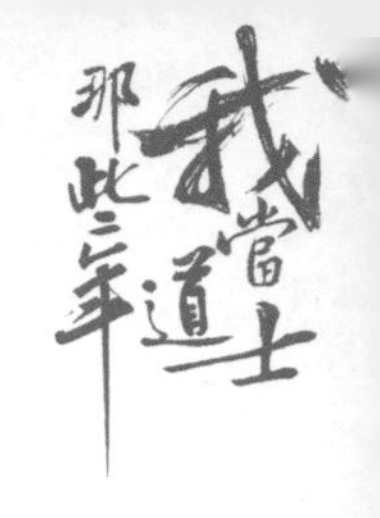

這個富貴，已經讓我很不安了，每一日都過得如履薄冰，總覺得我們該遭個什麼報應才對？如果有報應，我希望是錢財方面的，越是到晚年，就越覺得不管怎麼樣，人最重要……可到底還是有報應的吧，姜師傅，你也知道我們雲家一直人丁不旺，到了寶根這一代，差點就保不住這個孩子。」

我和師傅安靜的聽著，俗話說家家有本難念的經，這樣看來，富貴人家也不見得就一定比普通人家快樂啊。

說到這裡，雲小寶又是呷了一口酒，歎息地說道：「好在當年用非常小的代價買了姜師傅一塊靈玉給寶根兒貼身戴著，這些年來，這孩子成長得不順，但好歹都有驚無險，那靈玉仔細一看起了幾道裂，我有心數了數，竟然和寶根從小受到的劫難次數一樣多。真是非常神奇……」

「你是想再買一塊靈玉？」師傅瞇著眼睛問道。

這靈玉對修者來說，重要也不要重要，重要的是施展某些術法的時候，特別是佈陣的時候需要用到，有心的修者也會特別的去溫養一塊靈玉為自己防身；不重要的是，靈玉對於修者來說是可以自己溫養的，效果比普通人溫養的要強烈得多。

我和師傅是身無長物，還被那個劉聖王給搜身了一番，但是我身上的虎爪還有沉香串珠這些東西，他並沒有拿走，因為他在乎的只是有沒有危險性，虎爪中的虎魂早已經融於我的靈魂，沉香串珠反正劉聖王沒看出什麼來。

就像師傅的旱菸杆子也沒被拿走，而師傅身上卻是隨身掛著一塊靈玉，倒也沒特別在意，道家人喜歡玉而已，也就溫養著了。

「如果有，當然是想買。」雲小寶聽我師傅這樣問，自然是激動了。

「唔，我知道了。」師傅也就是淡淡應承了，其實我們這一趟來，唯一可以和雲小寶交易的也只有這個，虎爪和沉香我是斷然不會賣的。

「只是還有一事，我想請姜師傅幫個忙，報酬什麼的，其實也好說。」雲小寶聽說有靈玉買，自然是激動的，可是他一說出這個，又收斂了自己的激動，變得稍微憂慮起來。

對於我和師傅來說，錢只要夠用了，真的報酬什麼的，我們不是很在意，所以師傅也沒有應承什麼，只是說道：「你說來聽聽？」

這一句你說來聽聽，怕都是看見雲家和我們一些情誼的份兒上。

「姜師傅稍等。」說話間，雲小寶拿起了桌子上的手機，吩咐了幾句，不多時就有一個提著箱子的人上來了。

「家裡隨時都準備有一些閒錢，以備不時之需。姜師傅，靈玉無價，這樣的東西我是想快些到手中的。我們不妨把這個交易了再說。」雲小寶誠懇地說道。

我微微皺眉，他等下到底要說什麼，難道還怕得罪了我和師傅，靈玉也不賣他了，那麼心慌？

但是，在我想著的時候，那個提著箱子的人已經走到了桌子前，把皮箱恭敬打開，就無聲退了下去。

我瞥了一眼那個皮箱，裡面是一疊一疊的錢，我也不知道有多少，大概五十萬？

不過，我和師傅都很淡定，師傅只是說了一句：「你連靈玉都沒有看過就出這麼多錢？」

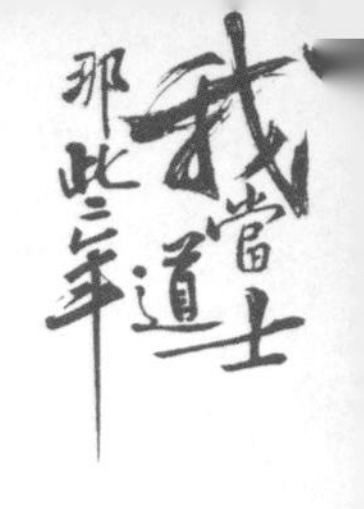

「錢也不多，家裡放著的現金而已，一共六十三萬。當年那麼便宜買到了一塊靈玉，我覺得是我們家占了便宜，但是按照我們的家世，是受不了那麼大的福分的。這一次有幸又能買到一塊靈玉，再怎麼也得表達我全部的誠心，雖然靈玉無價，當然這也不是我全部的誠心，我還隨時可以去支取一些錢……」雲小寶說這話的時候非常真誠。

不過，師傅也只是從裡面拿出了五疊錢，然後就收手了，說道：「之前你們買那塊靈玉也沒有佔便宜，在當時那個價格不低了，在我眼裡也就那個價，是雙方願意的事。現在這塊靈玉溫養得久了一些，自然價格要高些，而且現在的錢沒有那時候的錢值錢，也就這個數吧。另外，我需要一輛車，非常普通的二手車都行。」

說完後，師傅望著我說道：「承一，你會開車？」

「會的。」我看著師傅說道，我當然知道師傅打的什麼主意，我們這一路要趕到湘西去，有輛自己的車確實方便，更何況之後我們還要到藏區呢。

「那就好，沒有白教你。」師傅說得挺淡然，好像我會開車是他教的一般。

但是我不得不補充一句：「師傅，沒有駕照，我……」

師傅看了我一眼，剛想說什麼，雲小寶卻說：「這個真的是小問題，承一需要的話，一個小時以後就可以拿到駕照（當時駕照的情況，可以使用一些手段拿到），就是麻煩馬上照一張照片而已。」

不得不說，這個雲小寶還是很會來事兒的，說話間師傅已經拿出了脖子上的靈玉，交給了雲小寶，這個玉本身的材質是一塊翡翠，也是屬於硬玉的範疇，料什麼的絕對算不上什麼好料，也就是一般的豆種。

可被溫養過之後，或許是溫養得比較久，竟然有一層普通人都能感受到的溫潤寶光在流動……這種體驗卻只能意會，不能言傳。

玉石也沒有經過特別雕刻，反正很簡單的一塊，雲小寶卻如獲至寶的一般捧在手心裡，非常激動，末了還不忘抬頭看著師傅說一句：「姜師傅，那些錢你就全部收下吧，車子我也會準備的。」

但師傅也只是輕輕搖頭，並不開口答應。

可能雲小寶也猜測修者可能有些怪癖，也沒有太堅持，只能答應，在激動了好一陣子之後，他才小心收好靈玉，平復了情緒，對我師傅說道：「那就麻煩姜師傅再聽我囉嗦幾句寶根的事情，這個小忙我很希望姜師傅能幫，但是不幫也沒有關係，只是我自己的一些想法。」

「你說。」師傅安安靜靜的，在這個時候雲小寶又拿起電話來，吩咐讓人幫我照相，準備車，還有證件的事情，總之打了兩三個電話吧。

做完這一切，雲小寶才說道：「事情的本身是寶根兒這個孩子，在十年前吧，他也成了一個道士，不，或者你們圈子裡的說法叫修者？」

「啊？」我和師傅幾乎同時驚呼了一聲，，若是如此，雲小寶買我們的靈玉做什麼？如果雲寶根十年前成了修者，他完全可以用自身去溫養靈玉的啊，因為修者比普通人效率高，確實可以溫養出來好一些的。

「兩位，先別急，聽我說完這段往事吧。寶根不是像你們這樣，一個師傅一個徒弟的……他是入了一個什麼門派，我不懂修者圈子裡的事情，我只是單憑個人的感覺，覺得那個門派有些不好？」雲小寶的臉色變得更加沉重了。

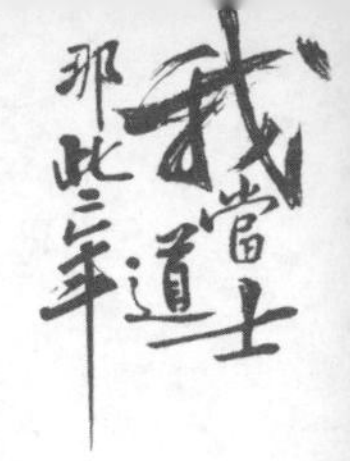

師傅不動聲色，我的心情卻因此起伏，什麼門派不好？我隱隱開始不安，可是表面上我還在繼續聽著雲小寶訴說。

第四十七章 背後

雲小寶說的其實不算一個很長的故事，中間也沒有過大的曲折，但神奇的是，多少還和我師傅送的靈玉有關係。

當年那靈玉是什麼模樣，我依稀還記得，上面有著「慘不忍睹」的雕刻，是出自師傅的手筆，一個身體和四肢嚴重不成比例的胖娃娃，姑且就是個娃娃吧，師傅說的……抱著一塊兒土豆，師傅非得說是什麼蘿蔔還是魚，反正，總之我看著就是一塊兒凹凸不平的土豆這樣子。

這種樣子的靈玉不要說富貴人家的小孩兒，怕是普通人家的小孩兒也不願意戴吧。所以，倒楣的雲寶根小小年紀就被家人連哄帶騙，甚至帶著威脅的給戴上了這塊玉，並且是嚴重警告不能取下來。

雲寶根小時候也還好，長大了，就發現這塊玉的難看了，無奈家裡最大的規矩就是不能取這塊玉，他也只能一直戴著。

後來的事情不須細說，總之不知道是命還是怎麼，雲寶根的成長不算順利，天災人禍，甚至生病也有過幾次，但每次都有驚無險的過來了，雖然也付出了一定的代價，但人還好好的，就是最好的結果了。

再後來，就是雲家的家人發現了靈玉上的裂痕這件事情，一開始以為是雲寶根磕磕碰碰

的，還因此責怪雲寶根，但是雲寶根極力否認，說家人那麼強勢的要求愛惜這塊玉，他根本不敢磕磕碰碰……接著，才發現了那個裂痕對應劫難的巧合。

是的，這種事情真的不算奇怪，靈玉為人擋災，普通人養得好的玉一樣有這種效果，不過比不上修者溫養給普通人的靈玉，畢竟是一個強的磁場保護一個相對弱的磁場。

「這個裂痕的事件，其實就是一顆種子。」講到這裡，雲小寶歎息了一聲……在這其間，我還離開了一次，是一個照相的來為我照相什麼的，還要我填了一個什麼，估計是他們給我辦理駕照用的。

這讓我不得不感慨有錢有時候確實也能給人很大的方便。

所以雲寶根這樣的天之驕子，在這樣的環境包圍下，心裡會種下一顆什麼種子，倒是讓人好奇了，我和師傅都同時好奇的望向雲小寶，他苦笑了一聲再次為自己倒上了一杯酒，說道：「那個時候寶根兒也懂事了，見到圍繞著這塊靈玉發生了那麼多事情，他自然是要問的……你們也知道，我們雲家只有這個寶貝疙瘩，他這麼一鬧一問，我們就大致說了一下這塊玉是高人那裡買的，真正有本事的高人，還救過我們祖上什麼的……當然，那一年姜師傅賣玉私下是給我招呼過的，別輕易透露他的身份，我們自然也沒有說，不過，你們現在知道了嗎，寶根兒心裡種下了一顆什麼種子？」

「他想修道？」師傅也忍不住端起酒杯來喝了一口。

「唔，確切的說，他像發現了一個新世界，天天纏著我們問各種神祕神奇的事件和高人的事情……他越來越覺得普通人的世界沒意思了，他想過一種與眾不同的生活。其實，這種心思我能理解，就像我們年輕的時候，都是成年人了，看武俠小說還嚮往著能當大俠，他有這樣的心思也正常。不同的只是，寶根兒這孩子可能是我們太驕縱了，總之他要做什麼事兒，是一定就想做那種……」

「所以，當十年前那個所謂高人出現的時候，你家寶根兒就毫不猶豫的跟著去了？」師傅也意識到了問題出在哪裡，說起來雖然和我們關聯不大，在諸多的因中，我們也算種下了一個暗因，這事兒如果我們不幫忙就不好了。

「是啊，當那高人出現，展現了那麼一些手段以後，寶根兒就毫不猶豫了。儘管在我們心裡，是渴望寶根兒過平凡的日子，娶妻生子再接手家族生意的，我們家只有那麼一個單傳……」雲小寶說到這裡，眼眶又有些泛紅，他深呼吸一口，又用了好些時間來平復心情。

「難道你們就沒有阻止一下？」我忍不住奇怪，剛才一直沒怎麼喝酒，此時忍不住設身處地的帶入雲小寶的心情，覺得也頗有些心酸，所以忍不住也倒了一杯酒，喝下去。

酒是好酒，入喉甘甜漫長，一股熱烈散開的溫和……不過也沖得我情緒上湧，又想說一句什麼，卻被師傅用腳輕輕碰了我一下，阻止了。

畢竟還不知道事情是什麼就匆忙表態，不是一個成熟的做法，陳承一永遠改變不了的就是被情緒左右的時候難免的衝動，相比起來，師傅這一點兒比我穩重得多。

雲小寶自然是不知道我和師傅這份默契，他自顧自地說道：「是想阻止，可是那孩子決定要做的事情，我們阻止不了，這是第一。第二，就是我們對所謂的修者有莫名的敬畏，不敢阻止。」

這種心情細細想來，我們也是能理解的，畢竟普通人又怎麼會知道修者圈子的複雜呢？雲小寶以為那個高人不會害自己的孩子就是了。

「那既然已經這樣了，你怎麼又會說出先前那番話？」師傅不動聲色的問道，他指的明顯就是雲小寶覺得那個雲寶根去的門派不是什麼好門派這回事兒。

我就奇了怪了，一個普通人怎麼會察覺到修者的門派不是好門派，到底是做得有多過分，還是雲小寶不想讓雲寶根繼續這樣下去，所以用一種偏激的眼光看待的？

這些問題縈繞在心間，所以我也只能靜靜喝著酒，看雲小寶怎麼說。

「哎，具體的這問題，我不知道該怎麼說。這是一種感覺，嗯，這樣說吧，在我心裡修者都是有一種氣質的，是一種正氣和淡然的人生態度，就算表面看出來什麼，接觸久了就能感覺到這樣的氣場，不會有錯。而寶根兒這孩子雖然被我們慣了一點兒，可是從小我們注重對他的教育，總的來說也是一個還算禮貌溫和的孩子，可是，自從跟了那個所謂的高人以後，他每一次回來，我們都能感覺到他的脾氣越來越……」雲小寶似乎是在想合適的形容詞。

「越來越什麼？」師傅追問了一句，在這個時候，師傅的臉色隱約有些不好看了，不知道想到了什麼？

而在這中途有個人上來說駕照和車子什麼的，已經為我們準備好了，就停在了樓下，駕照放在車子裡。

不得不說，雲小寶為人是所有的細節都做得很好，而一看時間不過才四十來分鐘，這應該就是所謂有錢人的效率。

這些雜事兒暫且不提，雲小寶在對付了幾句以後，又繼續剛才的話題，帶著一種沉重接著說道：「對，可以這麼說，性格越來越乖張和偏激，隱約有一種不達目的誓不罷休，手段什麼的都不重要的感覺，而且越來越以自我為中心，開始漸漸把什麼道德和約束都看得很淡，甚至……甚至把家人也看得很淡很淡。我父親剛好在那段時間左右過世的，死的時候，寶根兒回來過一次，就一次，我父親就感覺到了這番變化……」

之前雲小寶說話的時候，一直都是紅著眼睛的，流淚也只是淡淡兩行淚，可說到這個的時候，他也不管失態，淚水肆意橫流，哽咽地說道：「我父親去世的時候，都沒有閉上眼睛，吩咐我說道，他算是明白了，這世間有正有邪，這修者圈子也不會是只有正派的高人，姜師傅他們是好人，不見得寶根兒就去了個好地方……他說，寶根兒可能走上了邪路，要我在有生之年一定，一定要想辦法把寶根拉回來。」

說到這裡雲小寶擦了一把眼淚，師傅安慰性的拍了拍雲小寶的肩膀。

其實好與壞很難去定義，我也不覺得我和師傅就是什麼正直到沒邊兒的英雄了，我們只是一個個心中有著自己底線和原則，肩膀上扛著責任就去做的普通人罷了。

這就和一個男人做一個負責任的父親是一般的道理。

「你就要我們幫忙這個？」師傅終於是開口了。

而雲小寶點點頭，說道：「這事情我本來想慢慢謀劃謀劃的，也不急在一時，可是現在這情況卻是等不得了，因為寶根兒他，他……」

寶根兒怎麼了？我在一旁也皺緊了眉頭！

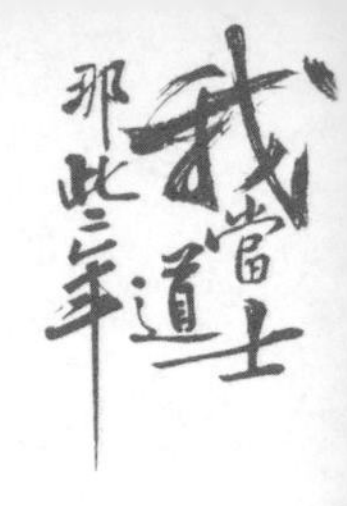

第四十八章　意想不到

雲小寶有些說不下去了……可是我和師傅在這個時候都不約而同的變得很嚴肅，我不知道師傅是怎麼想的，總之我在這個時候心底已經升起了莫名的不好預感。

我們等待著雲小寶說下去，可他卻因為情緒有些激動，暫時在平復情緒。

原本這個沒什麼，但此時在院子裡卻傳來了刺耳的汽車摩擦地面的聲音，還有傭人嘈雜的聲音。

我的不好預感在此刻幾乎攀升到了巔峰，但作為客人，我不好走到露臺的邊緣去查探什麼，可是雲小寶卻是沒有這個顧忌，直接走到了露臺的邊緣，只是看了一眼，忽然就轉頭激動的對我師傅說道：「姜師傅，承一，緣分吶。這寶根兒一年半載不回一次家，今天竟然回來了。」

雲小寶的兒子回來了？我和師傅面面相覷，難道我不好的預感是因為雲小寶的兒子回來了？我有這個想法，卻不好對師傅言明什麼，畢竟靈覺是我才有的東西，師傅不見得能感應什麼，可我們偏偏在雲小寶家裡，怎麼能說人家兒子……

我直覺離開才好，又覺得靜觀其變也許也不是什麼大事兒，畢竟這不好的預感沒有變成危險的預感，所以我很乾脆的沉默了，師傅也是這個樣子，恐怕也抱著靜觀其變的態度。

這不是我和師傅敏感，而是在這個特殊時期，我和師傅的敵人難道還少嗎？明面兒上的就有四個頂尖勢力了，而雲小寶剛才訴說的情況，我和師傅判斷雲寶根聯想起來有可能真的走了邪路……

我和師傅這些小心思，雲小寶自然是不知道，隨著刺耳的汽車聲停下來……雲小寶站在露臺上就已經忍不住朝著樓下喊道：「寶根兒，你回來了，有沒有吃飯？我去叫廚師給你做飯，你是要先去洗澡嗎？還是……」

在樓下就忍不住這樣，可見雲小寶對自己兒子的寵愛比一般人強烈得多，我在心中忐忑，不知道為什麼，我怕他一激動之下，還會說一聲，今天家裡來了兩個客人。

但在這時，雲小寶的話卻被樓下一個不耐煩的聲音打斷了：「進屋再說！」

四個字打斷了雲小寶一腔父親對兒子的思念之情的宣洩，不過雲小寶還是很激動，連聲叫道：「好，好好……」

可是，這些都不是我們所關心的內容，我和師傅的臉色在這一瞬間都變得異常難看……特別是竟然激動得站了起來！

這聲音我們聽過，那個小隊長！對的，就是那天我們被困在樹上，那個心機百出，讓人感覺到異常難對付的小隊長。我千想萬想，我就是沒想到人生竟然如此奇特，那個小隊長竟然就是雲寶根？

命運，我要對命運說什麼，難道就真的像師傅所說嗎？因為我天生要擔負這些，所以我所遇見的人和事都會這樣註定，就像一個人天生註定是音樂家，他所遇見的很多人都會和他的音樂之路有關係。

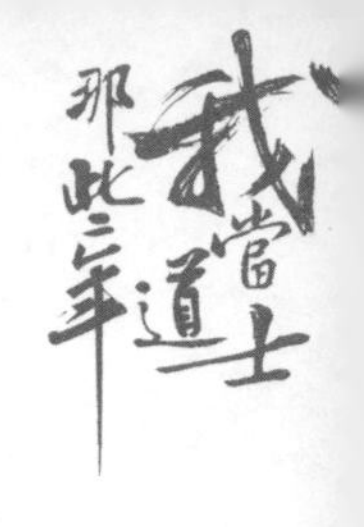

可雲寶根……我心裡有莫名的難過，他戴著面具，已經說明了一個問題，那就是……想著雲小寶對這個唯一孩子的深愛，我忽然發現真相怎麼去說出口？難道告訴雲小寶，你的兒子很有可能變成了類似於殭屍的存在？

或者還是說，你們家祖上盜墓的報應終於來了？說一句天道迴圈，報應不爽？

我此刻竟然沒有想到我和師傅的處境，反而是嘴角無比苦澀……我發現師傅比我的反應還要大，甚至連手都有些微微顫抖，我相信師傅對雲家的情誼比我更重，而他處在一個師傅的位置，恐怕更能理解一位父親的心情，所以他的反應比我還要激烈。

但是這雲寶根已經堵在了家裡，我們註定又不能讓雲小寶這個時候知道真相，還有很多不安的因素必須要處理。我強迫自己冷靜下來，然後貓著腰衝了過去，一把把雲小寶拉了過來。

雲小寶陡然被我這樣拉了下來，蹲著面對著我，臉上寫滿了疑惑，可是我卻顧不得那麼多了，低聲地說道：「你兒子進屋了嗎？」

「嗯，已經快進屋了。這孩子，開車也越來越毛躁了，這性格怎麼……？」雲小寶說起自己的兒子，總是收不住話題。

「那他會上來找你嗎？」我其實已經開始急了，這個屋子很大是沒錯，大到已經不屬於別墅的範疇，應該叫私人山莊還是莊園？可是，雲寶根如果要是不坐屋子裡的電梯，而是走到這個接近樓頂的露臺，也最多不過十分鐘而已，我一邊拉著雲小寶往著我師傅那邊走，一邊急急地說道。

「應該不會，他心裡，我這個父親怕是沒這麼重要，他回來都會先去自己的房間洗漱一下什麼的……怎麼了？」雲小寶終於發現了事情的不對勁兒。

「你相信我嗎？」這一次說話的不是我了，而是我師傅，他此刻嚴肅的望著雲小寶，說出了這一句話。

「相信。」雲小寶重重點頭，祖上的恩惠、賣玉的情誼，加上我年輕時還為他們打過一次假，他對我們是相信的，對我師傅的相信就更加的深。

「你的兒子情況很嚴重，我現在不知道怎麼對你說。而且我也明確的告訴你，你兒子確實是加入了邪派，還不只……」師傅繼續嚴肅的說出了這句話，然後閉口不言了。

能對雲小寶說出來的，恐怕也只能到這樣的程度了。

雲小寶或許是心臟有些不好，一聽到我師傅這樣說，一下子捂住了胸口，坐到了凳子上……我趕緊幫他順氣，雖然不是醫字脈的，但這些事情到底是能做的。

隨著我幫他順氣，雲小寶的情況好了一些，可我們卻沒有時間給雲小寶去消化這個事實了，師傅急切而低聲的對雲小寶說道：「我和你兒子不能見面，簡單的說正邪不兩立，我和你兒子恰好是對立了，我想他是知道我的，我們在無意中已經見面過……我們必須馬上離開，因為有重任在身，不能為你兒子耽誤了。但你如果相信我的話，就聽我一言，你兒子現在弄到這個情況，那塊靈玉也是有原因的，我姜立淳必將盡全力為你挽救你兒子。」

師傅這番話說得極其認真，我知道師傅既然已經這樣說了全力，那就不會是只出九分力。但我的心情還是緊張，雲小寶如此寵著雲寶根，師傅這番話無意是要他在選擇，選擇相信我們，還是他的兒子？

時間彷彿靜默了，我也不知道過了多久，大概一分鐘？

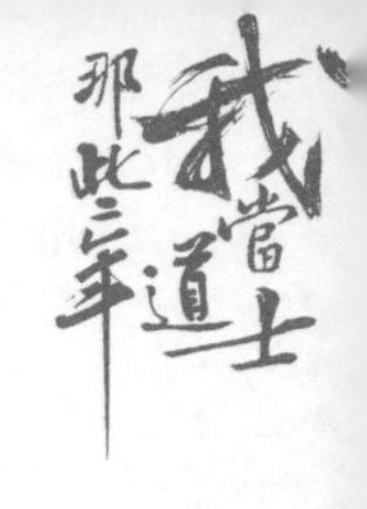

雲小寶忽然開口了，說道：「那就深信姜師傅一言，必將挽救我家寶根兒。接下來，我要怎麼做？」

師傅正待開口，其中一個傭人就匆忙跑上來說道：「雲老爺，少爺直接上來找你了，我就是問問要不要加菜？」

我和師傅臉色一變……我特別想得多，難道雲寶根是收到消息才忽然回到家裡的？雲小寶對傭人敷衍了一句：「暫時不用，你趕快叫少爺先到書房等我，說我有重要的事情要對他說。」

雲小寶吩咐得急，那個傭人就匆忙跑出去了。師傅對雲小寶說道：「你不見得一句吩咐，寶根兒就能老實聽話，你去親自拖住他，我和承一先走。車？」

一切都很急，雲小寶點頭說道：「車就停在樓下，你們下去後找到門口的保鏢，自然會帶你們去。等一下走到四樓的時候，你們先躲進一個房間，然後過十分鐘之後再出來吧。」

雲小寶也沒辦法說太細，但這已經夠周密了，這房子最大的好處就是房間多，也為我和師傅提供了一些緩衝。

說完話，雲小寶看了我們一眼，衝我們點頭就匆忙先下去了，他要先去攔住雲寶根，無論如何，他這個父親的話還是稍微能管一些用，我和師傅等待了一分鐘，也跟著匆忙下樓，然後隨便找了一間房間就躲了進去。

既然雲小寶安排在四樓，那就沒可能會遇見雲寶根，我和師傅進屋以後，我靠著房間的門輕輕呼了一口氣，只但願不是最壞的情況，雲寶根是收到什麼消息才回來的。

第四十九章 跌宕起伏

房間裡異常安靜，只有我的呼吸聲顯得有些刺耳……而這些房間的隔音效果分外好，我不擔心別人能聽出這間房間有人，但也聽不到外面的任何動靜。

時間滴滴答答一分一秒的過，我和師傅沉默著，但覺得每一秒都那麼難過。

師傅坐在房間的沙發上，顯得要比我鎮靜一些，而我背靠著門坐著，眉頭緊皺的盯著手上的腕錶，掐算著時間，不知道怎麼的，那年的記憶分外清晰的浮現在眼前。

我記起來了，我是見過雲寶根的，在那一年他還是個桀驁不馴的年輕人，年紀看起來也不過是十七、八歲？反正比我小幾歲的樣子。

而在那一年，雲小寶還告訴我，雲寶根被人砍，靈玉碎了，他還要想買一塊靈玉……

如今，他只是告訴我靈玉上的裂痕，又那麼對我和師傅說雲寶根心裡因為靈玉種下了一顆種子，想要修道……我的記憶和很多年前的那一次在成都吃飯的場景重合起來。

那個桀驁不馴的年輕人，心裡哪有半分想要修道的樣子，還頂撞了我和酥肉兩句。

難道雲小寶也糊塗了……我無意識的摸了摸自己的臉，腦子開始快速的思考起來，用心感覺自己的情緒，發現躲進這間房間以後，心裡的不安已經變成了隱隱有一絲危險的預兆。

我的記憶力一向好，但人都有這種潛意識，就是對於不甚重要的人和事，記憶就像被塵

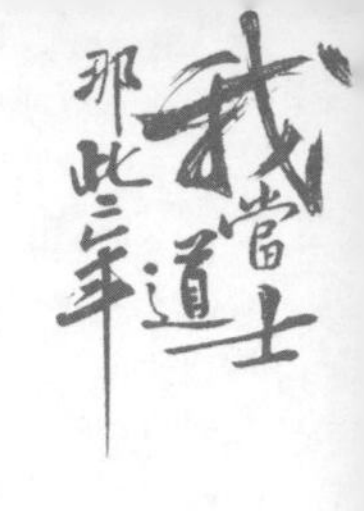

封了一般，這些年走南闖北，經歷的事情那麼多，誰還會刻意的記得那一年打假的小事兒？如果不是這樣被刺激了，我的記憶怎麼會如此清晰的浮現，連每一句對話都想起來了，那件往事發生了已經不只十年了……

真是難為了我自己，我歎息了一聲，第一個念頭竟然是歲月滄桑，當年那個桀驁不馴的雲寶根竟然也相信了所謂的「迷信」，走上了修者這條路……而少年時的聲音和成年時的聲音差別也是大的，我竟然沒有聽出來是他。

或者因為被楊晟「改造」了一番，聲音已經變了。

我只是下意識這樣想的，心中那股危險的感覺卻好像變成了一根鋒利的尖針，一下子刺痛了我，我的額頭忽然就佈滿細密的冷汗，一個如此愛孩子的父親，雲家的獨苗……我「霍」一聲的站起來，大步的朝著師傅走去！

師傅有些疑惑的看著我，又下意識的看了一眼牆上的掛鐘，對我說道：「承一，這不過才三分鐘，你沉住氣啊……」

我卻一把拉扯起師傅，快速幾步走到了別墅的窗邊，朝下看了看。

這是這棟房子的背面，下面就是一個帶泳池的後花園，此刻沒什麼人的樣子，我推開窗戶，對師傅說道：「沒什麼時間解釋了，我們還是現在先離開這裡才好。」

這房子的構造一時間我不好說，但這樣望下去，每一層都有房間有自己獨立的陽臺或者露臺，再不濟的有的窗戶上還有那種擋雨台……如果小心一點兒，是能快速爬下去的。

「你是說從這裡下去，你懷疑雲小寶？」師傅是何等人物，就算我來不及解釋什麼，他也大概猜測出來了一些什麼，他的臉上浮現出一絲難過的表情，畢竟從師祖開始和雲家是有些交情的。

而我們從來沒有對不起過雲家，甚至賣靈玉那一年，師傅還特意用靈玉交易要求過他們做善事，從一個角度來說，也是幫助他們抵消一些冤孽啊！

雖然對於修者來說靈玉不算珍貴，可是溫養不是要實實在在的時間嗎？

我自然能理解師傅的難過，可是這個時候，我又如何安慰師傅，我從窗戶翻了出去，抓住旁邊房子上的一個裝飾物，借力開始朝著樓下那個延伸出來的陽臺跳去……

「噗咚」一聲，我落在了地上，感謝從小身體的鍛煉讓我的協調性一向不錯，這一跳純粹是小兒科，我唯一擔心的就是好死不死的就正好跳到了雲寶根的房間外。

而事實證明我沒有這麼倒楣，當我站起來的時候，師傅也正好跳了下來，我們二話不說的繼續朝下攀爬。有些事情和默契不需要言明，只會化作深深的互相信任。

我們順利的來到了二樓，為了節省時間，我們直接從二樓跳到了樓下的花園，發出了幾聲不大不小的動靜，這讓我和師傅一動不敢動。

好在午後的後花園是真的沒有什麼人走動，過了幾秒後花園也沒有任何的動靜。

我和師傅幾乎是同時站起來，拍了拍身上的塵土，然後看似走得不急，實際上腳步匆忙的朝著屋子前方走去。

「承一，鎮定。」師傅這樣對我說道。

而幾乎是於此同時，我也對師傅說道：「師傅，裝得鎮定點兒。」

說完這句話，在如此急迫的情況下，我和師傅都忍不住輕笑了一聲，因為這說明我們師徒的默契幾乎已經是達到一個常人難以理解的程度，我們幾乎沒有商量半句，特別是師傅連適

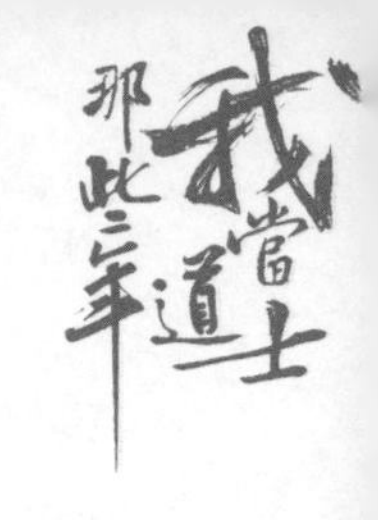

應雲小寶可能出賣了我們的時間都沒有多少，卻同時想到了怎麼做。

是的，我們要裝作若無其事的拿到車，這屋子很大，但是在如此快的腳程下，我和師傅從屋子後面走最近的路繞到屋子前面，也不過用了兩分鐘。

雲小寶讓我們等十分鐘，如今也還剩下了四分鐘。

站在屋子大門外的保鏢早早的看見了我們，帶著恭敬的態度走了過來，良好的職業素養讓他根本沒有問我們是如何會出現在這裡的，其實也不需要問，剛才我跳下來的時候，注意了一下，這個大屋子前後都是可以進出的。

看著保鏢走過去，我臉上浮現出自然而帶著一絲矜持的微笑，這應該是自持身份的人應該有的表情，感謝那個時候的老回給我上了生動的一課，我們這種遊走在危險之中的人，很多時候真的要學會怎麼「演」。

反觀師傅的「演技」也不差，一副淡定的模樣，眼神也沒有刻意的聚焦在任何的事物上，乍一看就高深莫測的樣子，看來他也是一樣，常年在危險之中，學會了一份兒淡定的「演技」。

總之，我相信我們這樣的表現，保鏢是絕對看不出來我們兩個是狼狽逃出來的。

我現在擔心的事情不過是兩點，第一就是雲小寶的大屋子裡是不是每個房間都有監控器？我只是賭這種私人的地方，他不會那麼沒有安全感的在每一個房間都裝上監控器，他也要接待客人，而他接待的客人都是有身份的人，想必也會防著這一點，所以裝監控器的可能一半一半。

反正，除非這個保鏢也是演技派，此刻假裝淡定的接近我們，否則就是我賭贏了，他沒裝監控器，因為保鏢的耳朵上也掛著一副耳機，看樣子是可以隨時收到任何消息的。

第二我就是擔心雲小寶所謂的車什麼的只是應付我和師傅的，他在下樓時給我們說的，走到門口去要車也根本不可信……

這個擔心絕對不是多餘的，我只能賭雲小寶做戲做全套，怕我和師傅看出什麼來，他是真的準備好了一切。

保鏢的腳步聲響徹在我的耳邊，我的笑容越發溫和，卻帶著一絲不為人所接近的矜貴和高傲，師傅更加淡定，但臉上也配合出來淡淡的不耐煩，好像有什麼急切的事情，他已經不想留在這裡。

「先生，請問你們……？」保鏢開口了，臉上的恭敬絕對不是做偽，我眼角的餘光看見在那遠處，這個莊園的大門已經打開，至少兩輛黑色的商務車停在門口，耐心的等待著在門口的傭人打開攔車的最後一道柵欄。

雲寶根果然還通知了別人，可是這從頭到尾是怎麼回事兒，我一時還理不出來個頭緒，我心中的不安此刻已經全部轉化為了危險的感覺，不過和遇見楊晟那一次比起來，這危險感淡得多。

就是這種淡的感覺才讓我保持了那麼好的狀態，我越發鎮定，從保鏢開口，我就知道，第一點我和師傅是徹底賭贏了，我們還是雲小寶尊貴的客人，而房間裡也沒有攝像頭，監控器之類的。

「雲老為我們準備了一輛車，現在我們有非常急切的事情要離開，需要車子……我趕時間。」我的語氣有著淡淡的冷漠，恰到好處的急切，但我眼角的餘光始終在看著外面那兩輛商

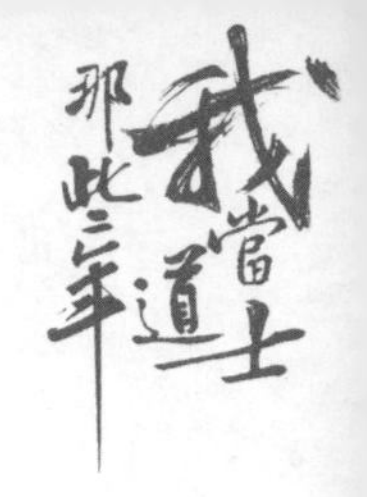

務車，此刻大門的柵欄已經緩緩的打開。

危險感變得重了一些，那保鏢說道：「好的，先生，我現在去為你開來。」

「不用了，直接帶我們去吧。」我淡淡的拒絕了他，一副不好接近的樣子。

其實，只有老天爺才知道，我心裡是非常急迫的不願意自己和師傅再暴露在這裡了……

第五十章　緊急

良好的職業素質讓那保安沒有再說多餘的話，而是指了一個方向說道：「跟我來。」然後帶著我們朝著屋子另外一個方向的空地走去。

之前我們站的位置是避開大門的一個死角，畢竟這個莊園還有其他的副樓，坐在車上因為角度的原因，應該是不看見這裡的，但從大門走過的話……

可是我也顧不得那麼多了，心中的危險感始終算不上是非常強烈，就憑這一點，我賭車子上坐的應該不是認識我和師傅的人。

這樣出現一瞬，他們不見得就能認出我和師傅……

「那就快點兒。」我的臉上恰當的也流露出不耐煩的表情，為了表現這份急切，我大步的朝著保鏢剛才指的方向走了過去，只是瞬間就跨過了大門。

至於師傅，我不可能明目張膽的和他交流什麼，只能暗中推了他一下，師傅自然能理解我的意思，速度比我還快的跨過了大門。

然後我們又站在一個副樓遮擋的地方，假裝不耐煩的等著保鏢。

我眼角的餘光一直在注意著那兩輛商務車，已經朝著這邊速度不慢的開來，不過沒有特別的加速，說明也沒有特別注意大門這邊人員的走動。

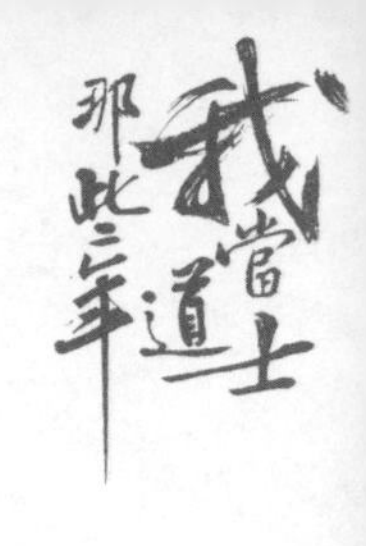

畢竟之前我們進入這個莊園的時候，這裡也有來來回回走動的一些傭人，這些車上的人想必只是會注意大門有沒有開，有沒有我和師傅這樣的人出來，根本不會特別的注意在大門面前一晃而過的走動人員。

除非是我們的熟人才會一眼注意到這個情況。

很是幸運，這車上沒有我們的熟人！雖然我不明白這麼大的事兒，雲寶根為什麼不叫一個厲害的人物（尷尬的發現我和師傅的熟人都是那個組織的厲害人物）跟著，但的確就被我們這麼蒙混了過去。

雲小寶是真的為我們準備了車子，一輛不算太顯眼但性能還不錯的越野車，就停在大屋旁邊一側的空地上，保鏢把我們帶到這裡，把車鑰匙交給了我和師傅……

這時，不遠處的大門響起了停車的聲音，我和師傅的時間已經緊迫到了極限，因為這些人一進屋，應該就會和雲寶根一起堵門，來抓我和師傅了，就算雲寶根沒有叫來認識我們的熟人，也保不齊這裡面有厲害人物。

只要他們一發現了，按照這個莊園裡的設施，就說保鏢身上都有戴耳機的通訊工具，會第一時間在大門攔截我們的！

所以，留給我們的時間最多還有五分鐘，我不認為這些人會一層層的爬樓梯去找我和師傅，應該是會用到屋子裡的電梯。

我心中的盤算很多，可是表面上還是不動聲色，從保鏢那裡接過了鑰匙，我和師傅的腳步還算鎮定，但是速度很快，來到車上我很快的就發動了車子。

車子啟動以後，我不停的深呼吸著，開始把車子轉向朝著大門開去，因為轉向的原因，車子一開始的速度不可能太快，但是走上直線以後，我腳下情不自禁的就用力踩下了油門，可是又不敢放任車子的速度……

我的手心全是濕漉漉的汗，我怕車子發動的聲音已經驚動了他們，想起雲寶根開車時刺耳的摩擦聲，是我控制著速度不敢太快的原因，我還在想會不會有人剛好在窗戶，就看見這麼一輛車在朝著外面開去。

總之，在這種時候我不能夠控制自己的想法，只能不停的深呼吸來緩解這種情緒。

時間每一分每一秒在這種時候都顯得那麼的寶貴，好在這個莊園再大，它也不過是一個私人住宅而已，到大門的距離不過百來米，很快車子就到了大門處。

我摁下了電動車窗，臉上是一種淡定的急切，然後對著大門的守衛聲音不大不小地說道：「開門。」

在這個過程中，我一直盯著車子的後視鏡，後視鏡中能夠完整看見那棟主樓，我死死盯著主樓的大門，如果從裡面衝出來一個人，就說明我和師傅已經被發現了。

我的汗水緩緩濕透後背，手心的汗也越發滑膩膩。

很可惜的是守衛大門的人並不認識我們，因為之前我和師傅是坐著雲小寶的車進入這個莊園的，這守在大門的人怎麼可能知道我們是尊貴的客人？

所以在我說了開門以後，他禮貌而客氣地說道：「等我請示一下。」

「媽的！」我在心裡大罵了一聲，但我也明白這是他必須的責任！要怎麼辦？我的汗水一下子流了出來。

可是在這時，師傅用異常快的速度就衝下了車子，在我還沒有反應過來的時候，他就已

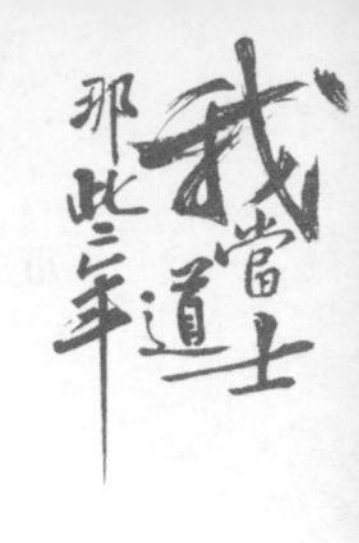

經衝入了門房到了大門守衛的旁邊，我一下子明白師傅要做什麼了。在反應過來的一瞬間，師傅已經朝著才明白怎麼回事兒，臉上防備心大起的大門守衛重重的給了一拳。

雖說近身肉搏不是我和師傅的強項，比起慧大爺和慧根兒等，簡直就是不夠看的，但是對付普通人還是綽綽有餘。師傅這一拳算是重拳了，不過那大門守衛也不是很普通的人，在臉上挨了一拳過後，竟然很快的反應過來，就要和我師傅搏鬥。

也是，雲小寶請來的人應該都是有些身手的，我沒有下車去幫忙師傅，因為必須要第一時間開車，為我和師傅爭取時間。

但情況從來沒有更糟糕的，我隱約聽到身後傳來的嘈雜聲，從死死盯著的後視鏡中看見，主樓的大門猛的被撞開了，衝出來好幾個人，那嘈雜聲中有人在喊：「攔住他們。」

那些不知情的保鏢也跟著朝這邊衝來，還有人匆忙的鑽入了車子……

「師傅，快！」我在車內低沉吼了一聲，我相信那個守衛要和我師傅肉搏，是一定會輸的，就算我師傅到了這個年紀，但是時間卻拖延不了那麼久了，我是在提醒師傅是該用些手段了。

這時，從門房裡傳來了師傅一聲驚天動地的巨吼：「給我站著！」

師傅在這種情況下也被逼無奈的對普通人用出了吼功，在師傅一聲大吼之下，那個原本準備反擊的守衛立刻呆了一下，然後就木然的癱在那裡，雙眼失焦的立著了。

「師傅，快！」我忍不住再次催促了一聲。

而師傅在門房裡開始有些匆忙的啟動大門了，好在只是一個打開大門的操作，一點兒都不複雜，師傅很快就明白了怎麼回事兒，只是兩秒不到大門就開始緩緩啟動，而柵欄也抬了起來。

我不再看後面的情況，我已經聽到了車子引擎的聲音，而百來米的距離，那些人已經匆忙朝著我們跑來。

我死死盯著前方，手和腳已經準備好隨時就開著車子衝出去，師傅在那邊大吼道：「距離一夠就衝出去，我等下自己上車！」

我們已經沒有多餘的時間再囉嗦別的事情，師傅的意思我也明白，那電動的大門速度也不慢，在啟動以後快速朝著兩邊滑去，柵欄也已經滑動到了一側。

就是現在，我想也不想的就再次啟動了車子，一下子開著車衝了出去，輪胎和地面發出了刺耳的摩擦聲，快速打了一個轉向，對師傅吼道：「師傅，快……！」

這時，我看見師傅在保衛室停留了一秒多，才朝著我的車子快速的跑過來，本來就沒有完全打開的大門和柵欄又在重新關閉，師傅一個閃身就衝了出來。

我配合的發動車子，車子開始朝著前方衝去，師傅的動作也算極快，一下子拉開車門跳了上來，我伸手一把拉住師傅，把他拖上了車。

我看見最近的一個人已經跑到了不到大門五米的距離……但這時大門又「轟」的一聲重新關上了。我全身都是熱汗，但是還沒有忘記要做什麼，也知道我們沒有徹底擺脫……還是在逃命！

神仙傳說・最終卷(1)完

高寶書版集團
gobooks.com.tw

DN 183
我當道士那些年 III 卷十：最終卷・神仙傳說(1)
作　　者　仐三
編　　輯　蘇芳毓
排　　版　趙小芳
美術編輯　宇宙小鹿
出　　版　英屬維京群島商高寶國際有限公司台灣分公司
　　　　　Global Group Holdings, Ltd.
地　　址　台北市內湖區洲子街88號3樓
網　　址　gobooks.com.tw
電　　話　(02) 27992788
電　　郵　readers@gobooks.com.tw（讀者服務部）
　　　　　pr@gobooks.com.tw（公關諮詢部）
傳　　真　出版部　(02) 27990909　行銷部 (02) 27993088
郵政劃撥　19394552
戶　　名　英屬維京群島商高寶國際有限公司台灣分公司
發　　行　希代多媒體書版股份有限公司/Printed in Taiwan
初版日期　2014年9月

國家圖書館出版品預行編目(CIP)資料

我當道士那些年 III（卷十, 神仙傳說 ：最終卷）／
仐三著 -- 初版. -- 臺北市 :高寶國際出版 :
希代多媒體發行, 2014.9
面；　公分. -- (戲非戲183)

ISBN 978-986-361-049-6(第1冊：平裝)

857.7　　　　103015211

GOBOOKS
& SITAK
GROUP©